MARY JANICE DAVIDSON

Mehr Mann fürs Herz

Mary Janice Davidson

MEHR MANN FÜRS HERZ

Roman

Ins Deutsche übertragen von
Stefanie Zeller

LYX EGMONT

Die Originalausgabe erschien 2007
unter dem Titel „Swimming Without a Net“
bei JOVE. Jove Books are published by The Berkley Publishing Group, a division of penguin Group (USA) Inc.

Die Story „Werwölfe gibt es nicht“ erschien 2006 unter dem Titel „There's No Such Thing as a Werewolf“ in dem Band *Dead and Loving It* bei Berkley Sensation/ The Berkley Publishing Group, New York.

Deutschsprachige Erstausgabe Dezember 2009 bei LYX
verlegt durch EGMONT Verlagsgesellschaften mbH,
Gertrudenstr. 30–36, 50667 Köln

Published by Arrangement with Mary Janice Davidson Alongi
Roman und Story wurden vermittelt durch die Literarische Agentur
Thomas Schlück GmbH, 30827 Garbsen.

1. Auflage
Redaktion: Jörn Rauser
Satz: Greiner & Reichel
Druck: CPI – Clausen & Bosse, Leck
ISBN 978-3-8025-8252-3

Dieses Buch ist all denen gewidmet, die sich schon einmal über eine Disney-Heldin geärgert haben. Also – entgiftet mit Fred und freut euch!

Außerdem ist es meiner lieben Freundin Cathie Carr gewidmet, die ein schlimmes Jahr hinter sich hat, von geliebten Menschen belogen wurde (wiederholt), von Freunden enttäuscht wurde (mit guter Absicht, aber trotzdem) und die alles getan hat, um ihre Ehe zu retten, und dafür nur mit einem Arschtritt belohnt wurde (wiederholt) – und die es trotzdem geschafft hat, sich wieder aufzurappeln. Ich bin jetzt achtunddreißig Jahre alt, und ich hätte nicht gedacht, dass ich noch mal jemanden kennenlerne, der mehr Mumm hat als ich. Gegen Cathie bin ich ein Weichei.

Nicht alles, was ins Wasser springt, ist eine Meerjungfrau.

Russisches Sprichwort

Ich erkläre hiermit, dass ein Bürgerkrieg unausweichlich ist und kurz bevorsteht.

Sam Houston, amerikanischer General

Ich brach früh auf – nahm meinen Hund
Und fand mich ein beim Meer –
Die Nixen stiegen aus dem Keller
Und schauten zu mir her –

Im Obern Stock – Fregatten –
Die fuchtelten mit Hanf –
Sie glaubten wohl ich sei gestrandet –
Ein Mäuslein – auf dem Sand –

Emily Dickinson, Gedichte,
übersetzt von Gunhild Kübler,
Hanser Verlag, 2006

Aber du solltest auch Zeus und den andern unsterblichen Göttern
Opfern, als du die Schiffe bestiegst, damit du geschwinder
Deine Heimat erreichtest, die dunkle Woge durchsteuernd!

Homer, Odyssee,
übersetzt von Johann Heinrich Voß, Insel Verlag, 1990

Die schönste List des Teufels ist, uns zu überzeugen, dass es ihn nicht gibt.

Charles Baudelaire

1

Fredrika Bimm lief die Comm Ave. hinunter (Touristen und anderen rätselhaften Wesen auch als Commonwealth Avenue in Boston, Massachusetts, bekannt) und versuchte, nicht an den Prinzen vom Schwarzen Meer oder an den berühmten Schriftsteller Priscilla D'Jacqueline zu denken.

Das ganze letzte Jahr hatte sie kaum an die beiden gedacht.

Warum sollte sie auch? Schließlich hatte sie einen Beruf, der sie erfüllte. Oder besser gesagt, einen nervenaufreibenden Beruf. Eine eigene Wohnung, die sie allerdings nie mehr für sich allein hatte. Einen besten Freund, der schwer verliebt in seine neue Freundin war und also keine Zeit mehr für sie hatte.

Sie zerfloss in Selbstmitleid, und dabei war es noch nicht mal zwei Uhr nachmittags. Ein neuer Rekord!

Es war ein wunderschöner Herbstnachmittag – aber so laaangweilig! –, und in ihrer Wordsworth-Tüte lagen die beiden kürzlich erschienenen Romane von D'Jacqueline: *Flammen der Leidenschaft* und *Der Lebemann und der Geschichtenerzähler*. Das zählte nicht. Wenn sie seine Bücher kaufte, dachte sie gar nicht an Thomas Pearson, den Meeresbiologen, der ein Vermögen damit verdiente, dass er unter dem Pseudonym D'Jacqueline schrieb, sondern unterstützte bloß einen Kollegen.

Nichts weiter.

Einen Kollegen mit braunem Haar und hübschen rötlich goldenen Strähnen, breiten Schultern, langen Beinen und Grübchen. Einen Kollegen, der neben anderen illegalen Waffen auch ein Schnappmesser bei sich trug. Einen Kollegen, der gesagt hatte, er liebe sie, dann aber verschwunden war – nun schon seit elf Monaten und vierzehn Tagen.

„Hör auf damit", rief sie laut und achtete nicht auf die erschrockenen Blicke der Passanten. „Er musste sein Forschungsstipendium beenden, und er kannte dich doch erst eine Woche, also Schluss damit. Was glotzt du so?", sagte sie böse – und das Kindergartenkind suchte hinter den Beinen seiner Mutter schnell Deckung.

Nein, Thomas war fort. Schluss, aus. Ebenso wie Artur übrigens. Das war der andere Mann, an den sie auf keinen Fall denken wollte. Ein reinrassiger Angehöriger des Unterseevolkes – mit anderen Worten ein Wassermann. Kein Halb-und-Halber, also kein Mischling wie sie selbst.

Ein Prinz sogar, der älteste Sohn des Großkönigs vom Schwarzen Meer. Ein Prinz mit rubinfarbenem Haar und Augen wie Hustenbonbons mit Kirschgeschmack. Ein Prinz mit großen Händen, die er nie so richtig bei sich behalten konnte. Und einem roten Bart, der kitzelte, wenn er Dinge tat, *an die sie jetzt nicht denken wollte.*

Sie blieb vor dem Backsteingebäude stehen, in dem sich ihre Wohnung befand, rannte die Stufen hinauf, rammte den Schlüssel ins Schloss und stürzte in den Hausflur. Zu aufgeregt, um auf den Aufzug zu warten, ging sie die drei Stockwerke zu ihrer Wohnung zu Fuß und hätte am liebsten die Tür eingetreten, statt wieder mit dem Schlüssel zu hantieren.

Sie schloss die Tür mit dem Fuß und knurrte dabei: „Was macht ihr beiden denn hier?"

„Wir warten auf dich", flötete ihr bester Freund, Jonas Carrey. Er war groß (ein paar Zentimeter größer als sie) und blond. Außerdem war er im Besitz von mehreren schwarzen Gürteln und hatte eine Vorliebe für Appletinis. Oh, und für ihre Chefin, Dr. Barb, die gerade auf seinem Schoß saß.

„Dr. Barb“, seufzte Fred und warf ihre Büchertüte auf den nächsten Tisch.

„Dr. Bimm.“ Ihre Chefin legte großen Wert darauf, unter allen Umständen die Titel zu nennen, auch wenn Jonas gerade versuchte, ihren BH zu öffnen.

„Dr. Barb, Sie sind nun schon ein Jahr mit meinem Freund zusammen. Finden Sie nicht, es wäre da mal an der Zeit, dass Sie mich Fred nennen?“

„Nein, Dr. Bimm.“

Fred seufzte noch einmal. Eigentlich mochte sie ihre Chefin ganz gern, aber seitdem sich diese mit ihrem besten Freund … verlustierte, wurde der Umgang mit beiden immer schwieriger.

Zum einen waren sie noch in der Phase, in der alles, was der andere tat, mit Entzückensschreien kommentiert wurde. Jonas konnte einen Wurm in seinem Haferbrei finden, und Dr. Barb würde es bezaubernd finden.

Zum anderen waren sie der Meinung, dass Freds Probleme allesamt gelöst wären, wenn sie mal einen Partner fände. Demzufolge …

„Sam wird jeden Augenblick hier sein“, sagte Jonas in einem Ton zu ihr, als wenn sie es vergessen hätte. „Willst du etwa, ähem … das da tragen?“

„Ja.“ Beinahe wäre sie laut geworden. Nicht zum ersten Mal wünschte sie, sie hätte Jonas nicht die Schlüssel gegeben. Sie wusste nie, wann er (oder sie beide) ihr in ihrer eigenen Wohnung auflauerten. „Warum? Was stimmt nicht damit?“

„Abgesehen davon, dass es draußen 15 Grad sind und du hier in abgeschnittenen Jeans und einem T-Shirt erscheinst? Und würde es dich umbringen, einen BH zu tragen?“

Fred konnte sich gerade noch zurückhalten, die Nase zu rümpfen. Als Meerjungfrau machte ihr die Kälte nichts aus. Wenn er fand, dass der Herbst in Massachusetts kalt war, dann sollte Jonas erst mal die Antarktis kennenlernen. Und offen gestanden brauchte sie keinen BH und hatte ihn noch nie gebraucht. Entweder war die Schwerkraft freundlich zu ihr, oder es handelte sich um einen weiteren Vorteil ihres Mischlingserbgutes.

„Mach wenigstens eine Pediküre", flehte Jonas. „Und kämm dir die Haare. Du könntest so hübsch sein, wenn du nur …"

„Das ist aber nicht nett", sagte Dr. Barb vorwurfsvoll. Jonas hatte sie umgestylt, kurz bevor sie das erste Mal zusammen ausgegangen waren, und der Erfolg war ihm direkt zu Kopf gestiegen.

Dr. Barbs dunkelblondes Haar, das vorher stets zu einem festen Zopf geflochten gewesen war, ergoss sich nun bis zu ihrer Rückenmitte hinunter. Ihre mandelförmigen Augen waren sorgfältig geschminkt, und sie trug ein schmal geschnittenes rotes Kostüm. Ihr mit einem Pumps bekleideter Fuß wippte einige Zentimeter über dem Boden. Sie kuschelte sich tiefer in Jonas' Schoß.

„Fred braucht keine Hilfe, um gut auszusehen", sagte ihre bis über beide Ohren verliebte Chefin. In der Zwischenzeit hatte Fred den Kühlschrank geöffnet, um nach einem Bier zu suchen. Oder nach dem Abflussreiniger. „Lass sie in Ruhe."

„Tut mir leid, Baby."

„Ich verzeihe dir. Wenn du mir einen Kuss gibst."

„Zwei Küsse."

Fred suchte hektisch weiter. Konnte sie sich mit zwei jämmerlichen Weinschorlen betrinken? Vielleicht, wenn sie einen Schuss von der sauer gewordenen Milch hineingab …

„Einverstanden!", rief Jonas, und nun wurde die Unterhaltung von Schmatzgeräuschen abgelöst. Jetzt gab es schon wieder etwas Neues, über das sie sich ärgern konnte. Aber …

„Da haben wir es ja!“ Sie grabschte nach dem Miller Lite, das von einer Party übrig geblieben war. Mal sehen … die letzte Party, zu der Jonas sie überredet hatte, hatte im zwanzigsten Jahrhundert stattgefunden … Konnte Bier schlecht werden? Ach, wen kümmerte das?

„Dein Haar ist so weich“, seufzte Dr. Barb und fuhr mit den Fingern durch Jonas’ sorgfältig frisierte Locken.

„So wie deins, Baby, aber du solltest den Conditioner mit der Tiefenwirkung, den ich bei dir zu Hause gelassen habe, ruhig öfter nehmen.“ Jonas arbeitete für Aveda, als Chemieingenieur, und hinterließ überall Pröbchen. Fred ignorierte sie einfach, aber Dr. Barb benutzte sie brav. „Wickel nur ein Handtuch um dein Haar und lass es eine halbe Stunde oder so wirken, bevor du es ausspülst.“

„Das werde ich tun …“, Fred sah sich nach einem Flaschenöffner um, gab dann aber auf und riss den Deckel mit der bloßen Hand ab, „… wenn du mir einen Kuss gibst.“

Fred stürzte das Bier hastig hinunter.

„Einverstanden!“ Noch mehr Schmatzgeräusche.

Fred trank den letzten Schluck und stellte verzweifelt fest, dass ihr blöder Stoffwechsel die mickrige Menge an Alkohol, mit dem die guten Menschen bei Miller, Inc. ihr Produkt ausgestattet hatten, bereits abgebaut haben musste. Sie hätte es wissen müssen. Besondere Zeiten erforderten besondere Maßnahmen.

„Ich liebe deine Augen“, hauchte Dr. Barb, als sie endlich wieder Luft holen konnte.

„Und ich liebe deine“, sagte Jonas und streichelte Barbs langes Haar.

„Ich könnte dir den ganzen Tag lang in die Augen sehen und bekäme doch nicht genug", sagte Dr. Barb und streichelte Jonas' Schulter.

Als Antwort knabberte Jonas an ihrem Ohr. Ungerührt sah Fred zu, wie die Primaten Fellpflege betrieben, und wünschte sich tatsächlich, dass ihr Blinde Date – das dritte in zwei Wochen – früher käme.

Ihre Gebete wurden erhört. Es klopfte an der Tür.

„Oh, Gott sei Dank", murmelte sie. Und dann sagte sie lauter: „Und jetzt ab mit euch, ihr beiden. Ich muss los. Äh … wie hieß dieser … noch gleich?"

„Sam Fisher", sagte Dr. Barb geduldig.

Fred warf Jonas einen schnellen Blick zu. Dr. Barb wusste nicht, dass Fred eine Meerjungfrau war … noch nicht. „Soll das ein Witz sein?"

„Wir hatten denselben Studienberater. Es ist nicht seine Schuld, dass er auch bei der Meeresbiologie gelandet ist."

„Raus!"

„Wir gehen ja schon, wir gehen ja schon", antwortete Jonas.

„Ich bin sicher, er wird Ihnen gefallen", sagte Dr. Barb zweifelnd und kletterte von Jonas' Schoß herunter. „Sie haben viele gemeinsame Gesprächsthemen."

„Und kämm dir die Haare, bevor du gehst", fügte Jonas hinzu, während er seiner Angebeteten zur Tür folgte. Er riss sie auf, wich der Faust aus, die ihn beinahe ins Gesicht getroffen hätte (Sam klopfte immer laut und *kräftig*), und sagte: „Nett, Sie kennenzulernen, auf Wiedersehen."

Die Tür schloss sich hinter ihnen, und Fred musterte ihr jüngstes Blind Date.

Zu ihrer Belustigung sah er sie stirnrunzelnd an. Er war groß und spargeldürr, trug eine Drahtbrille, den Kopf kahl rasiert und hatte die tollsten grünen Augen, die sie je gesehen hatte – wie Moos an einem Regentag.

„Hallo", sagte sie. „Ich bin Fred Bimm."

„Sam Fisher. Hören Sie, ich bin nur hier, weil Barb mir keine Ruhe lässt. Seitdem sie regelmäßig Sex hat, will sie mich unbedingt verkuppeln."

Fred unterdrückte ein überraschtes Hüsteln. „Ich, äh … freue mich auch, Sie kennenzulernen."

Er zog eine Augenbraue hoch. „Und ich wette, Sie sind nur hier – abgesehen davon, dass Sie hier wohnen –, weil Ihr Freund Sie ebenfalls verkuppeln will."

„Das ist nicht der einzige Grund."

Er sah sie missbilligend an.

„Es ist der einzige Grund", gab sie zu.

„Ich bin mit meinem Leben im Augenblick sehr zufrieden, ganz abgesehen davon, dass Sie viel zu jung für mich sind."

„Ich bin dreißig", protestierte sie.

„Noch ein Kind. Außerdem ist mein DVD-Rekorder kaputt, und wenn ich Sie zum Abendessen ausführe, verpasse ich *Lost*."

„Sie versuchen sich aus einem Date herauszureden, um Fernsehen zu gucken?"

„Die neue Staffel beginnt!"

Fred zuckte die Achseln. „Heute werden Sie auch nichts Neues erfahren. Das wissen Sie aber, oder? Alle lassen sich doch jede Woche immer wieder von ABC verarschen."

Sam sah böse aus. „Wenn die subtilen Anspielungen zu hoch für Sie sind, liegt das wohl kaum an ABC."

„He!"

„Mal angenommen, wir würden diese Farce von einem Date durchziehen …"

„He!" Fred war daran gewöhnt, dass sie die unausstehlichste

Person im Raum war. Sams Benehmen erwischte sie, gelinde gesagt, auf dem falschen Fuß.

„… und nähmen die U-Bahn zum *Le Meridien*. Ich würde auch die Fahrscheine ausgeben."

„Ich habe eine Jahreskarte", sagte Fred.

„Gut. Wir würden etwas trinken und essen und, da ich immer großzügig Trinkgeld gebe …" Er legte den Kopf in den Nacken und starrte zur Decke hoch. „Sagen wir, wir kommen auf hundertfünfzig Dollar."

„Kein Dessert?"

Er ließ sich nicht von ihr stören. „Dann gehen wir möglicherweise ins Kino. Noch mal zwanzig Dollar. Plus Popcorn und Getränke. Wieder fünfundzwanzig."

„Ich wäre immer noch satt vom Abendessen. Für mich also kein Popcorn."

„Rechnen wir es sicherheitshalber trotzdem ein. Damit kommen wir auf hundertfünfundneunzig Dollar. Aber da Sie eine moderne Frau sind, werden Sie die Hälfte übernehmen wollen."

„Ich will ja auch nicht verpflichtet sein, mit Ihnen schlafen zu müssen."

„Sehr richtig. Ihr Anteil beläuft sich also auf siebenundneunzig Dollar und fünfzig Cent."

Sam sah sie erwartungsvoll an. Fred unterdrückte ein Grinsen und sagte: „Nehmen Sie auch Schecks?"

2

„Und das machen Sie also den ganzen Tag? Sie füttern Fische?“, fragte Blind Date Nummer vier (sie konnte sich beim besten Willen nicht an den Namen des Mannes erinnern) und schob sich eine Gabel Linguine mit Muscheln in den Mund – der nie geschlossen war, weil sein Besitzer entweder aß oder dummes Zeug plapperte.

„Ja, das ist alles“, erwiderte Fred, unterdrückte einen Schauder und machte sich über ihren Salat her wie eine Muräne über einen Engelshai. Gegen Schalentiere war sie nun mal allergisch, und allein dabei zuzusehen, wie Nummer vier sie so in sich hineinschaufelte, verursachte ihr schon Übelkeit. „Ich füttere die Fische und kümmere mich darum, dass die kleinen nicht von den großen gefressen werden.“

„Ich glaube, ich habe Sie schon mal in dem Becken gesehen!“, rief Nummer vier – und ein winziges Stück durchgekauter Muschel landete auf Freds Wange. „Sie sind doch eine von denen mit den Tauchanzügen in dem großen Becken.“

„*Main One*“, korrigierte sie ihn und erschauderte heimlich, als sie sich die Wange mit der Serviette abwischte. Das zeigte, wie sehr ihr Date sie ärgerte; sie nannte das große Becken sonst nie *Main One*. Das war nämlich die Bezeichnung, auf der Dr. Barb bestand. „Und ich bezweifle, dass Sie mich gesehen haben.“

An den Anblick, wie sie in ihrem Tauchanzug wild mit Armen und Beinen fuchtelte, hätte er sich ganz gewiss erinnert. Denn ohne ihren Schwanz konnte sie nicht schwimmen. Das erleichterte ihr die Arbeit nicht gerade. Zum einen endete sie immer mit dem Kopf nach unten in *Main One*, und zum anderen verhedderte sie sich trotz ihrer jahrelangen Tauchausbildung in ihrer Ausrüstung.

„Ich überwache den Wasserstand und hol die kranken Fische raus und solche Sachen."

„Cool! Wie ist die Bezahlung?"

Sie warf ihm einen schiefen Blick zu. Bisher hatte Nummer vier es bereits vier Mal geschafft, das Thema Geld in die Unterhaltung einzubringen. Sie wusste bereits, was sein Haus gekostet hatte, wie hoch sein jährliches Einkommen war, welche Steuerklasse er hatte und was heutzutage ein Flug nach Tokio kostete.

„Genug, damit ich mir ein Dach über dem Kopf leisten kann."

„Ich würde mal sagen, fünfzig", schätzte er. Er sah wie ein Buchhalter aus – brauner Anzug, braunes Haar, matschfarbene Augen, pummelige Finger. Nicht unattraktiv, nur … na ja. „Fünfzigtausend. Sie haben einen Doktortitel, der muss doch was wert sein."

Fred lachte. „Das zeigt, wie wenig Sie über Doktortitel wissen … und private gemeinnützige Einrichtungen."

„Dann kündigen Sie und arbeiten im öffentlichen Sektor."

„Ich mag aber meine Arbeit."

„Ich wette, im öffentlichen Sektor könnten Sie im sechsstelligen Bereich verdienen."

„Klar, wenn ich mir diesen neuen verbesserten Mist ausdenke, mit dem wir dann den Ozean zumüllen können. Nein danke."

„Sechsstellig!", wiederholte Nummer vier und bespuckte sie mit Muschelsoße.

„Interessiert mich nicht. Brauche ich nicht. Mir ist langweilig."

„Möchten Sie ein Dessert?"

„Auf keinen Fall."

Zum dritten Mal versicherte Fred Nummer vier, dass er sie nicht in seinem neuen Lexus Hybrid (75 000 Dollar nach Abzug des Rabatts) nach Hause fahren müsse.

„Mit der U-Bahn sind es nur 20 Minuten. Ich komme schon klar."

„Ach, machen Sie schon! Die Sitze sind aus Leder!"

„Ich bin beeindruckt", erwiderte sie. Sie gingen vom Restaurant zur U-Bahn-Station Park Street. „Wirklich."

„Wie wäre es denn mit einer kleinen Entschädigung für mich? Für die Umstände?"

„Nein."

„Ich sag nur: Ledersitze!"

„Gehen Sie weg", sagte sie zu Nummer vier.

„Ach, kommen Sie! Ich habe mir extra den ganzen Nachmittag für Sie freigenommen."

Das stimmte. Sie waren nicht zum Abendessen verabredet gewesen, sondern zum Mittagessen. Dr. Barb hatte ihr den Tag freigegeben. Das hätte sie eigentlich schon misstrauisch machen sollen.

„Und dafür bin ich Ihnen auch über die Maßen dankbar. Gute Nacht."

Er streckte die Hand nach ihr aus und packte ihren Arm. „Nur einen Kuss", sagte er und blies ihr seinen nach Muscheln und Knoblauch riechenden Atem ins Gesicht. „Und wie wär's mit einem Handjob?"

Sie blinzelte überrascht. Sie war nicht unerfahren oder prüde.

Aber ein Arschloch dieses Ausmaßes hatte sie nicht getroffen, seitdem sie, Thomas und Artur Dr. Barbs Exmann im letzten Herbst umgebracht hatten.

Sie lächelte ihn an. In diesem Augenblick wünschte sie, sie hätte die scharfen Zähne ihres Vaters geerbt, statt die stumpfen Beißerchen der Homo sapiens. „Gerne einen Handjob", sagte sie.

„Super!" Er zerrte sie am Ellbogen in Richtung des Friedhofes neben der U-Bahn-Station. „Kommen Sie, hier sind wir ungestört."

„Das wird nicht nötig sein." Ohne Anstrengung befreite sie sich aus seinem Griff, packte seine Daumen und riss sie aus den Gelenkpfannen.

Er schrie nicht, er wieherte eher und bückte sich, um seine seltsam aussehenden Daumen schützend zwischen die Oberschenkel zu stecken.

„Danke für das Abendessen", sagte sie. Als sie um ihn herumging, suchte sie in ihrer Tasche bereits nach der U-Bahn-Karte.

3

Fred sah, dass in ihrer Wohnung Licht brannte, und stampfte die Treppe hinauf. Dieses Mal würde sie Jonas gehörig die Meinung geigen, und Dr. Barb ebenso, auch wenn sie ihre Chefin war. Genug war genug! Muschelstückchen im Gesicht, Knoblauchatem, sexuelle Belästigung. Und es war noch nicht mal Mittwoch!

Sie drehte den Schlüssel im Schloss und drückte die Tür auf. Im ersten Moment war sie erstaunt, als sie das glückliche Paar steif nebeneinander auf dem Sofa sitzen sah, statt sich gegenseitig zu betatschen oder, schlimmer noch, anderweitig zur Sache zu kommen.

Dann sah sie, dass hinter der Tür zwei Fremde standen. Ein junger Mann – vielleicht Anfang zwanzig – mit überraschend orangefarbenem Haar (kürbisorange) und Augen in der gleichen Farbe. Neben ihm stand eine zierliche junge Frau ungefähr gleichen Alters mit dunkelblauem Haar und Augen in einem noch dunkleren Farbton, wie kleine Saphire, die im richtigen Licht beinahe schwarz aussehen.

Sie wusste sofort, dass es sich um Angehörige des Unterseevolkes handelte, und stöhnte im Stillen auf. Offenbar würde es der Höhepunkt ihres Tages bleiben, dass sie Nummer vier die Daumen ausgerenkt hatte.

Bevor einer der Fremden das Wort ergreifen konnte, sprang Jonas auf und sagte (ein wenig zu herzlich): „Gut, wunderbar. Da bist du ja. Wir haben deinen Freunden gesagt, wir würden mit ihnen zusammen auf dich warten, aber nun, da du da bist, können wir ja auch gehen. Tschüss und auf Wiedersehen."

„Auf Wiedersehen", rief ihnen Dr. Barb noch zu, während Jonas sie zur Tür zog. „Junge Dame, ich weiß nicht, wer Ihnen die Haare macht, aber er versteht sein Handwerk."

Jonas schlug die Tür hinter sich zu.

Fred musterte die Meerjungfau und den Wassermann. „Schlagt mich", sagte sie schließlich.

Verwirrt wechselten die beiden einen Blick. „So lauten unsere Anweisungen aber nicht", sagte der Mann. „Ich heiße Kertal. Das ist Tennian. Der Großkönig schickt uns."

„Tja, ich habe mir schon gedacht, dass ihr nicht hier seid, um eine Umfrage zu machen. Kann ich euch etwas zu trinken anbieten? Chips?"

„Nein, danke", sagte die Frau – Tennian – mit sanfter, schöner Altstimme. „Du bist Fredrika Bimm, aus dem Hause Kortrim."

„Wenn Kortrim mein leiblicher Vater ist, dann hast du recht. Aber ich sehe mich lieber als Angehörige des Hauses Moon Bimm. Das ist meine Mutter", fügte sie entgegenkommend hinzu.

„Ja. Seine Hoheit hat uns von deiner Mutter erzählt", sagte Kertal. Er war um einiges größer als sie und hatte die langen Muskeln eines Schwimmers. Was er ja auch war. Sie hatte alle Mühe, ihn nicht anzustarren, sie beide nicht anzustarren. Ihre Haar- und Augenfarben waren so außergewöhnlich! Es war ein seltsames Gefühl, nicht die Einzige mit verrücktem Haar zu sein. „Wir hatten die Anweisung, in deiner Wohnung nachzusehen, falls wir dich nicht im Aquarium fänden."

„Ihr wart an meinem *Arbeitsplatz*?"

„Ja."

„Oh, mein Gott“, sagte Fred und ließ sich auf die Couch fallen.

„Wir haben nach dir gefragt und mit deinen Freunden über dich gesprochen. Sie waren es, die uns zu deinem …“, Kertal sah sich in der kleinen Wohnung um, mit einem nicht zu deutenden Gesichtsausdruck, „Zuhause geführt haben.“

„Du hast ihnen nicht gesagt, wer ihr seid, oder?“

„Wir sind wegen dir hier, nicht wegen deinen Freunden.“

„Ich verstehe das als ein Nein.“ Sie rollte sich auf den Rücken und starrte zur Decke hoch. „Gott sei Dank. Meine Chefin weiß nicht, dass ich eine Meerjungfrau bin, und das möchte ich lieber auch weiterhin so halten.“

Wieder wechselten die Fremden Blicke, und wieder war es Kertal, der antwortete: „Der Großkönig hat uns beauftragt, dir eine Einladung zum Pelagial zu überbringen.“

„Das Pelagial?“ Fred spürte beinahe, wie ihr Gehirn unter der Anspannung schlappmachte, und dann kicherte sie, bis sie keine Luft mehr bekam. „Ich weiß nicht, was du damit meinst, aber für uns ist ein Pelagial ein Bereich der Hochsee, der sich nicht in der Nähe eines Festlandes oder des Meeresgrundes befindet. Wie könnt ihr mich zu *einem* Pelagial bringen? Und würdet ihr euch bitte hinsetzen? Ihr seht ja wie zwei Army-Rekrutierer aus. Macht euch mal locker.“

Keiner von beiden rührte sich. „Ein Pelagial ist ein Treffen, das nur von der Mehrheit des Unterseevolkes einberufen werden kann.“

„Ich dachte, ihr hättet eine Monarchie.“

„Unser großherziger König hat dem Ersuchen seines Volkes stattgegeben.“ Tennian flüsterte fast.

„Könntest du bitte etwas lauter sprechen? Das Summen in meinen Ohren ist so laut, dass ich dich nicht verstehen kann.“

„Wirst du kommen?", fragte Tennian, nun ein wenig lauter.

„Zu diesem Pelagial? Ich muss schon ein bisschen mehr davon wissen, bevor ich mit euch beiden losziehe. Zum Beispiel, worum genau es sich handelt? Und wo findet es statt? Und warum bin ich überhaupt eingeladen worden? Und würdet ihr euch bitte endlich mal setzen? Mich macht das alles ohnehin schon nervös genug."

Die beiden Angehörigen des Unterseevolkes setzten sich vorsichtig auf ihre Küchenstühle. Freds Wohnung war offen gestaltet. Küche, Esszimmer und Wohnzimmer waren ein einziger großer Raum. Das kleine Schlafzimmer befand sich links, das Badezimmer rechts den Gang hinunter.

Die Wände hatte Fred weiß gestrichen, damit der Raum geräumiger und luftiger wirkte, als er eigentlich war. Die Wohnung war so karg wie die eines Mönchs, aber ihr gefiel es so. Sie hasste Durcheinander.

Neben einem Küchenstuhl stand eine brandneue Aveda-Tüte. Unter dem Tisch stieß sie mit dem Zeh dagegen. „Also … was sagtet ihr gerade?"

„Wie du weißt, Fredrika, hat die königliche Familie ihren Wohnsitz im Schwarzen Meer. Dort ist auch der Sitz unserer Regierung."

„Richtig. Der König und Artur. Das habe ich verstanden."

„Und Ihre Hoheit Rankon und Ihre Hoheit Jeredna."

„Er hat Geschwister? Davon hat er nie gesprochen. Und gibt es bei euch auch eine Jenny oder einen Peter?"

„Es ist nicht an uns, die Absichten der königlichen Hoheiten zu hinterfragen", murmelte Tennian.

„Ha! Ich weiß alles über Arturs Absichten. Er hat nur eine einzige, und zwar … Nun, lassen wir das lieber. Was sagtest du?"

„Könnte ich ein Glas Wasser bekommen?", fragte Kertal.

„Klar.“ Fred sprang auf, froh, etwas zu tun zu haben. Sie glaubte Kertals Problem zu kennen – einfache Dehydrierung – und füllte zwei Gläser für sie beide bis zum Rand. Wie Artur ihr letztes Jahr gesagt hatte, konnten Meermenschen zwar an Land herumlaufen, aber nur für eine kurze Zeit. Und sie wurden schnell schwach.

Die zierliche Tennian leerte ihr Glas mit drei Schlucken und bat höflich um ein weiteres. Und dann noch eins. Daher dauerte es gute fünf Minuten, bis sie zum eigentlichen Thema zurückfanden.

„Ich nehme an, euer Volk wohnt im Schwarzen Meer, weil es ein Binnenmeer ist? Weil es so einfacher ist, unentdeckt zu bleiben? Ich meine, hier oben bei uns, da seid ihr … sind wir … Mythen. Bisher ist es noch keinem gelungen, die Existenz des Unterseevolkes nachzuweisen.“

„Du hast recht, Fredrika“, sagte Kertal und stellte das leere Glas auf den Küchentisch. „Deine Meeresstudien kommen dir zugute.“

„Ja, mein Name steht auf vielen hübschen Papieren.“

„Vor einigen Jahrhunderten wählte die königliche Familie das Schwarze Meer aus eben diesem Grunde aus. Das heißt jedoch nicht, dass wir alle dort leben. Das Unterseevolk ist auf der ganzen Welt zu finden.“

„Ich lebe in Chesapeake Bay“, flüsterte Tennian.

„Aber der Herrschaftssitz befand sich immer im Schwarzen Meer. Doch unser Volk ist groß. Es könnte ein Problem darstellen, in kurzer Zeit dorthin zu gelangen, ohne Aufmerksamkeit zu erregen. Deshalb wird das Pelagial in den Gewässern vor den Kaimaninseln abgehalten.“

„Ach ja, die berühmten Kaimaninseln. Seid ihr etwa von der Industrie- und Handelskammer?“

„Nein“, sagte Kertal, der Humorlose. „Wir warten, bis du deine Sachen gepackt hast.“

„Moment, Moment. Also dieses Pelagial, dessen Zweck bisher keiner von euch beiden für nötig befunden hat mir zu erklären, findet nicht dort statt, wo die königliche Familie wohnt, und wir reisen auch nicht in die Türkei. Stattdessen lassen wir es uns alle auf den Kaimaninseln gut gehen.“

„Ich weiß nicht, ob es uns gut gehen wird“, sagte Kertal sachlich.

„Aha, jetzt kommt's.“

„Viele aus unserem Volk wollen nicht länger Mythen bleiben.“

„Ahaaaa!“

„Und das entspricht nicht den Wünschen der königlichen Familie.“

„Hochinteressant.“

„Daher wurde das Pelagial einberufen. Ein Treffen des gesamten Volkes, um eine gemeinsame Entscheidung zu treffen. Diese Treffen finden sehr selten statt. Das letzte … äh …“, er warf Tennian einen Blick zu, und die kleine Frau schüttelte nur den Kopf, „… vor einiger Zeit. Vor Jahrzehnten.“

Fred witterte Unrat. Oder Fisch. Aber dem würde sie später noch auf den Grund gehen können. „Also trefft ihr euch, um zu beschließen, ob ihr an die Öffentlichkeit gehen wollt oder nicht?“

„Nicht nur wir. Auch du, Fredrika.“

Sie zog eine Augenbraue hoch. „Ach ja?“

„Der Großkönig besteht darauf.“

„Und? Ich bin keine seiner Untertanen.“

„Entschuldige bitte“, murmelte Tennian, „aber das bist du doch.“

„Willst du ein Armdrücken?“

„Der König bittet um deine Anwesenheit", fuhr Kertal mit monotoner Stimme fort. „So wie auch seine Hoheit Prinz Artur."

„Nach *seiner* Pfeife tanze ich ganz bestimmt nicht. Tut mir leid, dass ihr den ganzen Weg umsonst gemacht habt. Wenn ihr möchtet, nehmt euch noch mehr Wasser. Und auf Wiedersehen."

„Der Prinz vermutete schon, dass du … widerspenstig sein würdest."

Sie verschränkte die Arme vor der Brust. „Ich würde eher mal so sagen: Wenn ich eine Entscheidung getroffen habe, bleibe ich dabei."

„Er bat uns, dich daran zu erinnern, dass er dein Leben gerettet hat."

„Er hat mich nicht davon abgehalten, mich anschießen zu lassen!" Aber warum war dann der Gedanke, den rothaarigen Penner wiederzusehen, so aufregend? Ganz zu schweigen davon, dass sie andere Meermenschen kennenlernen würde. Wenn sie allerdings alle solche Langweiler wären wie diese beiden hier, würde ihr die Zeit auf den Kaimaninseln lang werden. Da kam ihr eine Idee. „Wie lange dauert so ein Pelagial?"

„Bis die Mehrheit zu einer Einigung gekommen ist, die von Ihrer Majestät gebilligt wird."

„Aber das könnte ganz schön lange dauern … keine Ahnung, wie lange. Wie viele Meerleute werden denn kommen?"

„Tausende."

„Tausende?"

„Vielleicht. Das ist unmöglich vorauszusagen."

„Gibt es überhaupt irgendetwas, das du mir verbindlich sagen kannst?"

„Wir können nicht ohne deine Zustimmung, teilzunehmen, abreisen."

„Na wunderbar.“ Fred legte das Kinn auf die Faust und dachte nach. Die anderen beiden schauten ihr dabei zu und sagten nichts. Endlich sagte sie: „Schickt Artur jeweils zwei Gesandte zu *allen* Angehörigen des Unterseevolkes?“

Wieder tauschten sie Blicke. Aber dieses Mal meldete sich Tennian zu Wort. Sehr leise. „Nein. Du wirst als ein Sonderfall behandelt. Deine Anwesenheit ist bei diesem Treffen unverzichtbar.“

„Wer sagt das?“

„Die ganze königliche Familie.“

Fred war froh, schon mal zu sitzen, weil es sie sonst womöglich einfach umgehauen hätte.

4

„Aber warum?", brachte sie heraus, nachdem sie eine Weile ebenso gekeucht hatte wie eine Forelle auf dem Trockenen.

„Das wissen wir nicht."

„Haben sie einfach gesagt, ‚Geht und holt Fred'? Oder was?"

„Ja", erwiderte Kertal.

„Und ich soll jetzt meine Tasche packen und mit euch beiden auf die Kaimaninseln kommen?"

„Ja."

„Und wenn ich es nicht tue?"

„Du stehst in der Schuld der königlichen Familie", rief ihr Kertal in Erinnerung.

„Und du bist eine ihrer Untertanen", fügte Tennian freundlich hinzu.

„Ich stehe nicht in ihrer Schuld! Und ich bin kein Untertan." Trotzdem. Es handelte sich um einmalige Gelegenheit. Die Meeresbiologin in ihr wäre nur zu gern dabei gewesen, wenn sich Tausende von Meerjungfrauen trafen. Aber es ging ihr doch gegen den Strich, dass man ihr einfach so befahl zu kommen. Ihre eigene Mutter hatte aufgehört, ihr Befehle zu geben, als sie in der vierten Klasse war.

Sie fragte sich, woher die anderen Angehörigen des Unterseevolkes wussten, dass sie auf die Kaimaninseln zu kommen hatten, doch dann erinnerte sie sich daran, wie das Volk ihres Vaters kommunizierte: per Telepathie. Klar. Wie sonst sollte man sich unter Wasser verständigen?

Fred öffnete gerade den Mund, um noch ein paar Einwände zu erheben, da klapperten Schlüssel im Schloss, und die Tür schwang auf. Jonas stand im Türrahmen, keuchend und den Griff so fest umklammernd, dass seine Knöchel weiß waren. „Was habe ich verpasst?"

„Offenbar fahre ich auf die Kaimaninseln."

„Wie kommt's?"

„Supergeheime Meerjungfrauengeschäfte."

Ihr Freund strahlte. „Toll! Ich geh und packe. Gut, dass ich noch so viel Urlaub habe. Keine Sorge, mit Barb regle ich das schon."

Fred vergrub das Gesicht in den Händen. „Mist."

„Brauche ich einen Pass?"

„Du kannst nicht mitkommen", sagte sie, obwohl sie schon jetzt wusste, dass Widerstand zwecklos sein würde.

„Ha! Meinst du, ich würde mir die Chance entgehen lassen, meinen Vorrat an diesem leckeren Rum aufzufüllen? Weißt du, wie lange es her ist, dass ich das letzte Mal Urlaub hatte? Und an *deinen* letzten Urlaub kann ich mich gar nicht mehr erinnern." An Tennian und Kertal gewandt, sagte er: „Sie ist ein klassischer Workaholic. Hoffnungsloser Fall." Dann sagte er wieder zu Fred: „Außerdem wirst du in Schwierigkeiten geraten, so ganz allein."

„Du bist nicht eingeladen", sagte Kertal.

„Ich würde gerne sehen, wie du versuchen willst, mich aufzuhalten. Außerdem möchte ich wissen, wer dir die Haare … macht."

„Zweibeiner sind nicht willkommen", murmelte Tennian.

„Und *deinen* Friseur würde ich auch gerne kennen."

Fred erkannte ihre Chance und ergriff sie. „Ich gehe nur, wenn er mitkommt." Hatte sie das gerade wirklich gesagt? Sie spielte noch einmal in Gedanken die letzten fünf Sekunden durch. Ja, hatte sie. „Das ist mein Angebot. Akzeptiert es, oder lasst es bleiben.“

Dieses Mal wechselte das ernste Duo keine Blicke. Sie nickten nur gleichzeitig, was ein merkwürdiger Anblick war.

„Hurra!“, schrie Jonas. „Ich geh und pack die Badehosen.“

5

„Ich weiß gar nicht, warum du so aufgeregt bist", grummelte Fred. Jonas drückte das Gaspedal durch. Es war Herbst und mitten in der Woche, daher war auf den Straßen nach Cape Cod nicht viel los. Und Jonas freute sich über sein neues Spielzeug, einen grauen Ford Hybrid. „Ich weiß ja selber noch gar nicht, ob ich hinfahre."

„Juhuuu!" Er hupte einen langsam fahrenden Touristen an – sie ärgerten sich beide immer über die Idioten, die mit achtzig Stundenkilometern über die Überholspur schlichen – und zog rechts an dem kleinen blauen Volkswagen vorbei.

Fred drückte den Knopf, um das Fenster hinunterzulassen, und brüllte in den Wind: „Die Überholspur ist zum Überholen da, du Arschgesicht."

„Zwing mich nicht, die Kindersicherung wieder einzuschalten", warnte Jonas sie. „Und du hast *wohl* gesagt, dass du hinfährst. Du hast Wie-heißen-sie-noch-mal gesagt, dass du mitkommst, wenn ich mitkomme."

„Ja, da ist es für eine Sekunde mit mir durchgegangen. Ehrlich gesagt, ich verstehe noch nicht einmal, warum wir jetzt zu meiner Mutter fahren."

„Weil *nette* Töchter, die ihre Mütter *lieben*, ihren heißen Müttern sagen, wenn sie verreisen."

„Ich will nichts mehr darüber hören, wie heiß meine Mutter ist", drohte Fred, wohl wissend, dass es keinen Zweck hatte. Die ehemalige Hippiefrau Moon Bimm war in einer unglaublich guten Verfassung für eine Frau Anfang fünfzig. Zu Freds endloser Verzweiflung hatte sie höchstpersönlich Kenntnis davon, dass Moon noch immer den sexuellen Appetit einer Achtzehnjährigen hatte.

„Sag mal", sagte Jonas gut gelaunt. Wie immer konnte er ihre Gedanken lesen. „Erinnerst du dich noch daran, wie du deine Mutter und Sam dabei überrascht hast, als sie auf dem Couchtisch …"

Fred drehte die Musik lauter.

„Musste dein Stiefvater nicht einen Chiropraktiker aufsuchen, nachdem du ihn von deiner Mutter gezerrt hattest?", schrie Jonas gegen die Musik an.

Fred ließ das Fenster wieder hinunter und steckte für die nächste halbe Stunde wie ein Hund den Kopf hinaus.

„Komm schon, zeig es mir", bettelte Jonas.

Also führte sie ihren Freund um das cremefarbene Cape-Cod-Haus mit den jägergrünen Fensterläden herum und zeigte ihm die reparierte Schiebetür aus Glas, die sie im letzten Herbst zerbrochen hatte, nämlich in dem Glauben, ihre Mutter würde von einem Wassermann bedroht werden. Dem ersten, den sie je getroffen hatte.

„Jesses", sagte Jonas beeindruckt. Er klopfte mit den Knöcheln gegen das Glas. „Das ist aber eine richtig dicke Scheibe. Und du bist einfach hindurchgegangen?"

„Zuerst habe ich sie eingetreten. Und dann bin ich hindurchgegangen."

„Das Extreme hinterlässt immer einen Eindruck", sagte Jonas und zitierte damit seinen Lieblingsfilm *Heathers*. Seit *Meerjungfrauen küssen besser* war er in Winona Ryder verknallt.

„Und was ist dann passiert?"

„Dann habe ich Artur, den Großprinzen des Unterseevolkes, kennengelernt, von dem ich annahm, dass er gerade meine Eltern überfiel."

„Was du aber nicht wusstest, war", ergänzte Jonas, der die Geschichte nun auf seine eigene Bitte hin zum tausendsten Mal hörte, „dass Moon ihn schon mit ihren körperlichen Reizen bezirzt hatte und keine Gefahr bestand."

„Wie dem auch sei", fuhr sie fort und sah ihn böse an, „am nächsten Tag hat Sam jedenfalls die Tür reparieren lassen. Ende."

„Ah, Sam. Der schwerreiche Gatte der wunderbaren Moon und leidgeprüfte Stiefvater der übellaunigsten Meerjungfrau der Welt. Huch!"

Fred zuckte zusammen und sah sich um. Der besagte Mann, ihr Stiefvater, blinzelte sie durch die Fensterscheibe (und seine Brillengläser) an. Sam war ein paar Zentimeter kleiner als Fred und trug das braune, langsam ergrauende Haar gewöhnlich in einem Zopf, der die kahle Stelle auf seinem Kopf nur noch deutlicher durchschimmern ließ.

Er hob den Riegel und schob die Tür auf. „Hallo, Fred. Jonas. Wir haben Gäste." Was so viel hieß wie: Kein Wort über Meerjungfrauen.

„Wir bleiben nicht lang", versprach Fred und trat an ihrem Stiefvater vorbei ins Haus.

„Vielleicht nur zum Dessert. Hat Moon wieder Eiskrem gemacht?", fragte Jonas.

„Soll das ein Witz sein?" Sam lächelte und öffnete den Gefrierschrank. „Was ist dein Lieblingsgeschmack?"

„Wer ist das?", hörte man da eine zitternde Stimme.

Sam streckte seine raue Hobbyschreinerhand aus, und nach einem Moment des Zögerns griff das kleine Mädchen nach einem von Sams Fingern. Fred schätzte sie auf ungefähr fünf Jahre, wenn sie nicht unterernährt war, was im Hinblick auf ihren Knochenbau und die riesigen braunen Augen, die beinahe aus ihren Höhlen traten, nicht unwahrscheinlich war. „Ellie, das sind meine Tochter Fred und ihr bester Freund Jonas."

Ellie schob sich hinter Sam. Jetzt sah Fred nur noch ein großes braunes Auge. Jonas, der gerade damit beschäftigt war, sich einen Eisbecher mit sechs Kugeln zusammenzustellen, leckte den Löffel ab, sah hoch und winkte.

„Wer ist das?", flüsterte Ellie.

Sam kniete sich hin, sehr langsam, und legte die Hände auf Ellies Schultern. Sehr sanft. „Das ist der beste Freund, den meine Tochter hat. In der Schule hat man ihn immer gehänselt, und Fred musste auf ihn aufpassen. Sie hat ihn beschützt. Er würde ihr niemals wehtun."

„Aber das weißt du nicht." Ellie hatte den abwesenden Blick eines Kindes, das in einem Albtraum gefangen ist, aus dem es nie wieder erwachen wird. „Nur Gott weiß alles."

Fred hustete, woraufhin Sam und Ellie ihr den Blick zuwandten. „He, Ellie, sieh dir das mal an."

Im Stillen entschuldigte sie sich bei ihrem besten Freund, packte Jonas beim Hemdkragen, zerrte ihn von seinem Stuhl hoch und warf ihn durch die (nun glücklicherweise geöffnete) Schiebetür.

6

Jonas war kräftig gebaut (wunderbar kräftig, hätte Dr. Barb wohl gesagt, von Freds Würgegeräuschen begleitet), aber trotzdem war sein Gewicht für Freds Hybridenkräfte kein Problem. Die Luftgeschwindigkeit, die er erreichte, war beeindruckend.

Fred ignorierte sein Jammern („Mein Eisbecher!"), was ihr umso leichter fiel, je leiser es zu hören war. „Siehst du das, Ellie? Wie Sam sagte, mein Freund würde dir nie wehtun. Aber wenn doch, wenn er die Tollwut bekäme und verrückt würde und tatsächlich versuchte, dich auf eine Weise anzufassen, die du nicht magst, dann trete ich ihm so fest in die Eier, dass er sich daran verschluckt. Alles klar?"

Ellie kam langsam hinter Sams Rücken hervor und äugte zu Fred hoch. „Machst du Sport?"

„Nein, ich hasse Fitnessstudios. Und Laufbahnen. Ich trainiere niemals, wenn ich nicht muss. Na ja, ich schwimme." Sie dachte nach. Etwas, das Spaß machte und notwendig war, konnte man wohl kaum *Sport* nennen, oder? „Sehr oft."

Fred hatte natürlich von den Pflegekindern, die ihre Mutter und Sam aufgenommen hatten, gewusst. Einige blieben nur eine Woche oder zwei, die Zeit eben, die die Behörden brauchten, um den diversen Papierkram zu erledigen. Manche blieben nur für ein paar Stunden. Und wieder andere, wie Ellie, waren nun schon Monate bei ihnen, weil Sam der einzige männliche Erwachsene war, den sie ertrug. Von Ellie wusste man, dass sie Feuer legte, wenn Männer in ihrer Nähe waren, die sie ängstigten. Bei lebendigem Leibe zu verbrennen, hatte sie dem Notarzt, der sie versorgte (so wie mehreren Sozialarbeitern), erklärt, das war besser, als noch einmal *so* berührt zu werden.

Das kleine Mädchen, das so furchteinflößend wie verletzlich war, sah zu Fred hoch. „Ich mag dein Haar", flüsterte sie.

„Danke." Verlegen griff Fred in ihre grünlichen Strähnen. „Darf Jonas jetzt wieder reinkommen?"

„Es ist dein Haus", stellte Ellie fest und machte eine hilflose Geste mit der Hand, sodass Fred die zahlreichen schlimmen Narben auf ihren Unterarmen sehen konnte.

„Eigentlich ist es Sams Haus", sagte Fred sanft und biss sich auf die Unterlippe, um das Kind nicht mit Fragen nach dem leiblichen Vater zu bedrängen. „Und das meiner Mutter. Aber wenn du nicht willst, dass er wieder reinkommt, isst er sein Eis eben auf dem Rasen."

„Ich hasse dich!", hörten sie Jonas aus dem Hintergrund rufen.

Zu Freds Überraschung lächelte das ernste Kind, das so viele böse Erfahrungen gemacht hatte. „Er kann reinkommen. Solange du da bist."

„Wie du wünschst, Ellie." Sam kniete sich hin und drehte das kleine Mädchen sanft herum, sodass es ihn anschaute. „Aber selbst wenn Fred nicht hier wäre, würde ich dich beschützen. Das weißt du doch, oder?"

„Ja, Sam. Ich muss jetzt gehen. Die Werbung ist vorbei." Ohne ein weiteres Wort verließ sie die Küche.

„Was sollte das denn?", schimpfte Jonas, als er sich ein paar Blätter aus dem nicht mehr ganz so perfekt frisierten Haar klaubte. „Fragst du dich manchmal, warum du keinen großen Freundeskreis hast, Fred?"

„Tut mir leid." Aber es tat ihr gar nicht leid. „Ich wollte dem Pflegekind des Tages nur etwas demonstrieren."

„Oh, richtig. Ich vergaß. Aber trotzdem ... das nächste Mal warn mich bitte vorher! Vielen Dank, dass du auf den Blätterhaufen gezielt hast."

„Gern geschehen." Sie tat so, als wäre es Absicht gewesen. „Und jetzt iss deinen Eisbecher, du Penner."

„He, ich hab überall Blätter und tote Käfer und sehe immer noch besser aus als du."

Das stimmte. Trotzdem ging Fred nicht weiter darauf ein und drehte sich zu Sam um, den sie nun mit anderen Augen betrachtete. Obwohl er so aussah wie immer. Kurzsichtige braune Gucker, die ständig blinzelten, schmale Figur, kleines Bäuchlein und der übliche Zopf.

Sie kannte ihn, seit sie denken konnte. Sie hatte immer gewusst, dass er nicht ihr richtiger Vater war, obwohl ihre Mutter es ihr erst gesagt hatte, als Fred dreißig Jahre alt geworden war. Aber Sam bekam schon im Nichtschwimmerbecken Panik, während Fred mit wilden Delphinen brustschwamm, seitdem sie sieben war.

Sam war Sam, und ausnahmsweise war sie dankbar dafür, denn sie erkannte, wie viel dieser sanfte Mann einem Kind zu bieten hatte – jedem Kind. Ihre Mutter behandelte er wie eine Königin. Und das keineswegs, weil er Angst vor Fred hatte.

Sie musste sich eingestehen, dass es sicher nicht gerade einfach war, eine Meerjungfrau als Stieftochter zu haben, vor allem eine, die äh ... so leidenschaftlich war wie sie.

„Was sind das für Narben auf ihrem Arm?", fragte sie unvermittelt, weil sie auf keinen Fall rührselig werden wollte. Ausgerechnet wegen Sam. „Küchenmesser?"

„Du solltest erst mal ihren Rücken sehen", sagte Sam ruhig,

nahm seine Brille ab und putzte sie energisch mit seinem ausgewaschenen Rolling-Stones-T-Shirt. „Das war ein Teppichmesser. Ihr Vater arbeitet in einer Lagerhalle für Spirituosen. Er hat immer eines für Notfälle dabei."

„Die Akte."

Er blinzelte sie mit wässrigen braunen Augen an und setzte seine Brille wieder auf. „Wie bitte?"

„Ihre Akte. Gib sie mir."

Sam lächelte tatsächlich. „Ich hatte gehofft, dass du vorbeikommen würdest, Fred. Ihre Akte liegt in meinem Büro. In deiner Schublade."

Deine Schublade. Ein typischer „Samismus" für den großen Aktenschrank in einer Ecke seines Büros. Vierzig Zentimeter tief, vier Schubladen. Nie verschlossen. Hier herrschte immer eine peinlich genaue Ordnung. Jede Zeichnung, jeder Tontopf, jeder nutzlose Aschenbecher, jeder Schulaufsatz, jede Semesterarbeit, die Fred mit nach Hause gebracht hatte, vom Kindergarten bis zur Doktorarbeit, befand sich in diesem Aktenschrank. In der obersten Schublade lag eine Akte, auf der stand „Für Fred." Hier hinterließ Sam ihr Notizen, Hinweise auf Bücher, die sie lesen sollte, und Informationen, die er für wichtig befand. Dort würde auch Ellies Akte zu finden sein. Sicher mit einem Exemplar von *Sieben Wege zur Effektivität für Meermenschen*.

Normalerweise regte sich Sam auf, wenn Gewalt angewendet oder angedroht wurde. Fred sah ihn mit zusammengekniffenen Augen an: „Ist das jetzt nicht der Moment, in dem du mir gewöhnlich einen Vortrag über Friedfertigkeit und Nächstenliebe hältst?"

„In diesem Fall überlasse ich das deiner Mutter. Die übrigens im Wohnzimmer mit Ellie Zeichentrickfilme ansieht. Ich geh mal und hol sie."

„He, Sam."

Er drehte sich um und zog eine ergrauende Augenbraue hoch.

„Danke." Nicht nur für Ellie. Aber sie wollte – konnte – nicht deutlicher werden.

Ihr Stiefvater nickte und trottete aus der Küche.

„Bekommen Pflegeeltern die Akten?", fragte Jonas und schabte mit dem Löffel in der Schale. „Kannst du damit den lieben Papi finden? Und ihn dann mit dem Kopf voran in einen laufenden Wäschetrockner stecken? Lass dir ja nicht einfallen, ohne mich zu gehen."

„Selbstverständlich gehe ich ohne dich. Wenn man Ellies Angst vor erwachsenen Männern sieht, kann man sich leicht ausmalen, was für ein Typ das ist. Außerdem sind die Akten für die Pflegeeltern nicht sehr ausführlich. Du hast doch sicher schon mal von Hackern gehört."

„Klär mich auf, o wunderbarer Fischschwanz", sagte Jonas, den Mund voll Erdbeereis. „Tu einfach so, als wäre ich genauso ein Volltrottel wie du."

„Der Begriff wurde extra für Sam erfunden." Fred musste unwillkürlich grinsen. Als sie zehn Jahre alt gewesen war, hatte sie das ganz alleine herausgefunden. „Er wusste vor allen anderen, wie man einen Computer als Fernglas benutzt. Und er nimmt ein Kind erst in seinem Haus auf, wenn er *alles* von ihm weiß."

„Das ist aber nicht sehr hippiemäßig", sagte Jonas und versuchte, tadelnd zu klingen. Was ihm allerdings nicht gelang.

„Schlechte Angewohnheiten hat jeder."

„Fred! Liebes!" Ihre Mutter Moon, eine kleine, gut aussehende Blondine mit Silbersträhnen in ihrem schulterlangen Haar, eilte in die Küche und drückte Fred so fest, dass sie nach Luft schnappen musste. Sie trug ein ausgewaschenes pinkfarbenes T-Shirt (das damals, als Fred in der vierten Klasse war, noch rot gewesen ist) und Jeans, die sich über ihren pummeligen Schenkeln spannten. „Welche welterschütternden Enthüllungen führen dich denn dieses Mal nach Hause?"

„Welterschütternd", sagte Jonas, den Mund voller Schokoladeneis. „Ha!"

„Oh!" Moon fuhr zusammen und lächelte dann strahlend. „Jonas, Lieber, ich habe dich gar nicht gesehen."

„Weil Fred die ganze Sicht versperrt. Leckeres Eis übrigens."

„Ich versperre *nicht* die ganze Sicht."

„Hast du das Bananeneis gefunden?"

Jonas nickte. „Ja. Neben dem Blaubeersorbet."

„Wie bleibst du nur so schlank?", wunderte sich Moon mit einem Blick auf die Reste der riesigen Portion Eis, die Jonas gerade verschlungen hatte.

„Untadeliger Lebenswandel", erwiderte er mit vollem Mund.

„Und diese süße neue Freundin, möchte ich wetten." Moon zwinkerte ihm zu.

„Diese süße neue Freundin ist meine Chefin. Themawechsel", ging Fred dazwischen, weil Jonas und Moon nun sicher stundenlang so weiterscherzen würden. „Ich muss für eine Weile verreisen."

„Eine Geschäftsreise?"

„Ja", sagte Fred. „Nein", sagte Jonas.

Böse starrten sie sich gegenseitig an.

„Oho!", sagte ihre Mutter mit blitzenden Augen. „Hier war in den letzten Monaten ohnehin zu wenig los. Außer, als Ellie vergaß, den Deckel auf den Mixer zu tun, bevor sie ihn anschaltete", sagte sie nachdenklich.

„Es ist keine große Sache, Mom."

„Klar ist es eine große Sache, und wie“, sagte Jonas. „Sie sehen übrigens toll aus.“

„Das Kompliment fände ich schmeichelhaft und beunruhigend zugleich“, sagte Freds Mutter mit einem Lächeln, „wenn ich nicht von deiner Freundin wüsste. Und was dich betrifft, Fredrika Bimm“, das Lächeln verschwand, „schon als du drei warst, wollte ich keine Lügen von dir hören. Warum glaubst du, daran hätte sich etwas geändert?“

„Ich fahre zu einem Pelagial.“

„Und auch dein Meeresbiologenkauderwelsch, das du benutzt, wenn du keine direkte Antwort geben willst, möchte ich nicht hören. Du kannst dich nicht hinter deinen Fachbegriffen verstecken, junge Dame. Also raus mit der Sprache.“

Fred fluchte. Warum musste sie mit einer so intelligenten Mutter geschlagen sein? „Es ist ein Treffen. Ein Treffen aller Angehörigen des Unterseevolkes. Du weißt schon, so nennen sie sich selber.“

„Alle Meerjungfrauen kommen“, fügte Jonas hinzu, „und Fred ist mittendrin.“

„Wirklich?“ Moon zog sich einen Stuhl heran, setzte sich und stützte die Ellbogen auf den Tisch. Sie dachte so angestrengt nach, dass sich ihre Lachfältchen nach unten bogen. „Sie treffen sich und haben dich dazu eingeladen?“

„Ja.“

„Kaum zu glauben, was?“, sagte Jonas.

Die Lachfältchen wechselten wieder die Richtung, und Moons Gesicht hellte sich auf. „Aber das ist doch wundervoll!“

„Warum“, fragte Fred misstrauisch, „sollte das wundervoll sein?“

„Das bedeutet, dass sie dich als eine von ihnen akzeptieren! Und … und …“

Fred ließ ihre Mutter nach Worten suchen. Sie brachte es nicht übers Herz, ihr zu sagen, dass auch Jonas eine Einladung zum Pelagial erhalten hatte, und *er* wurde ganz sicher nicht als einer von ihnen akzeptiert. Aus dem einen folgte nicht zwangsläufig das andere. Und Tennian und Kertal waren in ihren Ausführungen merkwürdig vage geblieben.

Das gefiel ihr nicht. Ganz und gar nicht. Sie nahm nur daran teil, weil sie sich bei dem Thema Jonas stur gestellt hatte und die Versuchung, die beiden zu ärgern, einfach zu groß gewesen war. Damit, dass sie Artur wiedersehen würde, hatte es nichts zu tun.

Nichts. Aber auch gar nichts.

Wahrscheinlich war er mittlerweile mit einer Frau verheiratet, die ihm einen ganzen Wurf Guppys geboren hatte. Nein, sie hatte genug Probleme, ohne sich auch noch Gedanken um Artur zu machen, mit wem er schlief und was er sonst so getrieben hatte. Wie zum Beispiel … zum Beispiel …

Thomas! Thomas, zum Beispiel. Sie fragte sich, was Thomas wohl von dem Pelagial halten würde. Okay, das war gelogen. Sie wusste genau, was er davon halten mochte. Er war Meeresbiologe. Er wäre sicherlich ganz scharf darauf, mitzukommen.

Entschlossen verbannte sie Artur und Thomas aus ihren Gedanken und konzentrierte sich lieber auf das, was ihre Mutter gerade sagte.

„… du sogar deinen Vater wiedersehen!"

Freds Kinnlade klappte herunter, und sie packte die Lehne des leeren Stuhles so fest, dass sie ein Knacken hörte. Auf diese furchtbare Idee war sie noch gar nicht gekommen.

„Setz dich besser", sagte Jonas besorgt. „Du siehst richtig blass aus. Selbst für deine Verhältnisse."

„Ich fahre doch nicht wegen eines Scheißfamilientreffens auf die Kaimaninseln!", schrie sie.

„Oh, dieses Pelagialdingsbums findet auf den Kaimaninseln statt? Um diese Jahreszeit ist es wunderschön dort." Moon runzelte die Stirn. „Glaube ich zumindest. Jetzt gibt es dort doch keine Hurrikans, oder?"

„Mom, ich weiß doch noch nicht einmal, ob mein Vater auch teilnehmen wird."

„Ist es denn ein großes Treffen? Und ein wichtiges? Offenbar hat jemand sich die Mühe gemacht, dich zu finden und dir eine Einladung zu überreichen. Für eine Schlafanzugparty wäre das ein wenig zu viel Aufwand."

„Ja, ja", gab Fred widerstrebend zu.

„Also ist es ganz offensichtlich eine wichtige Angelegenheit, dieses Propofol, wenn sie alle Betroffenen extra aufsuchen."

„Pelagial. Propofol knockt dich aus. Und wenn ich es recht bedenke", gab Fred zu, „wäre das vielleicht der richtigere Name."

„Dann ist er möglicherweise auch dort! Ganz sicher sogar!"

„Wartet, wartet, wartet." Wie ein Verkehrspolizist, der seine Diät aufgegeben hat, hielt Jonas die erdbeerbefleckte Hand hoch. „Hat nicht Artur gesagt, dein Vater wäre tot? Erinnern Sie sich? Im letzten Herbst? Kurz nachdem Fred die Tür eingetreten hat?"

„Er sagte, er *glaubte*, dass Freds Vater tot sei. Dass er seit vielen Jahren nicht mehr gesehen worden war. Aber der Ozean ist groß." Zu Freds Verzweiflung machte Moon ihr „Alles wird gut"-Gesicht. „Es wäre also durchaus möglich, dass er noch am Leben ist! Natürlich! Dann könnte Fred ihn kennenlernen."

„Mom, ich würde meinen leiblichen Vater nicht mal erkennen, wenn er auf mich zuschwimmen und mir einen Haken in den Bauch rammen würde. Und er mich auch nicht."

„Dann beschreibe ich ihn dir", sagte sie. Der Horror nahm kein Ende. „Gebaut war er wie ein Schwimmer …"

„Haha."

„… du weißt schon, mit breiten Schultern und schmaler Taille. Oh, einen tollen Körper hatte dein Vater! Es war zu dunkel, um seine Haarfarbe erkennen zu können, und außerdem waren sein Haare nass, aber ich glaube, sie waren ein bisschen dunkler als deine."

„Mom, wenn du nicht aufhörst, zerschlage ich Jonas' Eisschale und esse die Stücke."

„Seine Augen waren grün, ein so klares Grün hatte ich vorher noch nie gesehen. Sogar noch ein bisschen dunkler als deine, Liebes. Er war …" Sie blickte über ihre Schulter zurück, um sich zu vergewissern, dass Ellie und Sam ganz mit Spongebob beschäftigt waren. „Er war das faszinierendste Wesen, das ich je kennengelernt habe."

„Ich muss mich gleich übergeben."

„Ich habe es kaum bemerkt, als er in mir war, weil ich gleichzeitig so gefesselt von seinen Augen, seinem Haar und seinen Schultern gewesen bin. Und dann war er fertig …"

„Faszinierend", stellte Jonas fest, „aber schnell."

„… und er rollte von mir runter und tauchte ins Meer zurück, und ich habe bis zum Morgengrauen nach ihm Ausschau gehalten, aber er kam nicht wieder. Drei Monate bin ich andauernd an dieselbe Stelle zurückgegangen und habe auf ihn gewartet." Moon seufzte und sah aus dem Küchenfenster. „Aber er kam nicht."

„Soll ich diesen Scheißkerl für dich finden und ihn fertigmachen?"

„Fredrika", sagte ihre Mutter mahnend.

„Mom, er hat dich gevögelt und dich dann komplett vergessen. Wenn ich ihn tatsächlich finden sollte, dann reiße ich ihm die Schwimmflossen aus. So behandelt niemand meine Mutter!"

„Fredrika, Sam und ich werden nicht ewig leben."

„Fang jetzt nicht wieder damit an, dass ich mir einen Mann suchen soll, bitte nicht!"

„Ich sage ja nicht, dass du einen Mann brauchst, um glücklich zu sein. Nur, dass Blutsverwandte selten und etwas Wunderbares sind. Deine ganz besonders", fügte sie mit einem beiläufigen Blick auf Freds Haar hinzu. „Wenn du deinen leiblichen Vater finden könntest ... Selbst wenn es stimmt, dass er tot ist, gibt es vielleicht noch Tanten oder Cousinen."

„Vergiss es, Mom. Es handelt sich um ein Pelagial, nicht um ein Familientreffen." Was immer das auch bedeuten sollte. „Ich fahre zu diesem Treffen. Das ist alles. Jonas fand, wir sollten vorbeikommen und euch wissen lassen, dass wir für eine Weile nicht in der Stadt sein werden." Sie wusste schon, warum sie Ausflüge nach Cape Cod möglichst vermied. „Oh, und ich muss noch etwas aus Sams Büro holen. Dann sind wir aber auch schon durch die Tür."

„Wird Prinz Artur auch dort sein?"

Fred stöhnte. „Ja."

„Das wird die offizielle Tagung der heißen Feger", sagte Jonas. „Warum sehen eigentlich alle Meermenschen so toll aus?"

„Hm", sagte ihre Mutter.

„‚Hm'?"

„Erstaunlich, wie jemand, der so offen und freundlich ist wie ich, ein so misstrauisches Kind haben kann."

„Tja, das ist nun einmal so", blaffte Fred. „Und wen interessiert es schon, ob Artur da ist? Mich nicht! Ich habe an den Typen gar nicht gedacht, seitdem er mir sagte, dass ich seine Prinzessin werden soll, und davongeschwommen ist. Und ich will auch gar nicht an ihn denken und wäre euch sehr dankbar, wenn ihr mich nicht immer wieder an ihn erinnern würdet!"

Überrascht blinzelten Jonas und Moon sie an.

Fred hüstelte und senkte die Stimme. „Außerdem würde ich mich gern für einen Moment in Sams Büro zurückziehen. Und dann auf die Toilette. Und dann müssen wir los."

„Tu das, Liebes. Amüsier dich gut auf deinem Pelikan."

„Na klar", murmelte Fred. „Wie eine Schneekönigin werde ich mich auf dem Pelikan amüsieren. Pelikan, hier komme ich."

„Hier kommen *wir*", verbesserte sie Jonas freundlich.

Fred verkniff sich mehrere Antworten und beschränkte sich stattdessen darauf, ihm einen weiteren Unheil verkündenden Blick zuzuwerfen. Dann verließ sie die Küche.

7

Der serienkillergrüne, nach Schweißfüßen stinkende Transporter traf mit dröhnendem Motor vor dem Pirate's Cover Resort auf Little Cayman ein.

„Endlich!“, sagte Jonas und starrte angestrengt aus dem schmutzigen Fenster. „Ich dachte schon, wir würden nie ankommen.“

„Und ich dachte, du würdest nie die Klappe halten.“ Die letzten zwölf Stunden waren entsetzlich gewesen, auch deshalb, weil Fred nicht gerne flog. Sie hatte das Angebot des schlecht gelaunten Duos abgelehnt, sie durch den Ozean zum Versammlungsort zu führen. Sie glaubte auch nicht, dass sie es schaffen würde, in weniger als vier Tagen zu den Kaimaninseln zu schwimmen. Südlicher als Florida hatte sie es nie geschafft. Und mit zwei reinrassigen Meermenschen hätte sie es ganz sicher nicht aufnehmen können. Diese Demütigung hatte sie sich ersparen wollen.

Wie versprochen hatte Jonas Dr. Barb dazu gebracht, ihr Urlaub zu genehmigen. Er hatte sogar ihre Taschen gepackt und die Kühlschränke geleert. Fred hatte sich einfach zurückgelehnt und ihn sich um alles kümmern lassen. Das machte es einfacher für sie und beruhigte sie außerdem.

Sie stiegen aus dem Transporter, nahmen ihr Gepäck und husteten, als der Fahrer sie in einer Staubwolke stehen ließ.

„Was für ein ausgesprochen freundlicher Empfang“, keuchte Jonas und wedelte mit der Hand den Staub weg.

„Na ja, man hat uns doch Ungestörtheit versprochen. Meerjungfrauen werden wohl kaum auf öffentlichen Stränden herumliegen."

Jonas kicherte und hängte sich seine Reisetasche über die Schulter. Seltsam war er gekleidet: in ein gelbes Hawaiihemd, butterblumengelbe Shorts und Slipper ohne Socken. Seine Sonnenbrille hatte er vergessen, weswegen er jetzt die Augen zusammenkniff. Das Haar saß dagegen so perfekt wie immer.

Fred dagegen fühlte sich so schlapp wie ein alter Waschlappen. Das grüne Haar klebte ihr am Kopf, sie brauchte dringend eine Dusche, und ihre Shorts rutschten ihr immer wieder in die Poritze. Wenn ihr Erscheinungsbild ihr wichtig gewesen wäre, würde sie jetzt wohl …

„He! Da seid ihr ja!"

Und bevor sie etwas sagen und sich in Sicherheit bringen konnte, rannte Dr. Thomas Pearson schon zu ihr hin und gab ihr einen Kuss auf den Mund.

8

„W… was macht du denn hier?“ Sie ließ ihre Tasche fallen. Unglücklicherweise traf sie auf ihren Fuß. Aber sie war zu erstaunt, um sich um ihre schmerzenden Zehen zu kümmern.

„Machst du Witze? Wer, glaubst du, bezahlt denn das alles hier?“ Thomas breitete die Arme aus und deutete auf die ausgestorbenen Gebäude und den leeren Strand. „Ich habe Artur versprochen, mich darum zu kümmern, dass das Hotel leer ist, damit ihr euer großes Treffen abhalten könnt. Ich habe die ganze Anlage für einen Monat gebucht und dem Personal bezahlten Urlaub gegeben. Die schlechte Nachricht ist also, dass wir selber kochen müssen.“

„Du *wusstest* von dem Pelagial?“

Ihr Kollege, der Meeresbiologe, lachte herzlich. „Ja, ist das nicht eine tolle Bezeichnung?“

„Ich verstehe nicht, was daran lustig sein soll“, beschwerte sich Jonas. „Hört auf, in eurer Meeresbiologensprache zu sprechen, ihr Fachidioten. Aber es ist schön, dich wiederzusehen, Mr Superreich.“

„Ganz meinerseits, Jonas.“ Die beiden Männer schüttelten sich die Hände. „Bist du immer noch mit Barb zusammen?“

„Ohhhh ja!“

„Fang nicht damit an“, flehte Fred.

Nur mit Mühe erholte sie sich von ihrem Schock. Als wenn das geplante Pelagial nicht schon aufregend und das ernste Duo nicht anstrengend genug gewesen wäre, stand hier nun Thomas vor ihr, so freundlich wie ein Hundewelpe und zehnmal so süß. Ihr Mund brannte von seinem Kuss.

Sie hakte nach. „Was machst du hier?"

Er legte den Arm um sie, und sie schüttelte ihn ab. „Das hast du dir selber zu verdanken", sagte er freundlich. „Artur hat mich in England aufgesucht und zu dem Treffen eingeladen. Anscheinend ist es unter Meermenschen verpönt, einer Dame den Hof zu machen und gleichzeitig dafür zu sorgen, dass der Rivale diese Möglichkeit nicht hat."

„Wie bitte?" Fred hatte Schwierigkeiten, der Unterhaltung zu folgen.

„Oho!", rief Jonas. Verärgert stellte sie fest, dass bei ihrem Freund der Groschen offenbar schneller gefallen war. „Artur versucht nur dann, Fred ins Bett zu bekommen, wenn du es auch versuchen kannst?"

„So ungefähr."

„*Wie* bitte?"

Jonas duckte sich, aber Thomas – das musste man ihm lassen – zuckte mit keiner Wimper. „Gegen die Tradition des Unterseevolkes werde ich aber wohl kaum etwas ausrichten können."

„Ich würde mal einen Versuch wagen", gab Fred zurück.

„Eigentlich ist es ein sehr zivilisiertes Verhalten, wenn man so drüber nachdenkt."

„Schade nur", stieß sie zwischen zusammengebissenen Zähnen hervor, „dass mich vorher niemand gefragt hat."

„Außerdem, hast du gedacht, ich würde mir diese Chance entgehen lassen? Auf keinen Fall!"

„Die Chance, Fred flachzulegen?", fragte Jonas und wackelte mit den blonden Augenbrauen. „Oder die, tausend barbusige Meerjungfrauen zu sehen?"

„Egal was.“ Thomas strahlte. „Beides ist gut.“

„Ich bekomme Migräne“, brummelte Fred. „Welche Hütte ist meine?“

„Die, in der ich schlafe“, sagte Thomas mit hoffnungsvollem Blick.

„Netter Versuch. Ich nehme die da.“ Und sie marschierte auf Nummer sechs zu.

9

Nachdrückliches Klopfen an der Tür weckte Fred aus ihrem unruhigen Schlaf. Zunächst allerdings hatte sie das Klopfen in ihren Traum eingebaut.

Es war dreißig Jahre früher. Sie versuchte, in das Haus ihrer Mutter einzubrechen, um sie davor zu warnen, mit dem Wassermann zu schlafen, den sie am Strand getroffen hatte. Aber egal wie laut sie klopfte, ihre Mutter beachtete sie gar nicht. Sie wandte nicht einmal den Kopf. Fred klopfte noch lauter …

… und wachte auf.

Ihre Tür erbebte in den Scharnieren. Wer immer dort draußen stand, er wollte sie offenbar sehr dringend sprechen (oder ihre Toilette benutzen). Sie rollte sich aus dem Bett und wankte zur Tür.

„Schon gut, mach dir nicht in die Hose!“ Sie riss die Tür auf, und plötzlich packte sie jemand, riss sie in die Höhe und drückte sie an sich.

Sie boxte den Prinzen des Unterseevolkes auf das linke Auge, und er setzte sie wieder ab. „Ach, meine Rika. Wie schön, dass du da bist.“ Er betastete sein Auge, das schon anzuschwellen begann. „Liebenswürdig wie immer.“

„Du hast es nicht anders verdient, du Grabscher.“ Sie versuchte, böse zu klingen, aber eigentlich freute sie sich, ihn wiederzusehen. Und er sah umwerfend aus, wie immer. Groß. Kraftvoll. Haare und Bart in diesen unglaublichen Rottönen. Wie König Neptun in Person. *Seine* Person allerdings war gekleidet (nur spärlich allerdings) in zerschlissene Khakishorts. Und sonst nichts. Er wackelte mit den sandigen Zehen, wie um sie zu grüßen. „Warum die Eile?“, fragte sie.

„Nur, um dich zu sehen, kleine Rika. Ich freue mich, dass du unsere Einladung angenommen hast.“

„Das ernste Duo hat sich nicht so angehört, als hätte ich eine Wahl.“

„Ernst?“ Artur legte die Stirn in Falten. Dann hellte sich sein Gesicht auf. „Ah, Tennian und dieser andere Typ. Wie heißt er noch mal?“

„Es beruhigt mich, dass auch du sie dir nicht alle merken kannst. Die beiden sind im Stechschritt bei mir aufgetaucht.“

Artur warf den Kopf zurück und lachte. „Als wenn man dich zu etwas zwingen könnte, Fredrika Bimm!“

„Ich nehme das mal als Kompliment.“

Er lächelte sie strahlend an. „Und wie geht es deiner Frau Mutter?“

„Sehr gut. Sie und mein Stiefvater nehmen jetzt Pflegekinder bei sich auf.“

Artur runzelte die Stirn. „Pflege…?“

„Kinder, die von ihren Eltern geschlagen werden oder Waisen sind oder so.“

„Dein Volk … *schlägt* Kinder? *Die eigenen Kinder*?“

„Nun ja.“ Sie hüstelte. „Ja. Manche von ihnen. Von uns.“

Artur mühte sich sichtlich, sich sein Entsetzen nicht anmerken zu lassen. „Nun, dann tut deine Mutter eine gute Tat. Sie ist eine wunderbare Frau.“

„Danke. Du siehst gut aus.“ Eine leise Untertreibung.

„Und du, kleine Rika, siehst zum Fressen lecker aus.“

„Wie süß. Willst du mir nicht erklären, was Thomas hier zu suchen hat?“

Artur machte ein finsteres Gesicht, und Fred gelang es gerade noch, das Kichern zu unterdrücken, das ihr hatte entschlüpfen wollen. „Er ist mein Rivale – im Kampf um deine Zuneigung."

„Okay. Und weiter?"

„Es wäre ungehörig, dich an einen Ort zu entführen, zu dem er keinen Zugang hat. Ich muss meinen Rivalen höflich behandeln. Außerdem", fügte Artur nachdenklich hinzu, „möchte ich, dass mein Vater ihn kennenlernt. Er ist ein beeindruckender Kämpfer. Für einen Menschen."

„Das sagtest du letztes Jahr auch schon."

„Ah, deine Wunde." Er tippte ihre Schulter mit dem Zeigefinger an. Am liebsten hätte sie ihn auch auf das andere Auge geboxt, tat es aber nicht. Diese Leute kannten einfach keine persönliche Distanzzone. „Ist sie gut geheilt?"

„Klar. Aber nicht, weil ihr beiden Psychos auch nur irgendwas dazu getan hättet."

„Du kannst uns nicht vorwerfen, dass wir uns keine Sorgen um dich gemacht hätten."

Es gab sehr viel, das sie ihnen vorwerfen konnte. Aber jetzt war vielleicht nicht der richtige Zeitpunkt dafür. „Na, dann mach dich auf etwas gefasst. Nicht nur Thomas ist hier, sondern auch Jonas. Er war quasi im Preis inbegriffen."

Artur lächelte nicht, aber er wurde auch nicht wütend. „Dein Freund hat sich in der Vergangenheit ehrenhaft verhalten und dein Geheimnis … wie lange … bewahrt?"

„Bald sind es fünfundzwanzig Jahre."

„Wegen Jonas mache ich mir also keine Sorgen. Er ist diskret."

„Diskret? Du musst einen anderen Jonas meinen."

„Es ist gut, dass Thomas meine Einladung angenommen hat", fuhr Artur fort. „Er und Jonas werden die ersten Landbewohner sein, die an einem Pelagial teilnehmen."

„Ja, und das ist ihm auch schon zu Kopf gestiegen."

„Wenn das so ist, dann nur wegen deiner Anwesenheit, kleine Rika, nicht wegen meiner."

„Ha", sagte sie missmutig. „Und da wir gerade von meiner Anwesenheit sprechen: Willst du mir nicht erklären, warum es so unglaublich wichtig ist, dass ich zu diesem Treffen erscheine?"

„Äh … ja. Aber später. Hast du schon zu Abend gegessen?"

„Auf dem Flug hierher, ein paar Pringles."

„Ich weiß nicht, was ein Pringle ist, aber es hört sich widerlich an. Komm." Er streckte seine große Hand aus, und sie nahm sie. Sie ahnte seine ungeheure Körperkraft mehr, als dass sie sie spürte. Sie selbst war schon stark, aber Artur war ein rothaariger Supermann. „Wir werden zusammen essen."

„Glaub ja nicht, ich merke nicht, wie ihr mich alle über dieses Pelagialdingsbums im Dunkeln lasst", warnte sie ihn, als er sie aus dem Zimmer zog. „Ich frage und frage, und niemand antwortet mir wirklich."

Artur strahlte sie an. „Es gibt Zackenbarsch."

10

Artur führte sie am Pool vorbei zur größten Hütte der Anlage – mit anderen Worten: dem Haupthaus. Darin befand sich die größte Bar, die sie je gesehen hatte – so groß wie ihr Wohnzimmer. In mindestens zwanzig der Flaschen war Rum. Wie in ihrer Wohnung ging auch hier die Bar in eine Cocktail Lounge über, diese dann in das Esszimmer und dieses wiederum in die Küche. Alles war geschmackvoll mit Plastikpuppen in Fischnetzen dekoriert. Wie der Tatort von *Alice im Wunderland meets CSI*.

Fred machte sich, ohne zu zögern, über das Buffet her. Thomas hatte zwar gesagt, dass es keinen Koch gab, aber irgendjemand wusste offenbar, was in einer Küche zu tun war. Sie war so hungrig gewesen, dass sie den Hunger ganz vergessen hatte – komisch, manchmal passierte das tatsächlich. Aber als sie das köstliche gegrillte Gemüse roch, sabberte sie wie eine Hyäne.

Während sie ihren Teller mit Salat und Gemüse belud, hoben die einzigen anderen Gäste – Jonas und Thomas – die Hand zum Gruß. Jonas ließ den Zackenbarsch Zackenbarsch sein und lief zur Bar hinüber, um ihr einen Wodka Sour zu holen. Mit einem Knall stellte er das Glas vor ihr auf dem Tisch ab und schaufelte sich weiter den Fisch in den Mund.

„Danke. Wo sind die anderen?“, fragte sie, als sie und Artur ihnen gegenüber Platz nahmen. Sie warf einen Blick aus dem großen Fenster und sah, was sie bereits gesehen hatte, als sie aus dem Transporter gestiegen war: nichts und niemanden.

„Hmpf“, erwiderte Jonas.

„Oh, sie sind hier irgendwo", sagte Thomas. Auf diese berechnend vage Antwort fiel Fred aber nicht herein. Es war sehr unwahrscheinlich, dass ein Meerjungfrauen-Groupie nicht wusste, wo wenigstens ein paar der Meermenschen zu finden waren.

„Iss deinen Salat", war Arturs Antwort.

Wenn sie nicht so hungrig gewesen wäre, hätte sie jetzt mit einer dramatischen und Aufmerksamkeit heischenden Geste die Gabel fallen gelassen und sich so lange geweigert, sie wieder in die Hand zu nehmen, bis man ihr endlich sagte, was sie wissen wollte. Aber so hatte sie zwischen zwei Gabelladungen gerade genug Zeit zu brummeln: „Was ist hier los? Was verschweigt ihr mir?"

„Iss deinen Spargel", sagte Jonas.

„Wer verschweigt denn hier etwas?", fragte Thomas und blickte schuldbewusst drein.

Artur räusperte sich geräuschvoll, was sich so anhörte, als würde ein Zementlaster im ersten Gang einen Schotterabhang hochfahren. „Wie nennen die Zweibeiner so etwas?"

„Wir nennen es Erdbeerkuchen", antwortete Fred. „Und ihr müsst wirklich noch mal üben, wie man unauffällig das Thema wechselt."

„Mein neues Buch ist gleich auf Platz sechsundzwanzig der *USA-Today*-Bestsellerliste eingestiegen", bemerkte Thomas und kratzte die letzten Reste auf seinem Teller zusammen.

„Ich nehme an, das sagst du, um Lob zu ernten?", fragte Artur.

„Ja, er will gelobt werden." Jonas leerte seine Rum-Cola. „Das bedeutet, dass sein Buch, für das Bäume haben sterben müssen, von ein paar Menschen gekauft wurde."

„Na ja, wenn du es so ausdrückst", murmelte Thomas niedergeschlagen. Fred prustete in ihren Drink.

„Das ist eine gute Sache“, sagte Jonas und zitierte damit eines seiner Idole, Martha Stewart. Er hielt an der Überzeugung fest, dass sie von den Enron-Bossen hereingelegt worden war, die sich selber aus der Schusslinie hatten nehmen wollen. „Das ist einer der Gründe, warum wir die gesamte Anlage für uns haben.“

„Ja. Und obwohl mein Herr Vater ihm bereits seinen Dank ausgesprochen hat, habe ich selber das noch nicht getan“, stellte Artur fest. „Wir sind recht vermögend – und wenn du nichts dagegen hast, mit Gold entschädigt zu werden, können wir ...“

Thomas wollte gerade ablehnen, als Fred ihn unterbrach. „Du hast den König kennengelernt?“ Ihr verschlug es vor Überraschung den Atem. „Aber noch nicht einmal ich kenne den König!“

„Tja, dann solltest du das wohl nachholen.“ Thomas versuchte, nicht selbstzufrieden zu klingen. Aber vergeblich. „Er ist ein toller Kerl. Er musste sich bei dem Gedanken, dass ein dreckiger Landbewohner sein Pelagial mit seiner Anwesenheit beschmutzt, gar nicht übergeben.“

„Wie sieht er denn aus?“, fragte Jonas.

Thomas deutete mit der Gabel auf Artur. „Stellt euch Artur in dreißig Jahren vor.“

„Ich glaube, wir haben nicht denselben Begriff von Zeit“, sagte Artur, der eine Pause einlegte, bevor er sein drittes Stück Kuchen verschlang. „Mein Herr Vater war zweiundsechzig Jahre alt, als ich geboren wurde.“

Fred und die Zweibeiner – äh, ihre Freunde – glotzten den Prinzen an. „Du ... was? Ehrlich?“, fragten sie.

„Wir haben bereits darüber gesprochen“, sagte Artur milde, dessen prinzenhafte Aura von einem Stück Erdbeere, das an seiner Oberlippe klebte, ein wenig gestört wurde. „Das Unterseevolk lebt länger und altert langsamer.“

„Und sie haben Superkräfte und einen tollen Teint, und die Schwerkraft meint es gut mit ihnen, denn sie brauchen keinen BH", sagte Jonas in einem Atemzug. „Zumindest ist das bei den beiden Meerjungfrauen, die ich kenne, der Fall – Fred und Tennian."

„Meine Güte, du machst mich ganz verlegen." Fred kaute heftig auf einem Brokkoliröschen. „Und wenn ich für Tennian sprechen darf, murmel, brummel, brummel."

„He, es können nicht alle so charmant und warmherzig wie du sein", sagte Jonas, lehnte sich vor und stibitzte eine Babykarotte von ihrem Teller.

„Redet ihr von dieser wunderschönen blauhaarigen Frau?", fragte Thomas, ganz offensichtlich überrascht. „Red nicht schlecht über sie, du schreckliche Frau. Sie ist so süß."

„Woher weißt du das? Sie spricht immer ganz leise. Ich glaube nicht, dass sie überhaupt Zähne hat. Kennt ihr diese Leute, die so still sind, dass sie einen ganz nervös machen? Ich hätte mich gefreut, wenn *so* einer damals in meiner Wohnung gestanden hätte. Sie redet einfach nicht!"

„Im Gegensatz zu einigen von meinen Leuten, die ohne Unterlass sprechen!", scherzte Artur. „Und selbstverständlich hat sie Zähne. Du solltest sie mal in einem Garnelenschwarm sehen."

„Ist eigentlich heute der Tag, an dem alle zusammen Fred fertigmachen und ihr Essen klauen?", wollte Fred wissen. „Mir hat nämlich keiner was gesagt."

„Mein Herr Vater wird heute Abend an Land kommen und würde dich gerne kennenlernen", erklärte Artur. „Gerade jetzt speist er mit einigen Ratsmitgliedern zu Abend."

„He, du bist um ein Staatsdinner herumgekommen", stellte Jonas fest.

„Ja, und dafür muss ich mich bei meinen Zweibeinerfreunden und der kleinen Rika bedanken."

„Herrje." Thomas hustete in seine Serviette. „Das geht mir wirklich zu Herzen."

„Ich überlege gerade, ob ich dir das hier zu Herzen gehen lasse", drohte Fred und fuchtelte mit der Gabel. „Also, wo sind die anderen Gäste?"

Alle antworteten zur gleichen Zeit.

„Essen."

„Schlafen."

„Spazieren gegangen."

Fred seufzte in die nun folgende peinliche Stille hinein. „Und? Was davon ist es?"

„Nun, zuerst haben sie gegessen, dann haben sie ein Nickerchen gemacht …" Ganz offensichtlich improvisierte Jonas. „Und dann, ähem … sind sie spazieren gegangen. Hier gibt es nämlich viel zu entdecken. Hier auf den Kaimaninseln."

„Tiefseegräben und so", ergänzte Thomas, der Jonas zu Hilfe eilte.

„Wirklich, Leute. Das ist traurig. Ich schäme mich für euch. Echt." Sie kaute energisch auf dem letzten Spargelkopf herum, schluckte und fügte hinzu: „Gut, dann sagt es mir eben nicht. Ich finde es sowieso heraus." Sie schüttelte den Kopf und stand auf, um sich ein Stück Kuchen zu holen.

11

Nach dem Abendessen verschwanden Artur und Jonas. Draußen war es immer noch hell, und Jonas wollte gerne schnorcheln gehen, solange es noch möglich war. Also machte er sich zu dem Schuppen auf, in dem die Ausrüstung untergebracht war, während Artur nach seinem Vater sah. So kam es, dass Thomas und Fred zu zweit einen Spaziergang am Strand machten.

„Ich muss zugeben“, sagte Fred und blickte zum Horizont, „man fühlt sich hier wie im Discovery Channel.“

„Ich nehme an, das meinst du nett.“

„Selbstverständlich. Wie sollte ich es sonst meinen?“

„Das ist bei dir immer schwer zu sagen.“

Für eine Weile gingen sie schweigend nebeneinander her, bis Fred die Stille nicht mehr ertragen konnte. „Ich war sehr überrascht, dich zu sehen.“

Seine Zähne blitzten weiß im Dämmerlicht auf. „Ausgezeichnet.“ Er hörte sich erfreut an.

„Wirklich.“

„Na ja. Hattest du gedacht, ich würde mir das entgehen lassen? Das Pelagial? Und die Chance, dich wiederzusehen?“

Sie blieb stehen, was er erst nach einem Augenblick bemerkte. Er kam zurück und stellte sich neben sie. „Du hattest ein ganzes Jahr lang Zeit, mich wiederzusehen“, sagte sie. „Und du hast es nicht getan.“

Er wühlte mit den Füßen im Sand, hielt ihrem Blick aber stand. „Ich hatte zu tun. Eine Arbeit, die ich beenden musste.

Ich konnte mich nicht einfach vor deine Tür stellen und dir mit der Gitarre ein Ständchen bringen, damit du mit mir ausgehst."

Warum nicht? Sie verdrängte den für sie ganz untypischen und auch peinlichen Gedanken. „Ja, aber eine E-Mail hättest du doch schicken können? Oder eine Postkarte?"

„Jetzt sind wir hier, Fred. Zusammen."

Sie lachte laut. „Oh, sicher. Du, ich, Jonas, Artur und zehntausend Meerjungfrauen. Nicht dass sich auch nur eine von ihnen bisher die Mühe gemacht hätte, an Land zu kommen. Und glaub nicht, das wäre mir nicht aufgefallen."

„Das … das ist kompliziert, Fred. Es ist …"

„Schon gut. Ich habe …"

„Was?"

Dich vermisst. Ständig an dich gedacht. Wünschte mir, du wärest früher zurückgekommen. Aber nichts davon konnte sie Thomas gestehen, ohne es auch Artur gegenüber ganz genauso zu formulieren. Und damit war sie in der Zwickmühle. „Ich habe nur gedacht, wie komisch es ist, dass wir alle bei diesem Treffen wieder zusammenfinden."

„Das kannst du laut sagen. Aber ich habe mich auf die Zusammenkunft vorbereitet und würde dir gerne etwas zeigen. Siehst du das da?" Thomas zeigte auf etwas, das sich ein paar Meter vor der Küste befand und aussah wie ein Floß. „Hast du Lust, dort hinzuschwimmen?"

„Lust? Ich bin schon seit Tagen nicht mehr feucht gewesen." Die Doppeldeutigkeit ihrer Antwort ließ sie erröten. Sie ignorierte Thomas' Grinsen. „Außerdem bin ich fünfmal schneller dort als du."

„Super." Thomas zog sich das T-Shirt über den Kopf und streifte sich die Schuhe ab. „Dann treffen wir uns dort."

„Und *warum* schwimmen wir dort hin?“, rief sie ihm nach, als er sich schon in die Brandung stürzte.

„Wie ich schon sagte, ich möchte dir etwas zeigen!“, schrie er über die Schulter zurück und tauchte ins Wasser.

„Na ja. Ich bin eine Wissenschaftlerin. Wahrscheinlich habe ich es schon mal gesehen“, brummte sie, watete ihm aber hinterher. Im Gehen entledigte sie sich ihrer Kleider und warf sie zurück an den Strand.

12

Unbeholfen ruderte sie ein paar Sekunden lang in der Brandung, bis sie tief genug war, damit sich ihre Beine in einen Schwanz wandeln konnten. Erst jetzt kämpfte sie nicht mehr gegen das Wasser an, sondern wurde zu einem Teil von ihm.

Zuerst dehnte und streckte sie sich und genoss die Bewegung, die sie schon viel zu lange vermisst hatte. Erst als der Sandboden nach unten abfiel, war sie in der Lage, sich genauer umzusehen.

Allein auf dem kurzen Weg zum Floß sah sie wenigstens vierzig verschiedene Arten von Fischen. Es war erstaunlich. Besorgt fragte sie sich, ob sie wohl wie ein Tourist vor Staunen mit offenem Mund glotzte.

Das Wasser war wunderbar – warm und klar. So machte es ihr fast gar nichts aus, im Ozean zu schwimmen. Fast. Zu Hause war der Atlantik kühl und trübe und hielt unangenehme Überraschungen bereit.

Hier konnte sie alles ganz deutlich sehen – Meeresschildkröten, Teufelsrochen, Haie, Kaiserfische. Leise hörte sie sie flüstern, ganz anders als das nervtötende Genörgel der Fische im *New England Aquarium*, die nicht selten streikten, um ihren Willen durchzusetzen.

Und erst der Sand! Er sah aus wie Zucker, sauber und wunderschön. Beinahe konnte man glauben, die Menschen hätten den Planeten noch nicht ganz zugrunde gerichtet, wenn es doch immer noch Orte wie diesen gab.

Thomas hatte sie schon längst überholt und schwamm nun,

während sie auf ihn wartete, um das Floß herum. Sie streichelte gerade noch eine Meeresschildkröte, die vorbeipaddelte. Doch die ignorierte sie nur hochnäsig und paddelte weiter.

Sie lachte, Bläschen stiegen an die Oberfläche. Als sie die Überraschung bemerkte, wäre sie beinahe gegen die Leiter geschwommen.

Es war eher ein kleines Unterseeboot, das aber ganz anders wirkte als alle anderen, die sie jemals zuvor gesehen hatte. Seine Oberfläche war glatt und glänzend, und es bestand eher aus Fenstern als aus Metall. Zumindest auf den ersten Blick.

Augenscheinlich war es brandneu, denn sie sah weder Rankenfußkrebse noch Seetang. Also war das Rechteck über dem Wasser kein Floß, sondern eine Markierung für dieses kleine Unterseeboot, mit deren Hilfe die Passagiere herein- und herausklettern konnten.

Endlich war auch Thomas angekommen. Er war aufgetaucht, um nach Luft zu schnappen und dann wieder zu ihr hinuntergeschwommen. Dann gab er ihr ein Zeichen (so nahm sie wenigstens an. Mit wem sonst sollte er hier unten wohl kommunizieren?), öffnete die Luftschleuse und schwamm hinein. Voller Neugierde und Begeisterung folgte sie ihm dichtauf.

Er schloss die Schleuse, ließ das Wasser ab und grinste sie an. „Bist du bereit für eine Führung?“ Er musste laut sprechen, um die Pumpen zu übertönen.

„Du hattest in den letzten Monaten also viel zu tun.“ Sie versuchte, sich nicht anmerken zu lassen, wie beeindruckt sie war.

„Ist das nicht offensichtlich? Ich gebe nicht mein ganzes Geld für Lesezeichen und die Miete von Hotelanlagen aus. Komm mit.“

Sie folgte ihm.

13

Es handelte sich weniger um ein Unterseeboot, erklärte Thomas, als um ein Unterwasserwohnmobil – ein UWM, kurz gesagt –, komplett mit winziger Küche, Dusche und Schlafzimmer. Und es war sehr viel gemütlicher als jedes U-Boot, das sie kannte. Und …

Sie roch anerkennend. „Ah, dieser Geruch nach neuem Auto!" Sie wickelte sich ein Handtuch um den nackten Körper und rubbelte sich die Haare mit einem zweiten trocken. „Wie gerade aus der Fabrik gekommen!"

„So ist es." Die Führung durch das Unterwasserwohnmobil hatte nicht lange gedauert. Alles war in Miniaturformat (selbst das Bett … das nur ein klein wenig größer als ein Einzelbett und nicht ganz so groß wie ein Doppelbett war) und funkelnagelneu, auf dem neusten Stand der Technik. „Ich habe ein paar CDs mitgebracht, die Kombüse ist gefüllt, und wenn du nichts gegen Salzwasserduschen hast, gehört das Badezimmer ganz dir."

„Danke."

Während er verlegen von einem Fuß auf den anderen trat, wirkte er eher wie ein Sechzehnjähriger, nicht wie der Respekt einflößende (und ausgewachsene) Dr. Pearson. „Ich weiß, du hast eine Hütte am Strand und freien Zugang zum Ozean, wann immer du willst, aber wenn du mal … du weißt schon, ein wenig Distanz von den anderen Meermenschen brauchst, bist du in meinem Unterwasserwohnmobil immer willkommen."

„Na ja … danke." Fred wusste nicht recht, wie sie darauf

antworten sollte. Das Angebot war großzügig … es sei denn, er hoffte, sie auf diese Weise ins Bett zu bekommen. Dann wäre es gemein und hinterhältig. Sollte sie ihn nun schwesterlich umarmen oder ihn ins Gesicht boxen? Manchmal war es wirklich nicht einfach, das Richtige zu tun …

Sie hüstelte. „Wie lange hast du für die Konstruktion gebraucht?"

„Nun, die Pläne hatte ich bereits seit ein paar Monaten – die Entwürfe habe ich angefertigt, nachdem ich letztes Jahr nach Schottland abgereist war."

Sie erinnerte sich. Schottland war die letzte Station seines Forschungsprojektes gewesen. Sie hatten den Bösewicht besiegt, er und Artur hatten ihr eine Liebeserklärung gemacht und waren dann verschwunden – Artur zurück ins Schwarze Meer, um Dinge zu tun, die Prinzen eben so taten. Und Thomas, um sein Stipendium zu beenden.

„Als Artur mich anrief, hatte ich das UWM bereits gebaut." Er senkte die Stimme, obwohl sich ja niemand außer ihnen in dem Unterseewohnmobil befand. „Ich habe nur auf einen Anlass gewartet, verstehst du? Von so einem Gefährt habe ich schon als Kind geträumt."

Aha. Musste sie sich Sorgen um ihn machen? „Er ist Meeresbiologe, er ist Doktor der Medizin, er schreibt Bücher, er ist reich, und er entwirft Unterwasserliebesnester. Gibt es eigentlich etwas, das er nicht kann?"

„Ich kann dich nicht von mir in der dritten Person reden hören, ohne dass es mich gruselt, also hör auf damit."

„Moment, Moment." Fred runzelte die Stirn und dachte nach. „Also wusste das Unterseevolk schon seit ein paar Monaten von dem Pelagial?"

„Klar. Glaube ich zumindest. Na ja … auf jeden Fall die

königliche Familie. Wer weiß, wann Artur und sein Vater es den anderen gesagt haben."

„Hm."

„Ich bin richtig aufgeregt, weil sie mich eingeladen haben, verstehst du?"

„Ja. Das kann ich gut verstehen. Ich bin selber ziemlich durch den Wind."

„Als wenn es so sein könnte, dass du nicht eingeladen würdest." Er warf Fred einen herausfordernden Blick zu.

„Irgendein unbedeutender Mischling, der von bösen, blutrünstigen Zweibeinern aufgezogen wurde?" Sie lächelte grimmig, als sie seine betroffene Miene sah. „Richtig, du und ich, wir wissen beide, dass das nicht stimmt. Aber sie doch nicht. Und wie ich schon sagte, ich bin froh, dass ich eingeladen wurde. Glaube ich …" Sie wollte das Thema wechseln und sah sich suchend in dem Unterwasserwohnmobil um. „Ich wette, du hast überall Kameras installiert."

„Na klar. Unter anderem ist das UWM auch ein bewegliches Fernsehstudio. Licht, Ton, Bild, alles ist da."

„Aber du weißt, dass Artur und sein Vater – ganz zu schweigen von den anderen achtzigtausend Meermenschen – nicht zulassen werden, dass du das Material auf CNN zeigst."

„Ja, schon", gab Thomas zu, „aber ich konnte mir die Chance, es aufzuzeichnen, nicht entgehen lassen, selbst wenn das Material anschließend nur in meinem persönlichen Fundus bleibt. Außerdem wird es mir bei meinem nächsten Buch nützlich sein."

„Die Meerjungfrau und der Milchmann?"

„Die Anatomie und Physiologie des Homo nautilus", sagte er pikiert. „Du musst zugeben, dass ich mit meinem ganzen Hintergrund sehr geeignet bin, ein solches Buch zu schreiben." Das

stimmte. Thomas hatte ja nicht nur einen Doktortitel, er war auch Arzt. „Und wenn sie ihr ‚Coming-out' haben, sozusagen, dann müssen wir auch wissen, wie ihre medizinische Behandlung aussehen muss. Mein Buch wird in jedem Krankenhaus, jeder medizinischen Fakultät und jeder Bibliothek liegen."

Sie machte noch nicht einmal den Versuch, ihre Heiterkeit nicht zu zeigen. *„Homo nautilus*?"

„Auch bekannt als das Unterseevolk. Und hör auf zu lachen, du Hexe."

Nur mit Mühe beruhigte sie sich wieder. „Alles schön und gut, aber was ist, wenn sie nicht an die Öffentlichkeit gehen wollen?"

Thomas zuckte die Achseln. „Dann bleibt das Manuskript in der Schublade und meine Filmaufnahmen im UWM, und niemand wird je davon erfahren. Ich respektiere ihre Entscheidung selbstverständlich."

„Das wirst du auch müssen, wenn du nicht willst, dass dir Artur so fest in die Eier tritt, dass sie dir im Hals stecken bleiben."

„Als wenn ich vor *dem* Angst hätte", gab er spöttisch zurück. Fred musste zugeben, dass seine Furchtlosigkeit nicht ganz unbegründet war. Zwischen den beiden war es bereits zu einer Kraftprobe gekommen, in der sich Thomas aber hatte behaupten können. Was bemerkenswert war, denn Artur war größer, schwerer und wahrscheinlich dreimal so stark wie er.

Dann zuckte er wieder die Achseln. „Ich sehe die positive Seite. Wenn sie sich entschließen sollten, ihre Existenz publik zu machen, dann bin ich bereit. Wenn nicht, so war es immerhin ein einmaliges Erlebnis. Das war mir die Zeit wert." Er warf ihr einen vielsagenden Blick zu. „In vielerlei Hinsicht."

„Du … Schwein. Und Artur und sein Vater wissen über alles Bescheid? Dass du Filmaufnahmen für den Discovery Channel machst, meine ich."

Thomas hustete. „Nein. Das wissen sie nicht. Und ich würde es auch zu schätzen wissen, wenn du es für dich behalten könntest, Fred. Sobald es so weit ist, werde ich sie natürlich von meinem Projekt in Kenntnis setzen, aber bisher gab es noch keinen Grund dazu."

„Wie du willst, Meerjungfrauen-Groupie. Nur lass *mich* da raus."

Thomas schüttelte langsam den Kopf. „Nicht dieses Mal. Fred. Dieses Mal, ob es dir gefällt oder nicht, kannst du dich nicht raushalten. Schließlich bist du so etwas wie der Ehrengast."

„Na sicher", fuhr sie ihn an. „Deshalb will auch keiner von den Reinblütigen etwas mit mir zu tun haben. Außer Artur, und der hat einen Gehirnschaden."

Thomas wurde rot, wandte den Blick aber nicht ab.

„Was geht hier vor", wollte sie wissen. „Warum bleiben sie alle auf Distanz?"

„Na ja." Thomas räusperte sich. „Ich weiß nicht, ob ich der Richtige bin, um es dir zu sagen."

„Ich kann dir nur wärmstens empfehlen, es zu tun."

„Eigentlich geht es allein das Unterseevolk etwas an."

„Und *du* weißt Bescheid? Vergiss es, Thomas. Raus mit der Sprache, oder raus mit den Zähnen."

„Okay, okay. Ich habe keine Lust dazu, von dir geschlagen zu werden, also – nur die Ruhe. Hier, setz dich."

Sie ließ sich von ihm zu einem der schmalen Barhocker in der Kombüse ziehen. „Okay. Nun, was ist los?"

„Na ja, ich kann nicht einfach so damit herausplatzen."

„Wehe nicht!"

„Ich sage ja nur, dass es eine Vorgeschichte gibt. Hintergrundwissen, das du zuerst hören musst. Okay. Also, es ist so … dein Vater …"

Sie hörten ein Klicken, und dann dröhnte Arturs Stimme durch die Gegensprechanlage. „Hallo, da drinnen. Thomas! Mein Vater und ich bitten um Einlass!“

„Drück den roten Knopf und kommt rein“, rief Thomas. Er wandte sich an Fred und zuckte entschuldigend die Achseln. „Sieht so aus, als würden wir später weiterreden müssen. Aber jetzt lernst du endlich den König kennen.“

„Toll.“

14

Artur und eine ältere Version von Artur mit markanteren Gesichtszügen traten aus der Luftschleuse. „Ah, Thomas“, donnerte der ältere, markantere Artur, ohne zu bemerken (oder ohne darauf zu achten), dass er und Artur gerade große Wasserlachen in der Kombüse hinterließen. „Hast du noch mehr Filmserien von dem großen Krieger Al Swearengen, die du mir zeigen kannst?“

„Natürlich, König Mekkam. Die zweite Staffel liegt schon bereit.“

Al Swearengen? Warum kam ihr der Name so …

„Und das muss Fredrika sein, die feurige Schönheit, die meinem Sohn so sehr den Kopf verdreht hat, dass er seinen eigenen Schwanz sehen kann.“ Der König zog Fred in die Arme und drückte so fest zu, dass ihre Rippen knackten und sie stöhnte. Dann hielt er sie von sich weg und strahlte sie an. Offenbar hatte auch Arturs Vater noch nichts von einer persönlichen Distanzzone gehört. Dass Meermenschen immer alles anfassen mussten! „Es ist mir ein großes Vergnügen, dich endlich kennenzulernen, Fredrika. Und wie geht es deiner Frau Mutter?“

„Meiner Mutter geht es gut“, keuchte sie. Diese Leute zeigten aber wirklich ein ausgesprochen lebhaftes Interesse für Blutsverwandte. Artur fragte immerzu nach ihrer Mutter, obwohl er sie erst *einmal* getroffen hatte. Und der König, dessen war sie sich sicher, kannte Moon nicht einmal. „Mir geht es gut.“ Das war aber eine große Lüge. „Uns allen geht es gut. Ich bin ebenfalls erfreut, Sie kennenzulernen. Danke, dass Sie mich zu Ihrem Pelagial eingeladen haben."

„O nein. Aber wirklich, nein." König Mekkam runzelte die Stirn, und Fred fand, dass Thomas ihn sehr treffend beschrieben hatte. Er sah wirklich wie eine ältere, ergraute Version Arturs aus. Sie waren sogar gleich groß.

Außerdem waren sie beide nackt, aber Fred versuchte, sich dadurch nicht stören zu lassen. Schließlich hätten sie sich doch schlecht in das UWM teleportieren können, nicht wahr? Sie mussten wohl oder übel schwimmen, und Meermenschen schwammen eben ohne Badehose am besten.

Wenn sie ehrlich zu sich selber war, fühlte sie sich trotz der Bemühungen ihrer Hippiemutter unbehaglich, und das lag an der repressiven Sexualmoral dieser Gesellschaft, die immer noch stark von viktorianischen Werten geprägt war. Das Volk ihres Vaters wusste nicht einmal, wer Königin Viktoria gewesen war, und noch weniger, warum sie ihre Schwänze nicht einfach frei schwingen lassen konnten.

„Nein, ich muss *dir* danken", sagte der König gerade. „Es war sehr freundlich von dir, unserer Einladung so kurzfristig zu folgen. Ich bin mir durchaus bewusst, dass du andere Verpflichtungen hast und deine Pläne ändern musstest. Und sogar dein Freund ist mitgekommen! Wir fühlen uns so geehrt wie nie zuvor. Und das ist ausgezeichnet", schloss er, beinahe murmelnd.

„Ja, König Mekkam, das ist toll – hören Sie, vielleicht könnten Sie mir erklären, wie …"

„Deadwood, Staffel zwei", verkündete Thomas und winkte mit einer Box. Der König machte ein so verzücktes Gesicht wie ein verliebtes Mädchen.

„Ausgezeichnet! Oh, das ist ausgezeichnet, Thomas, vielen

Dank! Kennst du diese Filmserie?", fragte der König und riss Thomas die DVD-Box aus der Hand.

„Äh ... ja, ich hab davon gehört. Als HBO beschloss, die Serie abzusetzen, gab es einen Aufruhr und ..."

Mekkam unterbrach sie. „Der Held ist ein heimtückischer alternder Kämpfer namens Al Swearengen. Er ist der hinterhältigste Zweibeiner, den ich je gesehen habe, und er ist der König von Deadwood. Er hat viele Feinde und siegt über sie, mit Gewalt und Betrug." Der König war voller Bewunderung.

„Du hast ihn *Deadwood* sehen lassen?", zischte Fred und zog Thomas am Ohr, bis er vor Schmerz aufjaulte. „Ist das die Art von menschlicher Kultur, die du ihm zeigen möchtest?"

„Es war nicht meine Schuld! Ich hatte die DVD gerade eingelegt, als ich sie herumführte."

„Und jetzt, wenn ihr Wichser euch mir auch nicht anschließen wollt", fuhr König Mekkam fort, „so wäre ich euch Hurensöhnen doch dankbar, wenn ihr still wärt, damit ich mehr von König Al sehen kann."

Fred stöhnte.

„Äh, König Mekkam, was das Fluchen betrifft ..." Thomas räusperte sich und rieb sich das Ohr. „Ich weiß nicht, ob Sie das schon so richtig raushaben."

„In unserer Kultur ist es nur höflich, mit anderen in ihrem Dialekt zu sprechen", sagte der König entschieden. „Und haltet ihr Wichser die Klappe. So, Thomas. Wo ist deine beschissene DVD-Maschine?"

„O je."

„Dafür kommst du in die Hölle", sagte Fred zu ihm. „Auf jeden Fall."

„Und hast du ein paar von diesen beschissenen Kartoffelchips?"

15

Am nächsten Tag fand Fred heraus, warum ihr das Volk ihres Vaters aus dem Weg ging, und dies nicht mithilfe von Thomas, Jonas oder Artur. Natürlich nicht.

Im Nachhinein hätte sie es lieber nicht erfahren. Zwar hatte das schreckliche Trio kein Recht, ihr etwas zu verschweigen. Aber sie verstand doch, warum sie es getan hatten. Irgendwie.

Sie war früh wach geworden, hatte Haferbrei mit Milch und Rohrzucker zum Frühstück gegessen und dann ein frühmorgendliches Bad im Meer nehmen wollen. Die Sonne lugte gerade über den Horizont, und außer ihr war niemand auf den Beinen. Fred war normalerweise kein Frühaufsteher, aber sie hatte schlecht geschlafen.

Der Stress, sagte sie sich. Die Nerven. Eigentlich hätte sie nach der langen Reise erschöpft sein und wie eine Tote schlafen müssen. Trotzdem war sie nur weggedöst, und dies auch bloß für zwei oder drei Stunden. Vielleicht würde sie ja heute noch irgendwann ein Schläfchen machen können. Das kam darauf an, wann das Pelagial begann.

Darum war sie bei Sonnenaufgang hellwach gewesen. Irgendeine freundliche Seele hatte bereits Haferbrei, Frühstücksflocken, Speck, verschiedene Säfte und eiskalte Milch bereitgestellt. Ganz allein schlang sie ein schnelles Frühstück hinunter und machte sich dann auf den Weg zum Strand.

Sie schwamm an dem Unterwasserwohnmobil vorbei ins tiefere Wasser, neugierig, welche Art von Meeresfauna zu dieser unchristlichen Zeit bereits unterwegs war, und hatte einen Teufelsrochen gestreichelt (sie war immer wieder erstaunt, wie seidig die sich anfühlten … wie riesige Pilze mit Augen). Dann sah sie ihn.

Er war schlank und – wie die meisten aus dem Volk ihres Vaters – beinahe zu dünn. Sie konnte seine Rippen zählen, selbst aus der Entfernung von sechs Metern. Dank der wunderbaren Klarheit des Wassers konnte sie ihn ganz deutlich in den durcheinanderwirbelnden Fischschwärmen erkennen.

Sein Haar war von demselben erstaunlichen Blau wie Tennians, und seine Augen waren genauso dunkelblau, beinahe schwarz. Sein langer, breiter Schwanz schimmerte in tausend Grüntönen, die Farben so leuchtend, dass sie beinahe hypnotisch wirkten, eher wie der Schwanz eines Pfaus als der eines Wassermannes.

Ihr eigener Schwanz dagegen war kürzer und schmaler. Und er schimmerte nicht nur in Blau, sondern auch in Grün. Reinblütige Meeresmenschen waren selbstverständlich bessere und kraftvollere Schwimmer als sie. Daran hatte sie sich erst gewöhnen müssen. Bevor sie Artur kennengelernt hatte, war sie stolz darauf gewesen, eine der schnellsten Schwimmerinnen im Ozean zu sein.

Ha! Jetzt aber nicht mehr. Nicht annähernd.

Ich starre ihn an, dachte sie verlegen. *Und jetzt ist es zu spät, so zu tun, als wäre nichts. Besser also, ich sage mal etwas.*

Guten Morgen, dachte sie in seine Richtung.

Ohne ein Wort drehte er sich um und schwamm schon weg.

He. HE! Ich spreche mit dir! Denke mit dir, besser gesagt. Sie schlug mit dem Schwanz und schoss ihm hinterher. *Was? Habe ich den supergeheimen Meerjungfrauenhandschlag nicht richtig gemacht?*

Ich möchte nicht mit einer Verwandten des Verräters gesehen werden, erwiderte er, ohne sich umzudrehen. Stattdessen brachte er schnell eine gewisse Distanz zwischen sie.

Des Verräters? Was? He! Beweg deinen fischigen Arsch mal hierher zurück!

Bitte verzeih meinem Bruder, dachte eine neue Stimme. *Er sorgt sich um seinen Ruf.*

Erschrocken fuhr sie herum und sah Tennian, die zu ihr heranschwamm. *Du?*

Ich, bestätigte diese. *Guten Morgen.*

Guten Morgen. Er mochte mich nicht! Nicht, dass wir uns missverstehen, daran bin ich gewöhnt. Sie legte die Hand an das Kinn und dachte nach. *Aber er* kennt *mich nicht einmal! Normalerweise brauchen die Leute eine halbe Stunde, bevor sie feststellen, dass ich unausstehlich bin.*

Manchmal, sagte Tennian, ohne eine Miene zu verziehen, *auch viel weniger als eine halbe Stunde.*

Unter Wasser bist du wesentlich gesprächiger, hat dir das schon mal jemand gesagt?

Nein. Tennian schwamm jetzt langsam in engen Kreisen um Fred herum. *Mit ausländischen Sprachen tue ich mich schwer. Sie schmerzen mich in der Kehle, doch die Höflichkeit gebietet es, dass wir es versuchen. Aber jetzt muss ich nicht laut sprechen.*

Aha. Na gut. Und da wir gerade so nett plaudern, welche Laus ist deinem Bruder denn über die Leber gelaufen? Und seid ihr Zwillinge oder so? Er sieht ja ganz genauso aus wie du, obwohl er einen Proteinshake wohl ganz gut vertragen könnte.

Wir wurden zur selben Zeit von derselben Mutter geboren, das ist richtig.

Fred hatte eine dumpfe Ahnung, worüber sich Tennians

feindseliger Bruder beklagt hatte. Niemand sprach je von ihrem Vater.

Ihre Mutter sprach nie über ihn, weil sie nicht länger als eine Nacht zusammen gewesen waren. Schon als sie fünf Jahre alt gewesen war, hatte Fred gewusst, dass ihre Mutter so gut wie nichts über ihren Vater wusste … nicht einmal, dass er ein Wassermann war. Moon Bimm hatte lediglich eins und eins zusammengezählt, als sie die neugeborene Fred zu Hause gebadet hatte … und ihrem grünhaarigen Baby in der Badewanne ein Schwanz gewachsen war.

Aber die anderen Meermenschen, deren Bekanntschaft Fred gemacht hatte? Auch sie hatten kein Wort über ihn verloren. Was doch seltsam schien, wenn man darüber nachdachte. Dachte denn niemand, dass sie mehr über ihren biologischen Vater wissen wollte? Und wenn doch, fanden sie etwa, dass sie das Thema besser nicht anschneiden sollten? Aber warum?

Es konnte nur daran liegen, dass er etwas ganz Furchtbares getan hatte. Und was hatte der feindselige Bruder gesagt? Oder gedacht?

Ich möchte nicht mit einer Verwandten des Verräters gesehen werden. Ja. Das war es.

Fred seufzte im Stillen und wappnete sich. *Okay. Los, gib's mir.* Sie spürte Tennians Überraschung und fügte hastig hinzu: *Sag mir, was er getan hat. Oder besser noch, sag mir, wann das letzte Mal ein Pelagial stattgefunden hat. Du und Kertal, ihr seid doch ganz nervös geworden, als ich danach gefragt habe. Also, raus mit der Sprache.*

Sie sah, wie Tennian versuchte, ihren Slang zu entschlüsseln, und begriff, dass die Telepathie einen Vorteil gegenüber der gesprochenen Sprache hatte: Selbst wenn man nicht jedes Wort verstand, so nahm man doch ihre Bedeutung auf.

Tennian atmete aus, sodass ein Schwall Blasen nach oben stieg und einen Lippfisch davonjagte. Sie schien angestrengt darüber nachzudenken, wie sie anfangen sollte.

Endlich dachte sie: *Dein Vater, Kortrim, fand, dass die Familie unseres guten Königs Mekkam lange genug an der Macht gewesen war. Sechs Generationen … und sieben, wenn Mekkam nicht mehr König ist und ihm Artur auf den Thron folgt. Und Kortrim gelang es, viele von den Jüngeren, die von dem Leben im Geheimen gelangweilt und hungrig nach mehr Macht waren, zu überzeugen, ihm zu helfen.*

Eine Palastrevolte also? Na wunderbar.

16

Fred hatte immer noch Mühe zu begreifen, dass ihr Vater, über den sie sich nie viel Gedanken gemacht hatte, ein Verräter gewesen sein sollte. Jemand, der versucht hatte, Mekkam und seine ganze Familie zu stürzen. Jemand, der vielleicht sogar Mekkam, Artur und den Rest der königlichen Familie *getötet* hätte.

Bei diesem Gedanken wollte ihr das Herz stehen bleiben, aber sie zwang sich, ihn zu Ende zu denken.

Ja, natürlich hätte ihr Vater Artur und die anderen exekutiert. Es wäre ihm gar nichts anderes übrig geblieben. Die Regel Nummer eins nach einer feindlichen Übernahme lautete doch: Entledige dich der alten Garde.

Ich kann nicht glauben, dachte sie und hoffte, dass der Gedanke nicht von allen gehört wurde, dass ich von einem mörderischen, verräterischen Arschloch abstamme. Dass ihr Vater ein Arschloch war, war ja keine große Überraschung. Dass er ein Mörder und Verräter sein sollte, war jedoch furchtbar. Sie versuchte sich vorzustellen, welche Umstände sie dazu bringen könnten, auf Dr. Barb hinterrücks (oder auch mitten ins Gesicht) zu schießen – aber ihr fielen keine ein.

Sie und Tennian trieben mehr dahin, als dass sie schwammen. So ließen sie sich von der Strömung zurück zum Ufer tragen. Ungeduldig schubste Fred einen Zackenbarsch zur Seite. *Also willst du mir auf deine taktvolle Art sagen, dass mein lieber Vater versucht hat, die Monarchie abzuschaffen.*

Ja.

Und was für ein Problem hatte er mit Arturs Vater?

Sie spürte, wie Tennian zögerte, und fügte hinzu: *Herrgott, hör jetzt ja nicht auf!*

Dein Vater war der Meinung, dass die Gabe, die die Familie des Königs durch Geburt erworben hat, kein Grund ist, die Krone zu behalten.

Hä?

Die Gabe des Gedankenkontakts.

Wer hat die Gabe? Fred war verblüfft. *Mekkam? Oder Artur?*

Beide. Alle.

Gedankenkontakt? Nun gut, das war wohl eine kulturelle Frage, über die Fred später versuchen würde mehr herauszufinden. *Egal, lass es gut sein. Offensichtlich hat mein lieber Vater keinen Erfolg gehabt, sonst wäre er jetzt wohl der liebe König Vater und ich die Prinzessin Fred.* Na, wenn das kein guter Witz war!

Und vielleicht immer noch wäre.

Wie bitte?

Ja. Er ist gescheitert. Tatsächlich hatten viele, die er auf seine Seite gebracht zu haben glaubte, nur so getan, um dem König seinen Verrat zu melden.

Also wurde der Verräter verraten. Okay, das ist interessant. Glaube ich zumindest. Beinahe liegt ja eine feine Ironie in dem Ganzen. Und dann ist was passier? Wurde er hingerichtet?

Oh, nein! Fred spürte den Schrecken in Tennians entsetztem Gedanken. *Das würden wir niemals tun. Niemals! Wir nehmen ein Leben nicht so schnell wie die Landbewohner!*

Schon gut, schon gut, beruhige dich. Fred beschloss, dass jetzt nicht der rechte Zeitpunkt war, die junge Frau darauf hinzuweisen, dass sie selber ein halber Landbewohner war. *Wenn er also nicht getötet wurde und nicht hier ist, wo ist er dann?*

In Verbannung. Der Gedanke kam zwar ganz nüchtern bei Fred an, aber sie spürte doch, wie viel Härte darin mitschwang. *Das ist unsere schlimmste Bestrafung.*

Das möchte ich wetten.

Der Ozean ist groß. Und ich muss dir nicht sagen, wie gefährlich es dort werden kann. Es ist … schwierig, auf sich allein gestellt zu sein. Für einen Tag oder zwei mag es sich ja ganz schön anfühlen, allein zu sein, aber für den Rest deines Lebens? Und unsere Art lebt sehr viel länger als die deiner Mutter.

Fred war entsetzt, versuchte aber, es Tennian nicht merken zu lassen. Wenn sie ihr Angst einjagte, würde sie vielleicht kein Wort mehr sagen.

Sie versuchte sich vorzustellen, wie es wohl war, wenn man sein ganzes Leben im Meer gelebt hatte und dann von Familie, Freunden und Bekannten vertrieben wurde. Die Erde war zu drei Vierteln mit Wasser bedeckt; es war ein schrecklicher Gedanke, dort ganz allein auf sich gestellt zu sein.

Und nicht nur für ein Jahr oder zwei oder ein Jahrzehnt oder zwei. Nein, für ein Jahrzehnt ums andere, die dann zu Jahrhunderten wurden, bis … Wie hoch war eigentlich die Lebenserwartung von Meermenschen?

Ganz zu schweigen von …

Das kann leicht tödlich enden, nicht wahr? Ohne den Schutz der Gruppe, die auf dich aufpasst … Ich meine, er ist doch bestimmt ums Leben gekommen. Artur war sich dessen sicher, sonst hätte er meiner Mutter nicht gesagt, dass er wahrscheinlich tot sei.

Wir glauben es … aber sicher wissen wir es nicht. Niemand hat ihn jemals wieder gesehen, und niemand spricht von ihm. Als König Mekkam von deiner Existenz erfuhr, nahmen wir an, er wäre vielleicht in jener einen Nacht an Land gegangen und habe deiner Frau Mutter beigewohnt. Auf jeden Fall war es das letzte Mal, dass er gesehen wurde.

Fred nahm sich vor, ihrer Mutter niemals davon zu erzählen. Moon Bimm hatte immer noch die romantische Lebenseinstellung eines Hippies, und die Nacht, in der Fred gezeugt wurde, gehörte zu ihren liebsten Geschichten.

Der geheimnisvolle Fremde, der plötzlich am Strand auftauchte. Moon, beschwipst von billigem Wein und einsam. Sex im Rausch (oder, wie Moon es ausdrücken würde, der „zärtliche, lebenspendende Liebesakt"). Dann fünf Monate morgendliche Übelkeit und schließlich ein Meerbaby.

Nein, sie würde Moon niemals sagen, dass ihr Vater nur an Land gekommen war, weil seine Leute ihn vor die Tür gesetzt hatten.

Außerdem nahm sie sich vor herauszufinden, wie genau König Mekkam von ihrer Existenz erfahren haben konnte. Denn auch Artur hatte so etwas im letzten Herbst angedeutet. Zu Hause in der Küche ihrer Mutter hatte er gesagt, sein Vater habe ihn geschickt, um sie zu suchen.

Jetzt verstehe ich! Deswegen hat mir niemand etwas erzählt. Das ist der Grund, warum alle meinen Fragen ausweichen. Wirft man mir etwa vor, was mein Vater getan hat? Aber das ergibt doch keinen Sinn … jeder weiß doch, dass ich den Mann nie gesehen habe. Sind sie denn wirklich alle dermaßen dumm?

Sie hatte sich absichtlich so provokativ ausgedrückt (abgesehen davon, dass sie auch gar nicht anders konnte), aber Tennian tappte nicht in die Falle.

Sie sind nicht … dumm, Fredrika. Aber die Familie bedeutet dem Unterseevolk alles. Sie ist der Ursprung von allem, verantwortlich für alles. Wir glauben daran, dass Charakterzüge genauso vererbt werden können wie Haarfarben oder Schwanzlängen. Einige von uns …

Fred spürte, dass es ihr widerstrebte weiterzusprechen. Sehr sogar. Tennian wandte den Blick ab, schnappte sich einen Jungfernfisch aus einem Schwarm und verschlang ihn mit vier Bissen – so geistesabwesend wie jemand, der an den Fingernägeln kaut. Fred hatte Mühe, sich nicht zu übergeben. Mit Blut hatte sie kein Problem; es war eher die beiläufige Art, in der Tennian den Fisch aß, die ihr aufstieß. Ganz zu schweigen vom Anblick ihrer nadelspitzen Zähne. *Einige von uns glauben, dass du ein ebensolcher Verräter sein könntest wie dein Vater. Der Prinz allerdings …*

Was ist mit Artur?

Er mag dich sehr. Das, fügte sie hinzu und wedelte Blut und Schuppen mit der Hand fort, *ist aber sicher nichts Neues …*

Ach, er hat mal so was gesagt. Ich hab nicht richtig zugehört.

Es wäre zu deinem Vorteil. Fred spürte Tennians trockene Belustigung. *Er hat kein Geheimnis daraus gemacht, dass er dich zu seiner Prinzessin küren will. Aber dazu …*

Willst du damit sagen, dass mich niemand hier haben wollte, wenn Artur nicht scharf auf mich wäre?

Ich kann dir nicht sagen, was sein und was nicht sein könnte, sagte Tennian taktvoll. *Nur was ist. Oder was war, wenn ich Kenntnis davon habe.*

Fred ließ sich ein paar Sekunden treiben und dachte nach. *Dein Zwilling hat mir also die kalte Schulter gezeigt, aber du nicht? Wie kommt das? Nicht, dass ich mich beschweren würde. Aber seitdem ich hier bin, ist niemand an Land gekommen. Außer Artur, dem König und dir hat keiner mit mir gesprochen. Offenbar bin ich der Ehrengast, aber niemand sagt mal hallo. Warum also bist du so freundlich zu mir? Einigermaßen freundlich.*

Ich mag deinen Freund, sagte Tennian schüchtern. *Den Blonden. Ich hätte nicht gedacht, dass ein Landbewohner so loyal sein kann.*

Der Blonde … oh, Jonas! Um Himmels willen. Wegen Jonas hatte Tennian den Schweigekodex gebrochen? Er würde sich ausschütten vor Lachen, wenn sie ihm das erzählte. Wenn sein Ego dadurch nicht ins Unerträgliche wüchse.

Seine Hoheit sagt, dein Freund hat dein Geheimnis viele Jahre lang bewahrt. Für einen Landbewohner ist das eine außerordentliche Leistung, aber dein Freund ist anders.

Du hast ja keine Ahnung, WIE anders.

Als Mann der Wissenschaft hätte er doch sicher viel Gold bekommen können, wenn er den richtigen Leuten etwas verraten hätte.

Jonas ist aber kein großer Freund von Gold. Er spielt lieber an der Börse, wenn er nicht gerade bei Nordstrom's die Regale leer räumt.

Womit auch immer er gerne spielen mag, dachte Tennian ganz ernst und ohne den leisesten Anflug eines Lächelns, *er spielt nicht mit deinem Ruf oder deinem Leben. Ich … kannte diese Eigenschaft an Zweibeinern bisher nicht. Seither möchte ich mit ihnen reden, obwohl ich diesen Wunsch sonst noch nie verspürt habe.*

Ist das auch der Grund dafür, warum du mit mir sprichst? Weil ich einen guten Geschmack bei meinen Freunden bewiesen habe?

Nun, man sagt doch, seine Verwandten könne man sich nicht aussuchen, nur seine Verbündeten. Und du hast wirklich gut gewählt. Vielleicht handelst du ja auch in anderen Dingen klug.

Oh, das tut mir leid! Das war jetzt unhöflich von mir. Tennian stocherte mit einem winzigen Knochen zwischen ihren scharfen Zähnen. *Möchtest du, dass ich etwas für dich fange?*

Guter Gott, nein! Fred mäßigte ihren Ton, denn Tennian riss vor Überraschung die Augen auf, als sie die Vehemenz in ihrer Stimme hörte. In ihren Gedanken. Wo auch immer. *Ich meine, nein danke. Ich bin allergisch.*

Allergisch?

Wenn ich Fisch esse, werde ich krank.

Du wirst krank … wenn du Fisch isst?

Ja, aber mach dir um mich keine Sorgen. Ich esse viel Gemüse, Proteine und so weiter. Wirklich, Tennian, keine Sorge.

Fisch macht dich KRANK?

Nun ja, ich bin eben nur zur Hälfte ein Meermensch. Glücklicherweise waren Mom und Sam Vegetarier, deswegen war es nie ein … Alles in Ordnung mit dir?

Dann tat Tennian etwas, das Fred in Erstaunen versetzte: Sie lachte so heftig, dass sie mit dem Kopf nach unten trieb. Das lange blaue Haar strich über den Sand, dabei hielt sie sich den Bauch und rollte in der Strömung vor und zurück.

Hahaha, dachte Tennian lachend und rollte immer weiter.

Todernst sah ihr Fred eine Weile zu. Dann dachte sie: *Du bist wirklich lustig, Tennian.*

KRANK? Es macht dich KRANK? Ha! Ha! HA!

Es könnte sein, dachte Fred, *dass ich dich irgendwann nicht mehr mag.*

Oh, ich hoffe nicht, sagte Tennian und schüttelte sich den Sand aus dem Haar. *Weil ich nämlich glaube, dass ich dich mögen werde.*

Du glaubst, dass du mich mögen wirst? Nun war Fred doch belustigt.

O ja! Du und ich, wir werden sicher noch gute Freunde werden, glaube ich. Du wirst so tun, als würdest du dich über mich ärgern, während du mich aber insgeheim mehr und mehr lieb gewinnst.

Glaubst du?

Tennian streckte Fred eine kleine weiße Hand hin, die diese überrascht ergriff. *Natürlich. Weil du nämlich genauso einsam bist wie ich. Und einsame Menschen müssen zusammenhalten. Findest du nicht?*

Und Fred, die es gar nicht mochte, wenn sie in die Enge getrieben wurde, blieb nichts anderes übrig, als zustimmend zu nicken.

17

Ich weiß es zu schätzen, dass du mir alles erzählt hast, sagte Fred. *Sonst sagt mir ja keiner etwas.*

Du hast gefragt, erwiderte Tennian einfach. *Wie könnte ich da nicht antworten?*

Du wärst überrascht, wie leicht das manchen Leuten fällt. Bei dem Gedanken daran überkam Fred noch einmal die Wut. *Offenbar ist es für die meisten überhaupt kein Problem, Fragen nicht zu beantworten. Danke also.*

Höflichkeit gegenüber einem Gast ist … Was ist DAS?

Fred sah auf. Vierzig Meter vor ihnen lag Thomas' Lieblingsprojekt. *Das ist ein UWM. Mein … äh, mein anderer Zweibeinerfreund, Thomas, hat es gebaut.*

Es glänzt so schön! Wie der Blitz hatte Tennian die vierzig Meter durchschwommen und paddelte nun um das kleine silberne UWM herum. *Hierhin geht der König also immer! Wir haben uns schon die ganze Zeit gefragt, wohin er verschwinden mag. Und ich, Tennian, habe das Geheimnis gelüftet!*

Ja. Gut gemacht.

Dann ist Thomas Arturs Rivale im Kampf um deine Zuneigung.

Ja, schon.

Tennian strich über den silbern schimmernden Bootskörper und sah mit leuchtenden dunkelblauen Augen zu Fred hoch. *Mein Volk wurde bereits durch den Gedanken, dass ein Misch- … ähem, eine Fremde am Pelagial teilnimmt, in Aufruhr versetzt. Du kannst dir ihre Reaktion vorstellen, als König*

Mekkam auch noch einem Landbewohner die Erlaubnis zur Teilnahme gab!

Da sind sie wohl richtig ausgerastet, was?

Das ist noch milde ausgedrückt! Man hat sich Gedanken gemacht, wie er wohl zu uns kommen will. Manche dachten, er würde Luftbehälter und Flossen mitbringen.

Richtig, einen Tauchanzug mit DTG.

Detege?

Ein Drucklufttauchgerät. Luftbehälter. Hast du noch nie davon gehört? Auch egal. Wie solltest du auch? Ja, das wäre eine Möglichkeit gewesen. Aber nicht sehr praktisch, wenn das Treffen einige Stunden dauert. Und es hört sich so an, als würde es das.

Bewundernd zog Tennian ihre Kreise. *Da hat er ein kleines Unterwasserhaus für sich gebaut! Wie ungeheuer gescheit!*

Warum fühlte sie sich nur so unbehaglich, während sie Tennians offener Bewunderung zusah? *Ja, er ist ein kluger Typ.*

Ich wusste, dass Zweibeiner gescheit sein können. Aber ich wusste nicht, dass sie auch etwas so Schönes bauen können. Es sieht ganz anders aus als diese scheußlichen, klobigen Dinger, die nach anderen Kriegsmachern suchen.

Das unverkennbare Bild eines Atom-U-Bootes verließ Tennians Gedanken und erschien vor Freds geistigem Auge. *Du meinst ein Unterseeboot, aber Kriegsmacher ist auch ein guter Ausdruck. Du solltest erst mal einen Burger King betreten, wenn du das hier schon cool findest.*

Jetzt presste Tennian die Nase gegen eines der Fenster und klopfte mit ihren langen Fingern gegen das Glas. Wahrscheinlich war es gar kein Glas; es war vielleicht irgendeine Art von strapazierfähigem …

Er sieht mich! Er winkt mir zu!

Natürlich, dachte Fred mürrisch. *Warum bin ich nicht überrascht, dass er dort drinnen ist? Vermutlich sucht er nach weiteren unpassenden Fernsehserien, mit denen Mekkam seinen Wortschatz erweitern kann.* Die Sopranos *vielleicht?* Entourage? *Schreckliche Vorstellung.*

Ja, er verbringt viel Zeit im UWM.

Er winkt mir hereinzukommen! Darf ich?

Mir doch egal.

Ist es erlaubt?

Beinahe wäre Fred gegen die weiche Rundung des UWMs geschwommen. *Warum fragst du mich das?*

Na ja. Tennian sah zu ihr hoch. *Er ist ungebunden, so wie du auch. Das ist statthaft. Aber seine Hoheit, der Prinz, hat erklärt, dass dieser Zweibeiner dich ebenfalls zu seiner Gefährtin machen will. Also …*

Tennian, wir sind nur Freunde. Er will zwar mehr, damit komme ich auch gut klar. Das war allerdings nicht ganz die Wahrheit, und Fred versuchte sofort, ihr Unbehagen abzuschütteln.

Offenbar aber ohne großen Erfolg, denn Tennian hatte es bemerkt und sah sie nun stirnrunzelnd an, ohne näher zu kommen. *Aber …*

Geh schon.

Bist du sicher, dass ich dich damit nicht kränke?

Mein Gott, dachte Fred, ich muss sie wohl eigenhändig in das UWM schubsen, sonst denkt sie noch, ich sei in Thomas verliebt.

Ich bin sicher! Und jetzt geh!

Tennian zögerte noch immer. *Ich denke, das sagst du nur aus Freundlichkeit.*

Dann hast du aber gar nicht gut aufgepasst.

Ich glaube, ich kränke dich, wenn ich hineingehe. Ich bleibe hier draußen, bei dir.

Tennian! Du kannst mich gar nicht kränken. Das ist unmöglich. Komm, ich stelle dich ihm vor.

Würdest du das tun? Du stellst uns ganz formell einander vor?

Formell? Ich weiß nicht …

Darf ich hineingehen? Ist es erlaubt?

Um Himmels willen. Nun komm schon.

Viel später würde Fred diesen Impuls bitter bereuen. Fürs Erste aber war sie erleichtert (so glaubte sie zumindest), als Tennian auf die Luftschleuse zuschoss.

18

„Thomas, darf ich vorstellen? Tennian. Tennian, das ist Dr. Thomas Pearson.“

„Schön, dich kennenzulernen, Thomas.“

„Ganz meinerseits, Tennian.“

„Da fällt mir ein … ich habe bemerkt, dass ihr euch nicht mit Nachnamen vorstellt. Habt ihr gar keine?“

„Nach…“ Tennian hatte sich eifrig in dem UWM umgesehen, aber es gelang ihr doch, ihre Aufmerksamkeit nun wieder Fred zuzuwenden. „Oh, du meinst Familiennamen! Die haben wir schon … ich bin Tennian aus dem Hause Meerklet, und Artur stammt, wie seine Geschwister und auch sein Vater, aus dem Hause Zennor – aber wir benutzen sie nicht.“

„Warum nicht?“, fragte Thomas.

„Weil … es ist einfach so. Es ist unnötig. Normalerweise“, fügte Tennian hinzu und starrte mit großen Augen die Kaffeemaschine in der Kombüse an.

„Oh. Danke für die Aufklärung.“ Fred räusperte sich. „Gewöhnlich nennen sich Menschen nicht beim Vornamen, wenn man nicht darum gebeten wurde oder sich schon lange kennt.“

Tennian schnappte entsetzt nach Luft. „Dann habe ich euch gekränkt!“

„Nein“, hauchte Thomas. „Ganz und gar nicht.“

„Nein“, sagte nun auch Fred säuerlich. „Ganz und gar nicht.“

„Es ist sehr großzügig von euch, meinen Fehltritt zu übersehen.“

„Kein Problem“, murmelte Thomas.

„Ja, mach dir darüber keine Sorgen.“

Thomas versuchte, sie beide nicht anzuglotzen. Fred hatte Mitleid mit ihm. Da hatte er sich nichts ahnend um seine eigenen Angelegenheiten in seinem Unterwasserschlafraum gekümmert, und plötzlich tropften ihm zwei nasse Frauen die Fliesen voll.

Er hielt so angestrengt Augenkontakt, um den Blick nicht irgendwo anders hin zu lenken, dass ihm die Tränen in die Augen traten. In Anbetracht der Tatsache, dass Tennian anmutig, fremdartig und hübsch war und die niedlichsten Titten besaß, die Fred außerhalb eines *Victoria's-Secret*-Kataloges gesehen hatte, handelte es sich durchaus um eine starke Leistung.

„Ich habe dich schon draußen gesehen“, sagte er und hüstelte dann. Als er fortfuhr, hörte er sich wieder wie ein Mensch und weniger wie ein Ford-Geländewagen an. „Du sahst aus wie … wie jemand aus einem Tagtraum, den ich einmal hatte.“

Tennian lächelte schüchtern, und Fred stellte erschrocken – und verärgert – fest, dass sie nun doch eifersüchtig war. Und nicht nur ein bisschen, sondern richtig. Es fühlte sich an, als habe jemand einen Eiszapfen durch ihre Brust gerammt. Bestimmt war ihre Gesichtsfarbe gerade genauso grün wie ihr Haar.

Eifersucht?

Eifersucht war nicht nur dumm, sondern auch vollkommen sinnlos. Sie hatte absolut keinen Grund, eifersüchtig zu sein. Die ganze Zeit über hatte sie Thomas und Artur von sich fortgestoßen. Und dann war sie am Boden zerstört gewesen, als die beiden sie tatsächlich verlassen hatten. Doch jetzt waren sie hier wieder vereint, alle drei, und sie stieß sie immer noch fort.

Entscheide dich endlich, verdammt noch mal, sagte sie sich wild entschlossen und war *sehr* froh, dass sie sich nicht im Wasser befand, wo jeder ihre Gedanken hören konnte.

Nimm entweder den oder den anderen oder werde Mormone und nimm beide, aber hör auf, so herumzueiern.

„... Fredrika schon lange?"

„Wir haben uns vor einem Jahr kennengelernt. Dein König hat Artur nach Boston geschickt – das ist eine Stadt an der Küste ..."

„Sie wohnt in Chesapeake Bay, Thomas", sagte Fred empört.

„Oh. Dann weißt du ja, wo Boston liegt. Also, König Mekkam hat Artur geschickt, um Fred zu finden und herauszubekommen, wer den Hafen mit Giften verseucht."

„Ja, ja!" Tennian hüpfte auf und ab. Das bekam ihrem Dekolleté vorzüglich. Thomas' Augen wurden noch wässriger. „Seine Hoheit Prinz Artur hatte viele aufregende Geschichten zu erzählen, als er zurückkam! Wir waren zwar entsetzt, dass er ein Leben genommen hatte, aber es schien, als habe ihm der Bösewicht keine Wahl gelassen."

„Nein, das hat er wirklich nicht. Er hat wild um sich geschossen. Er hat auch auf Fred geschossen."

„Ja! Das war ja so aufregend!" Tennian warf Fred einen Blick zu. „Obwohl es natürlich sehr bedauerlich war, dass du verletzt wurdest."

„Oh, der ging's gut", sagte Thomas und winkte ab, als wäre Freds Schusswunde in der Brust ganz unerheblich gewesen. Sie starrte ihn so böse an, dass sie meinte, ihr Schädel müsste zerspringen. Aber er bemerkte es nicht. „Da du nun schon mal da bist, kann ich dich auch herumführen. Dies ist die Kombüse – hast du Hunger? Möchtest du einen Imbiss?"

„Sie hatte bereits draußen einen", sagte Fred und erschauderte bei der Erinnerung daran. Sie fragte sich, ob Thomas wohl immer noch so hingerissen von der sanften, schüchternen Tennian wäre, wenn er gesehen hatte, wie sie die Zähne in den Bauch eines Ammenhais schlug. „Sie hat wahrscheinlich immer noch Fischschuppen zwischen den Zähnen."

„Wunderbar. Das ist ganz wunderbar. Möchtest du etwas trinken?"

„Macht dein winziges Haus auch Getränke?"

„Klar!" Thomas öffnete den kleinen silbernen Kühlschrank. „Hier, nimm eine Cola. Magst du Cola?"

Tennian fand heraus, dass sie Cola mochte. Das Koffein und der Zucker von drei Dosen Cola machten sie so gesprächig, wie sie es außerhalb des Wassers nie zuvor gewesen war. Für ihre Verhältnisse geriet sie geradezu ins Schwärmen.

„… so glänzend und hübsch von außen! Ich wurde davon angezogen wie … wie …"

„Die Motte vom Licht?", schlug Fred vor.

Thomas warf ihr einen vielsagenden Blick zu. „Kümmere dich nicht um Fräulein Sauertopf dort drüben. Sie ist ständig schlecht gelaunt. Und hier schlafe ich."

Fred war ihnen durch das kleine Boot gefolgt. Sie fühlte sich fehl am Platze, aber aus irgendeinem Grunde widerstrebte es ihr auch, die beiden alleine zu lassen. Thomas war ein Meerjungfrauen-Groupie; als kleiner Junge hatte ihm seine Mutter jede Menge Geschichten über Meerjungfrauen vorgelesen, und der einsame kleine Thomas (sein Vater war fast immer mit irgendeinem geheimnisvollen Auftrag unterwegs gewesen) hatte oft davon geträumt, im Meer einen Freund zu finden. Diese Geschichten und seine Kindheit waren schuld daran gewesen, dass er überhaupt Meeresbiologe geworden war.

Und vielleicht … vielleicht mochte er Fred auch nur, weil

sie eine Meerjungfrau war. Und um den Gedanken noch weiter zu treiben: Vielleicht mochte er ja alle Meerjungfrauen, egal welche.

Warum auch nicht? Fred war ganz sicher kein Charmebolzen. Sie fand sich noch nicht einmal besonders attraktiv. Bald würde Thomas einen Haufen Meerjungfrauen treffen. Hunderte. Möglicherweise sogar Tausende.

Es war ihr Pech, dass ihm Tennian über den Weg laufen musste, die allem Anschein nach für einen Meermenschen sehr offen war. Andere Meerjungfrauen hätten wahrscheinlich eine Heidenangst vor ihm gehabt (verräterische Zweibeiner, die kennt man ja). Oder hätten ihn von oben herab behandelt. Aber nicht diese Meerjungfrau. Was für ein verdammtes Pech!

Tennian tätschelte das Bett. Dann setzte sie sich und wippte auf und ab. „Wenn du nicht unter Wasser schlafen kannst, dann lass dich von der Strömung schaukeln, das ist auch sehr schön“, sagte sie, und ihr blaues Haar flog wild um ihren Kopf, als sie wippte und wippte und wippte. Thomas gab auf und starrte ihre ebenfalls wippenden Brüste an.

„Also. Ich. Äh.“ Er räusperte sich. „Ich habe festgestellt, dass du eine echte … ich meine, dass das deine natürliche Haarfarbe ist. Ich meine, ganz offensichtlich ist es deine natürliche Haarfarbe. Ein sehr, ähem … auffallendes und leuchtendes Blau. Gibt es das, ähem, öfter in deiner Familie? Aua!“

„Tut mir leid“, sagte Fred zuckersüß. „War das deine Kniescheibe?“

„Richtig. Danke“, murmelte er. Dann sagte er lauter: „Tut mir leid, Tennian, diese Fragen sind vielleicht unhöflich. Ich habe nicht jeden Tag eine nackte, wunderschöne Meerjungfrau in meinem … Aua, gottverdammt!“

„Sorry. War das die andere Kniescheibe?“

Thomas humpelte zu einem Sessel in der Ecke und setzte sich, leise stöhnend.

„Geht es dir gut, Thomas?“, fragte Tennian und hörte auf zu wippen.

„So gut wie unter diesen Umständen möglich“, sagte er mit zusammengebissenen Zähnen, sich die Knie massierend. „Wie dem auch sei. Jetzt kennst du das ganze UWM.“

„Es ist wunderbar!“

„Danke. Ich habe lange daran gearbeitet.“

„Ach, Arbeit nennst du das?“, spöttelte Fred. „Du hast die Pläne gezeichnet und dann ein paar Leute bezahlt, die es für dich gebaut haben.“

„Weißt du, wie viele Sexszenen ich schreiben musste, um mir dieses Ding leisten zu können?“, meckerte Thomas. „Meine Charaktere werden für lange Zeit nichts mehr machen, was sich unterhalb der Schultern abspielt. Ich bin so ausgebrannt, es ist schon nicht mehr lustig.“

„Ausgebrannt? Sexszenen?“

„So sagt man unter Zweibeinern“, entgegnete Thomas hastig.

„Möchtest du Tennian nicht von den Kitschbüchern erzählen, die du so schreibst?“

„Vielleicht später. Sag mal, Tennian, weißt du, wann das Pelagial beginnt?“

„Morgen früh. Seine Majestät wollte dir und Fredrika genug Zeit geben, damit ihr euch von der Reise erholen könnt.“

„Nun, das war sehr rücksichtsvoll. Oh, da fällt mir ein, dass Mekkam heute Abend zu mir kommt, um sich die dritte Staffel anzusehen. Ich frage mich wirklich, wann der Mann eigentlich schläft.“

„Die dritte Staffel?“, rief Fred. „Hättest du ihm nicht auch mal den Discovery Channel zeigen können? Oder ihn *Und täglich grüßt das Erdmännchen* oder irgendeine Sendung über Maden anschauen lassen? Sogar *Dirty Jobs* wäre okay gewesen, alles außer HBO, Herrgott noch mal!"

„Er hat gesehen, wie ich mir *Deadwood* angesehen habe, da wollte er auch. Soll ich etwa einem König sagen, was er zu tun und zu lassen hat? Lass mich in Ruhe, Fred, oder ich steck dir die Kugel, die ich aus dir rausgeholt habe, gleich wieder rein."

„Das will ich sehen. Ich kann nicht glauben, dass der König sich ausgerechnet dich als neuen Freund ausgesucht hat."

„Das wird dir bestimmt sehr nützlich sein", sagte Tennian. Sie schüttelte die letzte Coladose in dem vergeblichen Versuch, noch ein paar Tropfen herauszuholen. „Weißt du auch, warum?"

„Äh …"

Fred machte ein ungeduldiges Geräusch. „Wenn die anderen aus ihrem Volk herausfinden, dass Mekkam dich so sehr mag, dass er hier im UWM Fernsehwiederholungen mit dir anschaut, dann werden sie sehr viel schneller mit dir warm werden als gewöhnlich."

„Oh." Thomas sah erst überrascht aus, dann aber doch erfreut. „Daran habe ich gar nicht gedacht. Du glaubst doch nicht etwa, dass Mekkams Interesse nur gespielt ist, oder?"

„Unser König spielt nichts vor", sagte Tennian, aus deren Gesicht jede Heiterkeit verschwunden war. Sie hatte sich in den Laken herumgerollt, aber jetzt stand sie plötzlich auf.

„Okay, tut mir leid. Ich wollte dich nicht kränken oder andeuten, dass König Mekkam lügt. Auf Fred und mich prasselt gerade so viel Neues in so kurzer Zeit ein. Sie ist ein Mischling, und ich bin ein Landbewohner, aber die königliche Familie empfängt uns trotzdem mit offenen Armen. Du wirst uns sicher nicht vorwerfen, dass wir uns fragen, warum."

„Doch, das könnte ich. Aber ich werde es nicht tun." Tennian schüttelte den Kopf und bedachte sie mit einem schiefen Blick. „Nur Zweibeiner misstrauen dem Geschenk der Freundschaft."

„Jawohl, heimtückische, schlechte Zweibeiner wie Thomas hier", klärte Fred sie auf. „Widerlich! Zwei haarige Beine, kein Schwanz, im Wasser kein Durchhaltevermögen … abstoßend, wenn man es recht bedenkt."

„Das liegt wahrscheinlich am Reiz des Unbekannten. In Freds Fall zumindest wird sich das wohl wieder geben", witzelte Thomas.

Wenigstens glaubte sie, dass er einen Scherz gemacht hatte.

Fred unterdrückte den Drang, ihm noch einmal gegen das Knie zu treten. Nur zur Sicherheit.

19

„Und dann … dann hat er sie praktisch vollgesabbert. Zugegeben, sie ist eine wunderschöne nackte Frau mit umwerfendem blauen Haar – und blauem Schamhaar. Aber trotzdem."

„Fred."

„Gesabbert! Wie ein Beagle." Fred ging neben dem Pool auf und ab. „Und sie erst! ‚Oh, Thomas, du bist so gescheit. Oh, Thomas, du hast so ein hübsches Unterwasserschlafzimmer gebaut. Oh, Thomas, ich hätte gern eine zehnte Cola.' Ekelhaft."

„Fred."

Sie blieb stehen und sah auf ihn hinunter. „Warum rege ich mich überhaupt auf? Hab ich nicht schon genug Sorgen, ohne mir Gedanken darüber zu machen, ob Thomas eine andere Meerjungfrau mehr mag als mich?"

„Fred!"

„Was?", blaffte sie ihn an.

„Geh weg." Jonas, der nichts außer einer dunkelroten Badehose mit grünen Seepferdchen und einer Sonnenbrille (die er aus einem kleinen Souvenirladen in der Nähe der Küche genommen hatte) trug, hielt den Unterarm vor die Augen und blinzelte zu ihr hoch. „Du stehst mir in der Sonne. So bekomme ich einen Abdruck in Fred-Form auf meinem beinharten Sixpack, und Barb wird so lachen müssen, dass ich meinen Ständer verliere."

„Eklig!", kreischte sie.

„He, das ist die Realität, Baby. Ob du willst oder nicht. Und da wir gerade von Realität sprechen, hattest du vor, Thomas vor all den anderen Meerjungfrauen zu verstecken?"

„Nein."

„Und du bist nicht in ihn oder Artur verliebt. Dich ärgert es nur, wenn sie – wie sagtest du noch? – sabbern? Ist ja kein Geheimnis, dass du sauer wirst, wenn sie dich vollsabbern."

„Ich weiß, ich weiß! Ich bin mir bewusst, wie dumm und kindisch das alles ist."

„Nun, dann kneif die Arschbacken zusammen", sagte ihr angeblich bester Freund recht herzlos. „Entweder willst du Thomas (oder Artur), oder du willst Thomas (oder Artur) nicht. Such dir endlich einen aus. Oder lass es. Aber solltest du dir nicht mehr Gedanken um das Pelagial als um dein kümmerliches Liebesleben machen? Dein Liebesleben ist immer kümmerlich, aber so ein Pelagial findet nur alle dreißig, vierzig Jahre statt."

Fred ließ sich auf dem Beton neben ihrem besten Freund nieder. Komisch, dass Jonas' vernünftiger Rat oft genau der war, den sie sich bereits selbst gegeben hatte. Tatsächlich hätte manchmal der Rat, den sie sich gab, auch von Jonas sein können.

„Ja, du hast zwar mit dem, was du da sagst, hundertprozentig recht. Aber ich bin kein Computer, Jonas. Ich kann mich nicht einfach mit einem Knopfdruck abstellen."

„Endlich gibt sie zu, dass sie Gefühle hat!" Er rückte seine Sonnenbrille zurecht. „Ein Durchbruch."

„Halt den Mund."

„Also, was hast du schließlich gemacht?"

„Oh, Tennian hat angeboten, ihm den Kaimangraben zu zeigen."

Jonas kicherte.

„Du bist ein Schwein. Das ist doch kein sexueller Euphemismus."

„Bist du sicher?“

Sie ignorierte seine Frage. „Er wird eine Tauchausrüstung brauchen, aber sie hat ihm eine freie Meerjungfrauenführung angeboten.“

„Und selbstverständlich hat er ihr Angebot angenommen.“

„Selbstverständlich!“ Fred musste zugeben, auch sich selbst gegenüber, dass Thomas deshalb kaum ein Vorwurf zu machen war, auch wenn sie es noch so sehr wünschte. „Er ist ein Meerjungfrauen-Groupie, wenn ich dich mal daran erinnern darf. Er hätte sich auch von Artur oder Kertal führen lassen können. Nicht dass Kertal es ihm angeboten hätte. Aber … ach, Mist! Jetzt fällt mir ein: Mein Vater war ein Verräter.“

„Ja, das habe ich gehört.“

Beinahe wäre sie in den Pool gefallen. „Wie bitte?“

Jonas schob die Sonnenbrille hoch auf die Stirn. „Artur hat es mir gesagt. Er machte sich Sorgen, dass ein paar von den anderen Meertypen dich wie Dreck behandeln könnten. Ich habe ihm gesagt, dass du dich einen Dreck darum scherst, ob sie dich wie Dreck behandeln. Er schien erleichtert zu sein, dass du dich einen Dreck darum scherst, ob man dich wie Dreck behandelt, und damit war das Thema für ihn erledigt.“

„Na toll. Warum hast du mir nichts davon gesagt?“

„Er hat mich darum gebeten. Er wollte darüber nachdenken, wie er es dir beibringen kann.“

„Und du warst damit einverstanden?“

Jonas gähnte, ungerührt von ihrem Zorn. „He, bleib mal locker. Ich habe ihm bis zum Ende der Woche Zeit gegeben. Wenn er bis dahin nicht mit der Sprache herausgekommen wäre, hätte ich es getan.“

„Und jetzt war es keiner von euch beiden. Tennian hat mir die ganze Geschichte erzählt. Und nachdem Daddys kleiner

Putschversuch gescheitert war, haben sie ihn vor die Tür gesetzt."

„Oho." Jonas setzte sich auf und betrachtete seinen (nicht sehr gebräunten) Bauch. „Den Teil der Geschichte kenne ich nicht."

„Und dann hat es ihn an Land gespült, wo er meine Mutter geschwängert hat."

„Was für ein schönes Ende einer traurigen Geschichte."

„Da fällt mir ein ..."

„Wir sagen Moon nicht, dass Dad vor einer Generation mal ein Bösewicht war. Schon verstanden."

Fred hätte beinahe gelächelt. Es war ein angenehmes Gefühl, wenn jemand einen so gut kannte.

„Vielleicht solltest du Thomas sagen, dass du ihn vögeln willst."

„Wie bitte?"

„Ausgehen! Dass du mit ihm ausgehen willst, meine ich!"

„Ja, aber ..." Sie hatte bereits versucht, es sich vorzustellen, aber das Bild war vor ihrem geistigen Auge ebenso eingefroren wie Käpt'n Iglos Fischstäbchen. Und mit Artur passierte ihr das Gleiche.

Sie hatte keine Angst vor ihnen. Nicht davor, dass sie verletzt werden könnte. Zumindest. Sie hatte keine Angst vor Männern. Und sie mochte Sex (wenn ihre Erinnerung sie nicht trog). Aber der Gedanke, einer Person, einem *Mann* zu sagen: „Ich werde mich dir jetzt öffnen, also kannst du mir nach Belieben wehtun", das erschreckte sie. Schon, wenn sie darüber nachdachte, bekam sie eine trockene Kehle.

„Du bist so ein Angsthase", sagte Jonas freundlich, der ihren Gesichtsausdruck richtig gedeutet hatte. „Würde es dich denn umbringen, wenn du einfach mal eine Beziehung ausprobierst?"

„Sagt der Typ, der ungefähr tausend Mal sitzen gelassen wurde, bevor er mit meiner Chefin zusammenkam."

„Ja, und das war es alles wert, weil ich Barb gefunden habe, du Dumpfbacke!"

Fred sagte nichts. Zu grausam wäre es gewesen (selbst für sie), Jonas an all die Male zu erinnern, da er in die Kissen geheult hatte. Wie er sich eine Woche lang nicht gewaschen hatte, wenn er wieder mal verlassen worden war. Wie er sich mit Trans-Fettsäuren vollgestopft hatte, um über eine Trennung hinwegzukommen. Oder Socken getragen hatte, die nicht zu seiner Krawatte passten.

Sie erschauderte, als sie sich an diese schrecklichen Zeiten erinnerte.

Oh, sicher, jetzt gab es ja Dr. Barb in seinem Leben – und alles sah rosig aus. O ja, jetzt, im Nachhinein, waren all seine vergangenen Trennungen halb so wild gewesen.

Nein, sie würde ihn nicht an den Schmerz erinnern, den er sich jetzt schönredete. Aber sie hatte es auch nicht eilig, selber in eine solche Situation zu kommen.

Doch der Gedanke, dass sie möglicherweise nur zu feige war, ließ sie nicht los. Also schob sie ihn zur Seite.

„In der Zwischenzeit", bohrte ihr Freund weiter, „hast du zwei tolle Typen, die sich beide Arme abbeißen würden – vielleicht auch gegenseitig –, wenn sie die Chance bekämen, dich glücklich zu machen, und dir fällt nichts Besseres ein, als auszuflippen."

„So wird es wohl sein." Mürrisch legte Fred das Kinn in die Hände. „Ich flippe aus. Das ist alles, was ich kann. Das ist alles, was ich getan habe, seitdem ich hier angekommen bin. Und das verdammte Pelagial hat noch nicht einmal begonnen!"

„Nun, darüber kannst du dir Sorgen machen, wenn es so weit

ist. Und wenn Tennian bei Thomas zudringlich wird, dann hau ihr eine rein."

Sie grinste auf ihren Freund hinunter. „Das ist ja mal ein nützlicher Rat."

20

Zu ihrem großen Ärger öffnete Jonas den Mund und starrte an ihr vorbei, während sie weiter auf das UWM, Thomas, Tennian, das Pelagial, ihre Mutter und ihre Periode, die nächste Woche fällig war, schimpfte.

„Oh, mein Gott, hilf mir, an meine heiße Freundin zu denken", murmelte ihr Freund, und Fred wusste, ohne sich umzudrehen, wer da hinter ihr stand.

„Guten Abend, Fredrika. Jonas. Ich dachte, ich könnte vielleicht … wenn es dir nichts ausmacht, könnte ich … mit dir zu Abend essen?"

„Tennian, Jonas. Jonas, du erinnerst dich sicher an Tennian."

Tennian, der heiße Feger, der mich offenbar verfolgt. „Klar. Wir würden uns freuen, wenn du mit uns essen würdest."

Jonas war aufgesprungen und schüttelte der nackten Tennian die Hand.

„Schön, dich zu sehen. Ich habe viel Gutes über dich gehört", erwiderte die Meerjungfrau artig.

„Ach ja?" Jonas starrte sie offen überrascht an. „Über mich? Ganz sicher nicht von ihr." Mit dem Daumen zeigte er in Freds Richtung.

„Hör auf damit, solange du noch mit dieser Hand bis fünf zählen kannst", brummte sie. Dann sagte sie lauter: „Schön, dich wiederzusehen."

„Das stimmt!" Tennian sah an sich herab. „Fredrika, darf ich dich um etwas bitten? Ich bräuchte … Kleidung."

„Klar, sicher. In meiner Hütte findest du alles, was du brauchst."

„Unsinn!", dröhnte ihr Freund (der von Unbekannten komischerweise oft für schwul gehalten wurde). „Es ist ein ganz ungezwungenes Dinner! Shorts sind nicht erforderlich. Oder T-Shirts."

Tennian lächelte ihn an. „Du bist sehr freundlich, aber ich werde mich euren Sitten anpassen."

„Quatsch."

Ohne ein weiteres Wort führte Fred Tennian zu ihrer Hütte.

Tennian schlang Fleischbällchen hinunter – woraus, fragte sich Fred, waren die wohl gemacht? Gab es denn Kühe auf dieser Insel? – und lauschte dem Geplauder der anderen. Selbst Fred, die über die Gesellschaft der reizenden Tennian nicht gerade begeistert war, musste zugeben, dass sie tatsächlich fasziniert und aufgeregt schien, weil sie eine Mahlzeit mit ihnen einnehmen konnte. Es machte Spaß, sie dabei zu beobachten.

„… selbstverständlich bin ich sofort gekommen. Es war wirklich nett vom Prinzen, mich einzuladen", sagte Thomas gerade. Den Teller vor ihm hatte er nicht angerührt.

Frech steckte Fred einen Finger in seinen Kartoffelbrei und leckte ihn dann ab. Er bemerkte es, reagierte aber nicht … sondern schob den Teller nur näher zu ihr hin.

Sie hasste Kartoffelbrei.

„Zu viel der Ehre", erwiderte Artur freundlich und schlang die vierte Portion Muschelsuppe hinunter. „Mein Vater hat dich eingeladen. Ich habe die Einladung nur an seiner Stelle überbracht."

„Ach, komm schon, du bist zu bescheiden."

„Das ist nicht sehr wahrscheinlich", sagte Fred leise zu ihrer Gerstensuppe.

„Wir beschreiten hier neue Wege." Thomas deutete erst in den Raum hinein, der immer noch mit den Netzen und den gruseligen Babypuppen dekoriert war, dann auf die am Tisch Sitzenden: sich selbst, Artur, Jonas, Fred, Tennian. „Landbewohner und Meermenschen, die gut miteinander auskommen. Fred und Jonas sind sogar beste Freunde! Ich denke, das ist für den Ausgang des Pelagial ganz vielversprechend. Und natürlich für die zukünftigen Beziehungen zwischen unseren Völkern."

„Äpfel und Birnen", brummte Fred.

„Und Fred ist ein Hybrid", sagte Artur, sanft, aber ohne einen Zweifel daran zu lassen, was er damit meinte. „Bis vor Kurzem kannte sie ihr Volk überhaupt nicht. Mit wem sonst außer Jonas hätte sie sich anfreunden sollen? Womit ich dich nicht kränken wollte", sagte er eilig.

„He, das habe ich auch nicht so verstanden", gab Jonas zurück, der schon bei seiner dritten Bloody Mary war. „Sie hatte die Wahl zwischen mir und Sandy Caturia, und Sandy hat in der Nase gebohrt."

Fred kicherte überrascht. An ihre nasebohrende Mitschülerin hatte sie schon seit Jahren nicht mehr gedacht. „Nun sei mal nicht so bescheiden, du Blödmann. Du bist mir immer ein guter Freund gewesen."

„Ja, aber das ist nicht das Thema, oder?", fragte Thomas nachdrücklich. „Es geht hier doch nicht darum, wen sich Fred als Freund aussuchte, sondern wer ihr Freund sein wollte. Selbst wenn der Präsident der Vereinigten Staaten ihr Kumpel wäre, würde man ihre Freundschaft doch immer anzweifeln, nicht wahr?"

Artur schaute unbehaglich, aber er war nicht fähig zu lügen. Nicht, dass sie Mitleid mit ihm gehabt hätte, aber es war doch interessant zuzusehen, wie er sich wand. „Du sagst die Wahrheit, Thomas. Das ist eine deiner besten Eigenschaften und außerdem die ärgerlichste. Obwohl ich behaupten würde, dass sich Fred mit jedem anfreunden könnte, wenn sie es wünscht."

„Klar, sie ist ein echter Charmebolzen", grinste Jonas.

„Seit fünfzig Jahren höre ich nun schon Geschichten über Landbewohner", bemerkte Tennian und hielt für einen Moment inne, um das Fleisch aus einem winzigen Hummerbein zu saugen und dann dieses besagte Hummerbein mit den Zähnen zu zermalmen, „aber ich kannte niemals einen gut genug, um mich mit ihm zu unterhalten. Ich habe jedenfalls nicht den Eindruck, dass ihr Barbaren seid."

Fred stieß Thomas den Ellbogen in die Seite. „Fünfzig. Hast du das gehört? *Fünfzig!* Ich hoffe, du hast dein UWM mit Erwachsenenwindeln vollgepackt."

„Ich denke, es ist wie überall." Jonas erhob sich, um sich eine weitere Bloody Mary zu mixen. „Wie mit anderen Arten. Einige sind Arschlöcher, einige sind Heilige, aber die meisten sind irgendwo dazwischen."

„Ach, meine liebe Tennian." Artur lächelte. „Musst du deine Nase überall reinstecken? So war es schon immer", sagte er an die anderen gewandt, „schon als wir Kinder waren."

„Euer Hoheit, Sie deuten eine Gleichheit zwischen unseren Familien an, die es doch gar nicht gibt. Sie führen uns an, wir folgen. So ist das."

Hmm, machte Fred bei sich. Tennian war zu bescheiden. Ihre Familie hatte jedoch Einfluss; das war offensichtlich. Möglicherweise waren sie so etwas wie die Aristokraten des Unterseevolkes?

„In dieser Sache führst du *mich* an, und das gefällt mir außerordentlich", sagte Artur.

Tennian errötete nicht, aber sie starrte in ihr Glas und sagte gar nichts. Fred vermutete, dass Artur den bedeutenden Schritt meinte, aus dem Wasser zu kommen und eine Mahlzeit einzunehmen – mit dem Köder für den Verräter.

„Euer Hoheit, Sie kennen meine Dickköpfigkeit."

„Euer Hoheit", sagte Artur, der unheimlicherweise von sich in der dritten Person sprach, „hatte mehr als einmal Gelegenheit, dafür dankbar zu sein."

Die beiden Meermenschen tauschten einen warmen Blick, den Fred jedoch, wie sie später zugab, gewaltig fehldeutete.

Daher glitt sie zur Seite, bis sie und Artur Hüfte an Hüfte saßen, kletterte auf seinen Schoß und gab ihm einen Kuss auf den Mund (der vor Staunen offen stand).

21

„Wuff?“, machte Artur – oder etwas, das sich ungefähr so anhörte. Aber Fred wurde von ihren Empfindungen mitgerissen, Empfindungen, die sie sich ganz allein zuzuschreiben hatte. Sie spürte, wie sich ihre Schenkel gegen Arturs drückten und dabei erwärmten (die blöden kurzen Hosen waren schuld), wie sein warmer Mund, nachdem er sich von seiner Überraschung erholt hatte, sie zurückküsste und wie seine unglaublich starken Arme sich um sie legten.

Sie küsste ihn lange und vergaß das Pelagial, ihren Vater und auch, dass Tennian anscheinend die beiden Männer, mit denen Fred nicht hatte ausgehen wollen, verzaubert hatte. Für einen kurzen, wunderbaren Moment vergaß sie sogar Moon, Jonas und Dr. Barb.

„Sagt mal, ist es wirklich schon so spät?“, rief Jonas plötzlich leicht hektisch. „Es ist ja längst, äh … Schlafenszeit für mich. Längst schon!“

„Es ist fünfundzwanzig Minuten nach sieben“, sagte Thomas, der sich (Hurra! Moment. Wie bitte?) verstimmt anhörte.

„Richtig, das war es, was ich meinte. Zeit, Freds Chefin anzurufen und mir meinen Telefonsex abzuholen.“

„Ist das … äh, ich will kein kulturelles Tabu verletzen“, sagte Tennian, „aber ist es ganz normal für …“

„Fred? Nein. Für ganz gewöhnliche Menschen, wenn sie von heißen Fegern umgeben sind? Ja. Komm schon, meine Hübsche. Ich würde dir so gerne mal die Haare machen.“

„Die müssen nicht gemacht werden", stellte Tennian fest und, Gott sei Dank, ihre Stimme wurde leiser.

„Oh, Süße! Es gibt Dinge, die du nicht kennenlernst, wenn du wie eine Nacktschnecke auf dem Meeresgrund lebst. Zuerst machen wir eine Proteinpackung. Dann einen Schnitt, glaube ich. Wie wäre es mit einem Kurzhaarschnitt? Dieser Look würde toll zu deiner Gesichtsform passen."

Endlich schloss sich die Tür hinter ihnen, und Fred und Artur waren allein.

Sofort hörte sie auf, ihn zu küssen.

„Ah, meine Rika, ich glaube, diese kleine Stelle meines Mundes kennst du noch nicht." Ihre Beine baumelten herab, als er auf einen winzigen Fleck auf seiner Unterlippe zeigte. „Vielleicht solltest du sofort noch mal nachsehen."

„Komm nicht auf komische Ideen", warnte sie ihn und sah sich um. Ja, Jonas und Tennian waren gegangen. Und Thomas auch, obwohl sie nicht gehört hatte, wie er den Raum verlassen hatte. „Ich habe nur … nur …"

„Dein Territorium markiert, wie die Hunde?", neckte der Prinz sie und verlagerte ihr Gewicht in seinem Schoß, damit sie es bequemer hatte. „Ich habe nichts dagegen, markiert zu werden, kleine Rika. Nicht von dir."

„Die hat vielleicht Nerven!", rief Fred und schlug Artur mit der Faust auf die Brust. „Erst bezirzt sie Thomas, und dann wirft sie sich auch noch dir an den Hals. Es gibt doch Grenzen dessen, was eine Frau ertragen kann, auch wenn sie (manchmal) einen Schwanz hat."

Artur starrte sie einen Moment lang an, dann warf er den Kopf zurück und lachte sein königlich dröhnendes Gelächter. „Tennian! Und ich! O nein, o nein, o nein, nein, nein." Sein Gelächter wurde zu einem Schnauben und Kichern. Aber als sie versuchte, von seinem Schoß zu klettern, packte er sie fester und hielt sie zurück.

„Sag es nicht."

„Das muss ich gar nicht, kleine Rika. Du hast ja schon selbst die richtigen Schlüsse gezogen."

„Tennian hat sich nicht an dich rangemacht."

„Wir sind Cousin und Cousine", erklärte er sanft, aber seine roten Augen schimmerten immer heller, bis sie wie Lampen aussahen. „Wir haben als Babys miteinander gespielt."

„Na super!" Fred warf die Arme hoch und wäre beinahe von Arturs Schoß gefallen. „Eine Cousine! Was mir natürlich keiner gesagt hat! Ist sie dadurch nicht eine Gräfin oder Herzogin oder so was Ähnliches?"

„Tennians Familie hat Titel immer abgelehnt." Er streichelte mit beiden Händen ihre Taille. „Sie hat dich nicht wissentlich getäuscht."

„Sie ärgert mich auch nicht wissentlich zu Tode. Und trotzdem gefällt es mir nicht."

„Ich würde sagen, mit diesem Gefühl bist du nicht allein, kleine Rika."

„Hmpf." Fred sackte schmollend in sich zusammen, verschränkte die Arme vor der Brust und schaukelte mit den Füßen. „Dann ist es wohl nicht so wichtig."

„Ah! Doch, es ist sogar außerordentlich wichtig, kleine Rika. Ich mag deine Eifersucht. Tatsächlich finde ich sie sogar wunderbar."

„Ich war gar nicht eifersüchtig", log sie. „Ich wollte ihr nur zeigen, dass sie nicht der einzige heiße Feger am Tisch ist."

„Sehr klug von dir", sagte er ernst. „Aber selbst jetzt noch denke ich auf unangemessene Art an die Tochter des Bruders meines Vaters. Vielleicht solltest du mir noch einmal zeigen, warum du so ein heißer Feger bist."

„Das hättest du wohl gern", begann sie schon. Aber dann lagen seine Lippen auf ihren, und sie konnte nicht mehr weitersprechen.

22

Fred verbrachte eine weitere schlaflose Nacht damit, sich vorzustellen, wie sie Tennians Ohren chirurgisch entfernte, um sie ihr anschließend in den Mund zu stopfen.

Und sich zu fragen, ob sie vielleicht „schlechtes“ Blut hatte … Verräterblut.

Und sich zu wünschen, König Mekkam wäre nicht ganz so begeistert von den Prostituierten in *Deadwood*. (Offenbar war die Königin, Arturs Mutter, schon lange tot.)

Und sich zu fragen, ob sie aus echtem Desinteresse oder aus Angst davor zurückscheute, sich auf einen der Männer in ihrem Leben einzulassen.

Es war ihr nicht leichtgefallen, sich aus Arturs Umarmung zu winden. Und das auch darum, weil sie *viel* zu gerne geblieben wäre. Aber nach einigen wohlplatzierten Fußtritten hatte sie sich dann befreien können. Hätte sie gewusst, dass sie die ganze Nacht an die Decke starren würde, wäre sie vielleicht doch geblieben.

Als der Wecker klingelte – ohne sie zu wecken –, war sie froh. Alles war besser, als hier im Bett zu liegen und sich den Kopf zu zermartern.

Es war alles so unnötig! Schließlich war es ja nicht so, dass sie in ihren früheren Beziehungen verletzt worden wäre, dachte sie, warf die Bettdecke zurück und zog sich an. Ganz im Gegenteil.

Seitdem sie erwachsen war, hatte sie sich nur mit ein oder zwei Männern regelmäßig getroffen, hatte einige Blind Dates gehabt und war gelegentlich mit Arbeitskollegen ausgegangen. In der Highschool hatte sie sich nicht für Jungs interessiert, und an der Uni war sie so beschäftigt gewesen, dass ihr gar keine Zeit für eine dauerhafte Beziehung geblieben war. Dann hatte sie sich auf ihre Doktorarbeit konzentriert, und anschließend hatte die Arbeit im Aquarium so gut wie ihre ganze Zeit in Anspruch genommen.

Sie hatte ganz einfach nie die Zeit für eine ernsthafte Beziehung gehabt. Es hatte überhaupt nichts damit zu tun, dass sie die Männer auf Abstand hielt, damit diese sie nicht irgendwann zurückwiesen, weil sie eine Laune der Natur war.

Moment mal? Was dachte sie denn da?

Dann sah sie, was sie tat, fluchte und streifte die Kleidung ab, die sie gerade erst angezogen hatte. Sie konnte doch keine Klamotten zu einem Pelagial tragen, um Himmels willen! Niemand sonst würde bekleidet kommen, so viel war sicher. Sie würde auch ohne Shorts und T-Shirt genug auffallen.

Nackt ging sie zur Tür und wäre beinahe gegen Jonas geprallt.

„Wow! Wo brennts denn? Meine Güte, du siehst aber … kess aus."

„Halt den Mund", knurrte sie.

Jonas lief neben ihr her, während sie zum Wasser ging. „Nimm es mir nicht übel, aber du siehst ganz fürchterlich aus. Heute Morgen bist du ja noch nicht mal … hübsch."

„Ich habe auch nicht geschlafen."

„Kein Wunder, bei dem Druck, unter dem du stehst. Mach dir keine Sorgen, sie werden dich schon mögen."

Fred schnaubte.

„Ja, schon gut. Auf jeden Fall werden sie dich interessant finden."

„Halte ich die Männer auf Abstand, weil ich Angst davor

habe, dass sie mich zurückweisen, wenn sie erfahren, dass ich mir Schuppen wachsen lassen kann?"

„Ja. Also, sei einfach du selbst. Und …"

Im Sand rutschend kam sie zum Stehen. „Moment mal. Ja?"

„Natürlich. Erinnerst du dich noch daran, als dich Jeff Dawson im zweiten Studienjahr gefragt hat, ob du mit ihm ausgehst? Und Mark Dalton im dritten? Und …"

„Das waren alles Sportidioten."

„Ja, aber du hättest mit ihnen ausgehen können, wenn du gewollt hättest. Du wolltest eben nicht." Sie war weitergegangen. Er hatte Mühe, mit ihr Schritt zu halten. „Also, lass dich nicht von anderen Meerjungfrauen einschüchtern. Und spiel schön mit den anderen Kindern. Und …"

„Ich soll ich selbst sein? Ist das dein Rat? Grantig und ungesellig und furchtbar unflätig?"

„Und es würde auch nicht schaden, wenn du ab und zu bitte und danke sagen würdest."

„Vielen Dank für den tollen Rat, Jonas." Sie kraulte durch die Wellen, wieder einmal froh darüber, dass das Wasser so angenehm warm war. „Warte nicht auf mich."

„Und fang keinen Streit an! Das bekommt deinem Teint nicht!", schrie er ihr noch nach, und dann tauchte sie hinab in diese andere Welt, die Welt ihres Vaters, und hörte glücklicherweise nicht mehr, was Jonas sagte.

23

Als sie Tennians Zwillingsbruder sah, vergaß sie auf der Stelle Jonas' gute Ratschläge.

Guten Morgen, dachte sie.

Er sprach gerade mit zwei Meerjungfrauen und einem Meermann – der Meermann war Kertal, aber die Frauen erkannte sie nicht. Er drehte sich nicht zu ihr um.

GUTEN MORGEN, ARSCHLOCH! Dann schwamm sie zu ihm und piekste ihn kräftig zwischen die Schulterblätter.

Sie glaubte, ein Grinsen über Kertals Gesicht huschen zu sehen, war sich aber nicht sicher.

Tennians Bruder drehte sich langsam um und sagte mit großem Widerwillen: *Guten Morgen.*

Ich heiße Fred. Und du bist …?

Rennan.

Hallo, Fredrika, sagte Kertal höflich. Er zeigte auf die Frauen, die eine war ein winziges Wesen mit richtig schwarzem Haar – nicht dunkelbraun, sondern tiefschwarz – und Augen von der gleichen Farbe, die andere war groß und schlank, mit grenadinefarbenem Haar und ebensolchen Augen. *Das sind Meerna und Bettan.*

Hallo, Ladys.

Nett von dir, dass du an unserem Treffen teilnimmst, fügte Kertal hinzu.

Klar doch, das hätte ich nicht verpassen wollen! Also … es bringt uns jetzt alle in eine unangenehme Situation, dass mein

Vater vor drei Jahrzehnten versucht hat, den König zu stürzen, was?

Wieder glaubte sie, ein Lächeln auf Kertals Gesicht wahrgenommen zu haben, aber es verschwand so schnell wieder, dass sie es nicht mit Sicherheit sagen konnte.

Die kleine schwarzhaarige Meerjungfrau blinzelte überrascht und erwiderte schließlich: *Ja, das ist tatsächlich unangenehm.*

Ist es wahr, dass du fast dein ganzes Leben an Land verbracht hast?, fragte die große Rothaarige. Sie war so blass wie alle Meermenschen, die Fred bisher kennengelernt hatte, aber ihre Blässe wirkte beinahe durchscheinend. Wahrscheinlich würde sie auf der Stelle in Flammen aufgehen, falls sie je einen Fuß an Land setzte.

Ja, das stimmt. Ich habe meinen Vater nie gekannt und daher auch von eurer Existenz nichts gewusst.

Dann ist es gut, dass König Mekkam dich gefunden hat.

Dessen war sich Fred nicht so sicher, aber jetzt war ganz gewiss nicht der rechte Zeitpunkt, dies zu diskutieren. *Kann sein.*

Ich muss nach meiner Schwester sehen, sagte Rennan steif. *Entschuldigt mich.*

Ist wirklich großartig, dich wiederzusehen, dachte ihm Fred hinterher. *Lass uns doch mal zusammen Mittag essen!*

Ich glaube nicht, dass er mit dir essen wird, sagte Kertal humorlos.

Was du nicht sagst. Ich wollte ihn doch nur ein bisschen ärgern. Ich mag es nicht, wenn man mich ignoriert.

Darin, sagte Bettan kühl, *ähnelst du deinem Vater.*

Ohne ein weiteres Wort schwamm sie davon.

O Jonas, dachte Fred, die sich auf einmal sehr nach ihrem Freund, nach dem Land, dem Himmel und der Luft sehnte.

Wofür soll es gut sein, dass ich ich selbst bin, wenn sie sich alle schon eine Meinung gebildet haben?

Nun, wir sollten wohl besser unsere Plätze einnehmen, sagte Kertal. *Es war … nett, dich hier zu treffen.*

Auf Wiedersehen, ergänzte Meerna, ohne Fred in die Augen zu sehen. Dann schwammen sie davon.

Fred ließ sich Zeit, als sie ihnen nachschwamm, damit sie so weit vorziehen konnten, wie sie wollten. Sie sah mehrere Grüppchen von Meermenschen und folgte denen einfach.

Ein paar Kilometer vor der Küste waren sie schon tief ins Meer hinabgestiegen, aber es war nicht einfach weiterzuschwimmen, ohne gegen eine Meerjungfrau zu prallen. Unwillkürlich sah sie sich nach Scheinwerfern und Tribünen um, ehe ihr einfiel, dass dieses Treffen anders als alle vorherigen war, denen sie bisher beigewohnt hatte. Warum nur stellte sie sich das, was nun passieren würde, wie eine Art Unterwasser-Motivationsveranstaltung vor?

Selbst wenn ein Galgenmikrofon hier unten funktionieren würde, unter Telepathen wäre es wohl überflüssig. Da fiel ihr ein, dass Thomas keinen blassen Schimmer haben würde, was in der Versammlung gesprochen wurde.

Hm. Vielleicht war der König doch nicht so aufgeschlossen, wie sie gedacht hatten. Was kümmerte es ihn, wenn ein Landbewohner, der ohnehin schon von der Existenz der Meerjungfrauen wusste, zusah, wie sich ein paar von ihnen trafen? Vor allem, wenn er nur dann erfahren würde, was sie besprachen, wenn es ihm einer sagte?

Und, da sie gerade vom Teufel sprach, hier kam auch schon das UWM. Beinahe lautlos glitt es auf sie zu. Hinter einem der Fenster sah sie Thomas an der Steuerung. Er winkte ihr wild zu, bevor er sich hinsetzte, um zu navigieren. Das UWM glitt an ihr vorbei, um dann in eine Art stationäre Umlaufbahn zu kommen, die es Thomas ermöglichte, aus allen Perspektiven zu filmen.

Und, wie immer bei Fischschwärmen, waren sehr viel mehr Meermenschen versammelt, als es auf den ersten Blick den Anschein gehabt hatte. Sie versuchte, ihre Zahl zu schätzen. Sehen konnte sie mindestens fünfhundert. Und das Treffen würde telepathisch zu den anderen Angehörigen des Unterseevolkes „projiziert" werden, die zwar teilnehmen wollten, es aber nicht auf die Kaimaninseln geschafft hatten.

Unglaublich.

Die meisten der Anwesenden waren schlank und hatten den typischen langen Schwanz, der an der Hüfte breiter wurde. Die Schwänze schimmerten in Blau oder Grün (oder in beidem), während die Haar- und Augenfarben meistens zueinander passten oder sich nur um eine Nuance unterschieden. Ein Pelagial zu betrachten war, als würde man einen atemberaubend schönen, lebendigen Regenbogen erblicken, denn Brünette, Blonde oder Rotblonde gab es unter den Meermenschen nicht. Nein, hier waren sie alle blauhaarig oder orange, waldgrün, zuckerwatterosa, butterblumengelb …

Unglaublich.

Offenbar gab es irgendeine Regel, dass Meermenschen attraktiv zu sein hatten, denn sie alle waren wunderschön. Lächerlich schön.

(Fred kam es nicht in den Sinn, dass sie selber auch nicht gerade hässlich war.)

Sie starrte sie an und wusste es auch, konnte aber nichts dagegen tun. Aber auch sie ertappte ein paar der Anwesenden, die sie ebenso unverhohlen neugierig betrachteten. Also hatte sie kein allzu schlechtes Gewissen.

Als sie erst sie, dann sich gegenseitig ansahen, begriff sie, dass über sie geredet wurde – getratscht, um das Kind beim Namen zu nennen. Aber Fred konnte sie nicht hören. Möglicherweise war die Telepathie unter Meermenschen doch komplizierter, als sie zuerst gedacht hatte. Man konnte nicht einfach zufällig etwas mitanhören, das nicht für einen bestimmt war. Der Gedanke musste auf einen projiziert werden: in den Geist des anderen.

Sie dachte: *Schade, dass so viele weiße Haie in unsere Richtung unterwegs sind*, ohne zu versuchen, mit jemand Bestimmtem zu „reden“ oder gehört zu werden.

Niemand sah zu ihr hin. Niemand reagierte.

Hmmm.

Ruhe im Pelagial, dröhnte Mekkams Stimme in ihrem Kopf, und plötzlich fing es an. Einfach so.

24

Fred hörte aufmerksam zu. Doch schnell stellte sie fest, dass sie dem Ablauf des Pelagial folgen und die anderen Meermenschen trotzdem weiter beobachten konnte.

Und sie bekam eine Ahnung davon, warum ihr Vater König Mekkam hatte stürzen wollen. Wie hatte Tennian es ihr erklärt? Ein Zufall der Geburt? Mekkams Gedankenkontakt?

Nun, eines war jedenfalls sicher: Mekkam hatte das Treffen unter Kontrolle und hielt alle auf Kurs *und* stellte gleichzeitig sicher, dass die Angehörigen des Unterseevolkes überall sonst auf der Welt „hören" konnten, was gesagt wurde. Kein Wunder, dass er der König war! Und wenn Artur die gleiche Begabung zur Telepathie besaß, wäre es keine Überraschung, wenn er zum König wurde, nachdem Mekkam ins Gras gebissen hatte.

Wie, fragte sich Fred, *hatte mein Vater nur glauben können, dass er diesen Mann stürzen konnte?* Zum einen konnte Mekkam *die Gedanken aller* lesen. Andere Meermenschen, vermutete sie, mussten sich bewusst anstrengen, um einen Gedanken in den Geist eines anderen zu projizieren, aber Mekkam bekam wahrscheinlich von jeder Verschwörung im Vorhinein Wind.

Sie verdrängte den Gedanken an ihren verräterischen (und anscheinend idiotischen) Vater und konzentrierte sich auf das Pelagial.

Mekkam erklärte (auch wenn die meisten der Anwesenden wussten, worum es ging), dass das Unterseevolk in zwei verschiedene Fraktionen geteilt wurde.

Die Luftatmer – vor allem junge Leute, die den König nicht für das A und O hielten – wollten sich nicht mehr vor den Landbewohnern verstecken. Sie waren der Meinung, das gehöre ins zwanzigste Jahrhundert (und ins neunzehnte und achtzehnte …).

Die Luftatmer fanden, dass sie genauso gut wie jeder Landbewohner das Recht hatten, an Land herumzulaufen.

Die Traditionellen – die, die den Anweisungen der königlichen Familie, ohne zu fragen, folgten – fanden, dass die königliche Familie sechs Generationen lang richtig gehandelt hatte. Es gab sehr viel mehr Wasser als Land und genug Platz, um sich vor den Menschen zu verstecken und dabei doch ein angenehmes Leben zu führen.

Das war der Grund, warum das Pelagial einberufen worden war: Man wollte entscheiden, ob das Unterseevolk sich weiterhin versteckt halten … oder sich CNN zeigen sollte. Unter anderem.

Als Fred begriff, was auf dem Spiel stand, begann sie auch zu ahnen, warum man sie unbedingt hatte dabeihaben wollen. Weil sie, anders als die anderen um sie herum, beide Welten kannte. Es war, dachte sie, sicher nur eine Frage der Zeit, bis Mekkam sie aufriefe, damit sie aussagte.

Aber was, um alles in der Welt, sollte sie sagen?

25

„Und was ist dann passiert?"

Fred nahm die Coladose entgegen – überraschenderweise hatte Tennian noch etwas übrig gelassen – und öffnete sie. Dann schlürfte sie den Schaum ab, bevor dieser auf ihr T-Shirt spritzen konnte. Na ja, eigentlich gehörte das Shirt Thomas. Er hatte ihr ein sauberes Paar Boxershorts und eines seiner T-Shirts gegeben. Ihr Haar war in ein Handtuch gewickelt. Wenigstens musste sie nun nicht nackt vor ihm herumspazieren. Nicht mehr. Für heute.

Wenn sie ihren Schwanz hatte, war es anders. Man hätte einwenden können, dass sie auch dann nackt war, aber für sie fühlte es sich anders an.

„Fred? Was ist dann passiert?"

„Oh. Tut mir leid." Sie hob den nachdenklichen Blick von Thomas' Boxershorts und antwortete ihm. „Dann sind ein paar Anhänger von meinem Vater aufgestanden und haben alle daran erinnert – als wenn wir es nötig gehabt hätten –, dass ihr schrecklichen Landbewohner verräterische, abscheuliche, eklige Mistkerle seid, die dort scheißen, wo sie auch essen."

Thomas zog eine Augenbraue hoch. Sie zuckte mit den Schultern. „Vergiss nicht, dass du der einzige Zweibeiner warst, den Artur je getroffen hatte, der *nicht* dort aß, wo er hinschiss."

„Ja, ja, erinnere mich nicht daran. Also, darum geht es? Ein paar von den Meerjungfrauen wollen sich outen?"

„Ja, manche von ihnen. Sie müssen nur noch die anderen

davon überzeugen. Und tu nicht so, als wär das eine Kleinigkeit; das ist eine wichtige Sache."

„Und was werden sie jetzt tun? Es ausdiskutieren?"

„Bis Mekkam findet, dass die Mehrheit bereit zur Abstimmung ist. Dann werden sie … werden wir … wählen."

Thomas hockte auf dem winzigen Küchentisch. „Ich nehme an, dann geht es um alles oder nichts, oder? Wenn fünfzig von ihnen an den Strand gehen wollen, können sie es erst tun, wenn die gesamte … was? Rasse? Spezies? Wie dem auch sei, sie müssen jedenfalls alle auf derselben Seite sein, nicht wahr?"

„Ja, sie …"

„Wie wirst du abstimmen?"

„Ich?", keuchte sie erschrocken auf. „Ich komme ja immer noch nicht darüber hinweg, dass ich überhaupt eingeladen wurde. Ich habe keine Ahnung, was ich wählen soll."

„Sag ja!", rief Thomas. Er sprang vom Tisch herunter, nahm sie bei den Händen und tanzte mit ihr durch die enge Kombüse. „Dann müssen wir deinen Schwanz nicht vor meinen Verwandten verstecken. Wir können im *New England Museum* heiraten und im *Main One* schwimmen gehen."

„Lass mich los!", protestierte sie und musste bei der Vorstellung kichern: sie mit ihrem Schwanz und einem Brautschleier im Hauptbecken. „Hör auf, dich wie ein Vollidiot zu benehmen."

Er zog sie in seine Arme. „Heirate mich, sag ja, oute dich – verstehst du, was ich damit sagen will? Und anschließend sehen wir uns zusammen die Welt im UWM an."

„Hör auf mit den Albernheiten." Sie versuchte, sich aus seiner Umarmung zu befreien, und löste (sanft) seinen Griff. Er machte nur Spaß: Dasselbe tat Jonas jeden Tag.

Aber ihr Herz schlug nicht schneller, wenn Jonas so etwas sagte. Bei Jonas wurde ihr nicht schwindelig. Sie …

Die Gegensprechanlage summte, und Thomas hüpfte los. „Das ist Jonas."

„Oh!"

Er hob eine Augenbraue. „Äh, sorry, ich wusste nicht, dass du, na ja … so entsetzt reagieren würdest. Wenn er hierherkommt, meine ich. Ich hatte ihn angerufen, als es so aussah, als würdet ihr für heute Schluss machen. Drück den roten Knopf und komm rein!", rief er.

Fred schluckte ihre Enttäuschung hinunter. Sie hatte gehofft, ein bisschen mehr Zeit allein mit Thomas verbringen zu können. Nachdem sie den ganzen Tag mit der Gattung ihres Vaters zugebracht und Stimmen der unterschiedlichsten Leute in ihrem Kopf gehört hatte, hatte sie gehofft, mit einem ganz normalen Mann ein wenig entspannen zu können. Und nicht mit Jonas, auch wenn sie ihn abgöttisch liebte.

„Meine Güte, das war aber eine lange Strecke zu schwimmen!", keuchte Jonas. „Ich hab mich gefühlt wie Flippers Stuntdouble!" Er war triefend nass (natürlich), und in seiner Hand baumelten Schnorchel und Tauchmaske. Anders als die anderen, die bisher durch die Luftschleuse gekommen waren, trug er Badehose und Schwimmflossen. Er stand erst auf dem einen, dann auf dem anderen Bein, um sich die Flossen abzustreifen. „Wenn ich auf dem Weg hier raus ertrinke, wird es dir leidtun."

„Ich habe nicht einmal fünfzig Meter vor der Küste festgemacht", protestierte Thomas milde. „Es gibt kaum Gezeiten, gegen die du anschwimmen müsstest, und das Wasser ist kristallklar. Gib es zu: Du bist doch nur auf die Kaimaninseln gekommen, um an deiner Bräune zu arbeiten."

„Das würde ich nie abstreiten", sagte Jonas, warf die Flossen in eine Ecke und hüpfte dann kopfschüttelnd von einem Fuß auf den anderen. „Ich habe zwei Liter Wasser in jedem Ohr."

„Bist du deswegen hier rausgeschwommen?", fragte Fred und nahm noch einen Schluck Cola. „Um zu meckern?"

„Aber nein, nicht doch. Also, dann erzählt mal von dem Pelagial."

Fred brachte ihn schnell auf den neuesten Stand.

„Hm. Nun, das erklärt, warum sie so scharf darauf waren, dass du daran teilnimmst", sagte Jonas.

„Du hast wirklich Glück", bemerkte Thomas, „dass du intelligenter bist, als du aussiehst."

„Halt die Klappe, Pearson, oder ich kaufe nie wieder eines deiner schmierigen Bücher. Also, wie wirst du dich entscheiden?"

„Was?", fragte Fred.

„Für oder gegen die Menschheit?"

„Ich weiß es nicht", gab sie zu. „Ich hatte nicht sehr viel Zeit, um darüber nachzudenken."

„Ich finde, du solltest ihnen sagen, dass sie sich dafür entscheiden sollen. Meiner Meinung nach haben Luftatmer nicht ganz unrecht: Aus welchem Grund sollten sie sich vor den meisten anderen Lebewesen auf diesem Planeten verstecken? Es ist doch genauso ihr Planet."

„Ich weiß nicht", sagte Thomas ruhig. „Unsere Spezies hat eine lange Geschichte von Intoleranz und Völkermord hinter sich. Vielleicht tun sie besser daran, im Verborgenen zu leben. Die Ozeane sind gigantisch. Wir würden sie nie entdecken. Sie haben *uns* schließlich auch davon überzeugt, dass sie nur Mythen sind. Das ist schon ein kleines Kunststück, wenn man es recht bedenkt. Es wäre doch schade, wenn das alles umsonst gewesen wäre."

„Seht ihr, und damit habe ich so meine Probleme." Fred leerte ihre Cola. „Ich sehe beide Seiten der Medaille. Es gibt viele Gründe, die dafür sprechen. Und viele, die dagegen sprechen."

„Willst du das auch sagen, wenn du vor ihnen stehst? ‚Hi, mein Name ist Fred, mein Vater hat versucht, die königliche Familie zu töten, und ich kann euch auch nicht sagen, ob ihr besser an die Öffentlichkeit gehen oder euch weiter versteckt halten solltet.' Hm. Das könnte Artur tatsächlich dazu bringen, sich wieder zu entlieben." Jonas sprang plötzlich aufgeregt im UWM herum. „Das könnte klappen!"

„Sei still, Jonas. Hilf mir lieber."

„Ich helf dir doch", sagte er gekränkt.

„Du willst, dass Artur nicht mehr in dich verliebt ist?" Interessiert lehnte sich Thomas vor.

„Ich … wir machen nur Witze."

„Weil ich nämlich", fuhr er fort, „eine perfekte Methode kenne, um das zu erreichen. Oder ihn zumindest sehr wütend zu machen."

„Ruhig, Brauner." Aber Fred konnte nicht anders: Sie musste zurückgrinsen.

26

Die Gegensprechanlage summte erneut. Sie hörten, wie sich die Luftschleuse wieder auffüllte, und dann trat der König des Unterseevolkes ein. „Hallo, ihr Wichser“, sagte er freundlich.

Fred schlug sich mit der Hand gegen die Stirn und funkelte Thomas böse an, der lachte, schrill wie eine Hyäne.

„Pardon, was haben Sie gerade gesagt?“, fragte Jonas entsetzt.

„Erzählst du diesen anderen Wichsern gerade, was auf dem Pelagial passiert ist?“

„Ja, und danach holen wir uns ein paar Nutten und suchen nach Gold.“ Fred fuhr zu Thomas herum. „Nein, es war natürlich *nicht* möglich, ihm eine Animal-Planet-DVD zu zeigen, neiheiiin!“

Thomas zuckte die Achseln. „Was soll ich sagen? König Mekkam hat eben seinen eigenen Geschmack.“

„Ich wollte gar nicht euer beschissenes Treffen stören“, redete Mekkam weiter – viel zu munter nach dem anstrengenden Tag, den sie alle gehabt hatten.

Für jemanden, der beinahe hundert Jahre alt war, schien er in ziemlich guter Form zu sein. Seine Brust war breit und mit leicht ergrautem rotem Haar bedeckt. Auch das schulterlange Haar war von grauen Strähnen durchzogen, aber er sah nicht nur „gut für sein Alter“ aus, sondern er sah – einfach gut aus. Punkt.

„Aber ich wollte dich warnen, du kleine Schlampe, dass ich dich als Erste morgen früh aufrufen werde. Außerdem ist mein beschissener Sohn auf dem Weg zu deiner Hütte, um dich zum Abendessen zu bitten."

„Toll", murmelte Thomas. „Äh … Leute, das UWM ist nicht für so viele Personen gebaut worden."

„Ich verstehe deinen beschissenen Wink, Thomas."

„Und ich auch", sagte Jonas, der Mekkam immer noch ungläubige Blicke zuwarf.

„Ich dachte, du wolltest, dass Artur nicht mehr verliebt in dich ist", fügte Thomas hinzu. Schmollte er etwa?

„Das Letzte, worum ich mir im Augenblick Sorgen machen sollte, ist mein Liebesleben", teilte sie ihm mit. Aber warum machte sein Unglück sie dann so verdammt glücklich? Es war doch krank, das war es. Einfach *krank*!

„Ich nehme nicht an, dass …", begann Mekkam hoffnungsvoll.

„Sir, das war es. Mehr gibt es nicht. Die Serie wurde abgesetzt", erklärte Thomas.

„Kaltblütige Wichser."

„Ja, so ungefähr wurde das auch in den Chatrooms ausgedrückt, in denen man die Weiterführung von *Deadwood* forderte. Wirklich schade. Na ja, dann … auf Wiedersehen."

„Haben Sie keine anderen kulturellen Dokumente, die ich mir ansehen könnte?"

„Nein!", riefen Fred und Jonas gleichzeitig.

Doch Thomas knickte ein wie ein Origami. „Na ja … ich würde schon noch etwas finden …"

„Ich bin weg", murmelte Fred. „Wo ist Artur?"

Mekkams Blick wurde so verträumt, als würde er ins Leere schauen, und nach einer ganzen Weile sagte er: „Gerade jetzt geht er an Land, und zwar mit der Absicht, an deine Hütte zu klopfen."

„Das … das wissen Sie? Sie können ihn allein mit Ihrem Geist ausfindig machen?“ Thomas war fasziniert.

„Selbstverständlich.“ Mekkam zuckte die Achseln. „Das bedeutet es doch, der König zu sein.“

„Jeden Einzelnen aus Ihrem Volk?“ Vor Aufregung stotterte Thomas beinahe. „Jeden aus dem Unterseevolk? Wann immer Sie wollen?“

„Selbstverständlich.“

„Haben Sie mich auch so gefunden?“, fragte Fred leise.

„Ja, Fredrika. Aber ich hielt es für klüger, dich bei deiner Mutter zu lassen, bis …“

„Bis Sie mich brauchten“, beendete sie den Satz an seiner Stelle bitter.

„Bis du bereit warst, das Volk deines Vaters kennenzulernen“, stellte er freundlich, aber entschieden richtig.

„Oh.“ Sie schluckte. „Äh. Tut mir leid.“

„Schon gut, meine kleine Schlampe.“

„Das reicht.“ Fred ließ die Hand auf den Hebel der Luftschleuse niedersausen. „Ich gehe.“

„Warte, warte!“, rief Jonas. „Äh, Mekkam – König, Sir, was auch immer –, eine Sache verstehe ich nicht. Sie betrifft Freds Vater.“

Mekkams Augen wurden schmal, doch sein Gesichtsausruck blieb freundlich. „Wir sprechen nicht von ihm, Jonas. Ich erwarte nicht, dass du alle unsere Sitten und Gebräuche kennst …“

„Entschuldigen Sie bitte, Sir“, unterbrach ihn Fred, „aber da es sich hier um *meinen* Vater handelt, sollte ich doch auch ein Wörtchen mitzureden haben, finden Sie nicht?“

Auf diese Erklärung folgte eine kurze, angespannte Stille. Angesichts der Tatsache, dass sie eben die engen Wände des UWM nicht schnell genug hatte verlassen können, konnte sie kaum glauben, dass sie tatsächlich einen Vorwand gefunden hatte, noch länger zu bleiben.

„Jonas kann jede Frage über meine Familie stellen, die ihm gefällt“, schloss sie und fragte sich, ob Mekkam sie nun in den Knast stecken würde … oder wie auch immer das bei dem Unterseevolk hier hieß.

„Äh, danke, Fred. Also, König Mekkam, die Sache ist die … warum konnte Freds Vater überhaupt hoffen, König werden zu können? Wenn Sie doch diese besonderen Fähigkeiten haben, die nur ein König besitzt?“

Thomas' Augen wurden groß, aber er sagte nichts. Wahrscheinlich, dachte Fred, würde er aus Mekkams Antwort so viele Informationen ziehen wie möglich, egal wie sie ausfiel. Sie würde es ihm kaum vorwerfen, denn sie hatte ja dasselbe vor.

Mekkam runzelte die Stirn, aber nachdenklich, nicht verärgert. „Ich weiß jetzt, dass er keinen Erfolg gehabt hätte“, sagte er vorsichtig. „Und das nicht nur, weil viele seiner ‚Anhänger‘ unserer Familie immer noch treu ergeben waren. Ja, ich kann jeden einzelnen Untertan finden, wenn ich mich auf diese Person konzentriere. Ja, ich kann die Gedanken des Pelagial lenken und sie sogar in die Köpfe anderer projizieren. Aber nichts davon geschieht unbewusst. Ich muss mich konzentrieren. Ich … ich kann nicht heimlich …“

„Lauschen?“, schlug Thomas vor.

„Genau, ja! Lauschen! Das kann ich nicht.“

„Also, wie ist das? Haben Sie diese extracoolen Fähigkeiten, weil Sie der König sind, oder sind Sie der König, weil Sie extracoole Fähigkeiten haben?“

„Alle aus meiner Familie können das, was ich kann“, erwiderte Mekkam, immer noch vorsichtig. Fred hatte den Eindruck, dass der König nicht wollte, dass ein Missverständnis entstand.

„Deswegen sind wir eben die königliche Familie. Fredrikas Vater fand, dass unsere Zeit vorbei sei."

„War er denn wirklich auch ein starker Telepath?"

„Ja, in der Tat", gab Mekkam ohne Umschweife zur Antwort. „Er hat *lauschen* können. Aber er hatte nicht die Fähigkeit zur Kontrolle, die sich mein Haus über Generationen angeeignet hat. Er wurde nur von roher Kraft und Ehrgeiz angetrieben. Und das ist auch der Grund, warum wir hier sind, er aber nicht."

Ein geringfügig längeres Schweigen setzte ein, das von Jonas gebrochen wurde. „Okey-dokey. Vielen Dank, dass Sie uns das erklärt haben, Sir."

„Ihr seid eine neugierige Spezies", sagte der ältere Mann recht liebenswürdig. „Und darum habt ihr große Dinge vollbracht."

„Na ja." Jonas plusterte sich ein wenig auf. „Was soll ich sagen? Wir haben allen gezeigt, wo der Hammer hängt, seit …"

„Der dritten Klasse", ging Fred dazwischen. „Ich gehe jetzt, Artur wartet auf mich."

„Und wir wollen doch seine Majestät nicht warten lassen", brummte Thomas.

„Sei lieb", rügte ihn Fred, aber insgeheim musste sie grinsen. „Bleibt ihr hier, um die DVD-Kollektion zu plündern?"

„In der Tat, das werden wir!", strahlte Mekkam.

„Oh, dann bin ich noch schneller weg."

„Ich auch", sagte Jonas. „Kann ich für den Rückweg ein Atemgerät leihen?"

„Herrgott, so weit ist der Weg nun auch wieder nicht."

„Sagt das Fischmädchen!"

„Nenn mich nicht so", sagte sie mit zusammengebissenen Zähnen, während sie die Kleidung abstreifte, die Thomas ihr gegeben hatte – Jonas war ihre Nacktheit gleich, Mekkam bemerkte sie gar nicht, und Thomas war zu beschäftigt damit, den König wegen seiner telepathischen Fähigkeiten auszuquetschen. „Nie wieder."

„Dir wäre es doch egal, wenn ich ertrinken würde", sagte Jonas traurig. „Du würdest einfach weiterschwimmen und mit deinem gut aussehenden Prinzen zu Abend essen."

„Er ist nicht ‚mein' was auch immer." Sie hielt inne und grinste böse. „Und ja, ich würde dich zurücklassen und zum Abendessen gehen."

27

Nachdem sie Jonas mitleidlos abgehängt hatte, schüttelte sich Fred weniger als fünf Minuten später das Wasser aus den Haaren und ging den Strand hinauf. Zu ihrer Überraschung saßen Tennian und Rennan, die blauhaarigen Meerzwillinge, im Sand (nackt, wie es beim Volk ihres Vaters üblich war) und blickten gen Horizont.

„Guten Abend, Fredrika", sagte Tennian, den Blick auf den Sand gerichtet.

„Hi, Tennian. Rennan."

Er antwortete nicht, sondern beobachtete weiter den Horizont mit zusammengekniffenen Augen. Fred wollte ihn gerade verbal erniedrigen, als ihn Tennians linker Ellbogen so heftig in der Seite traf, dass Fred ein Knacken vernahm.

„Guten Abend", brachte ihr Bruder heraus. Dann ließ er sich langsam auf die Seite fallen und stöhnte in den Sand.

„Wir freuen uns schon auf deinen Bericht morgen", fügte Tennian hinzu, sah zu ihr hoch und lächelte schüchtern.

„Ach, wirklich?"

„Außerdem sucht seine Hoheit, *unser Prinz,* …" – hierauf folgte ein böser Blick auf ihren sich windenden Zwilling – „nach dir."

„Ja, Mekkam – *euer König* – hat es mir schon gesagt. Danke, es war schön, euch wiedergesehen zu haben."

„Weißt du", Tennian räusperte sich und setzte erneut an, „weißt du, wo Thomas ist?"

„Im UWM. Er sucht Filme aus, die der König ansehen kann."

„Oh."

Fred wusste, dass jetzt der richtige Zeitpunkt gekommen war zu gehen. Nachdem ihm die Rippen gebrochen worden waren, würde Rennan es sich zweimal überlegen, sie vor den Kopf zu stoßen. Artur wartete auf sie. Thomas ging ihr nicht mehr auf den Geist. Tennian hatte nicht den Mumm, ihren König zu stören, also würde sie sich keine Sorgen machen müssen, was Tennian und Thomas miteinander trieben.

Perfekt.

Der Zeitpunkt zu gehen hätte gar nicht besser gewählt sein können.

Niemals.

Also: Zeit zu gehen.

Fred gab sich geschlagen. „Thomas hätte bestimmt nichts dagegen, wenn du hinschwimmen würdest", sagte sie. „Er würde sich sicher sehr freuen, dich wiederzusehen."

„Oh, aber er hat ein Treffen mit dem König. Ich kann nicht ..."

„Was für ein Treffen? Er leiht dem König DVDs. Frag mich nicht, was das ist", sagte sie schnell, als Tennian den Mund öffnete. „Der Punkt ist, dass es sich nicht um etwas Offizielles handelt. Los, geh schon."

Tennian sprang schon auf und ließ dabei noch mehr Sand auf ihren stöhnenden Zwilling hinabregnen. „Nun, vielleicht werde ich das wirklich tun. Im Interesse der ... der ..."

„Kommunikation zwischen den Spezies", bot Fred an und verfluchte sich, weil sie ein Gewissen hatte.

„Ganz genau!", rief Tennian und flitzte den Wellen entgegen. Auf einmal blieb sie stehen und drehte sich um. „Oh. Rennan. Auf Wiedersehen."

„Ja, mach's gut", sagte Fred zu Rennan, der wie eine gestrandete Seekuh in sich zusammengesunken war und tief ein- und ausatmete.

Und dann verschwand Tennian, um Freds Freund anzuschwärmen. Nun ja. Einen ihrer Freunde. Nicht dass das schon offiziell entschieden worden wäre, weil sie schließlich …

„Kleine Rika?"

„Ich komme!", rief sie und machte einen Schritt über Rennans Körper hinweg, um den Strand hinaufzurennen.

28

„Ich muss dir etwas zeigen.“

Mehr hatte Artur nicht gesagt. Dann hatte er sie ans Ufer geführt, und sie waren bis zu den Hüften ins Wasser gewatet. Dann waren sie getaucht und hatten sich in ihre Fischform gewandelt.

Für heute habe ich genug Zeit im Wasser verbracht, findest du nicht?

Ich glaube, dass du manchmal nur schimpfst, um deine eigene Stimme zu hören, kleine Rika.

Und ich glaube, du kannst mich mal …

Hier!

Sie sah genauer hin … und schnappte vor Überraschung nach Luft. Artur hatte sie zu einer riesigen Fläche, die mit Seegras bedeckt war, gebracht. Das dunkle Grün hob sich wunderhübsch von dem hellen Sand ab und schien kein Ende zu nehmen.

Er nahm sie bei der Hand und zog sie mit sich. Sie zupfte ein großes Blatt ab und knabberte vorsichtig daran. Dann wurde sie mutiger, stopfte das wächserne, pralle Blatt in den Mund und kaute.

Es schmeckte salzig und frisch, wie der Seetang um die Maki-Rollen in japanischen Restaurants. Und es war köstlich!

So graste sie zufrieden gute zwanzig Minuten lang und hoffte, Artur würde keine gemeinen Bemerkungen machen, weil sie sich wie eine Seekuh aufführte.

Siehst du? Ich wusste, es würde dir gefallen. Selbst diejenigen unter uns, die Fisch essen, mögen Seegras.

Es ist köstlich. Ich könnte einen Salat daraus machen. Ein bisschen Olivenöl, ein wenig Reisessig, einige Sesamkörner …

Nur ich konnte dir so etwas zeigen.

Du oder ein Meeresbiologe.

Sie hörte, wie er in seinen Bart schnaubte, und stopfte sich das letzte Blatt in den Mund. *Miam! Besser, als den ganzen Abend lang Hummerzangen aufzuknacken, als wäre man ein blöder Otter.*

Kleine Rika, wenn das Pelagial vorbei ist, möchte ich, dass du mit mir nach Hause kommst.

Wow! Das kam jetzt überraschend. Sie hatte gedacht, sie würden vielleicht einen Salat zusammen essen, aber doch nicht ihr zukünftiges Leben besprechen. *Nach Hause, ins Schwarze Meer? Das Zuhause?*

Ja.

Sie dachte darüber nach. Er ließ ihr die Zeit. Sie schwebten beide direkt über dem Festessen aus Seetang. Schließlich sagte sie: *Ich glaube, das würde dir einige Probleme bereiten, Artur.*

Ha! Mein Volk ändert sich nur langsam, aber es ändert sich. Warum, glaubst du, haben wir so lange gebraucht, um uns zu treffen und über dieses Thema zu sprechen, geschweige denn eine Entscheidung zu treffen?

Tennian hat mir alles erklärt. Dass mich alle verachten würden, wenn du nicht gewesen wärst.

Aber ich bin hier, und ich will, dass du meine Prinzessin wirst. Wenn du meine Prinzessin bist, wird es niemand wagen, dich zu „verachten".

Das ist ein jämmerlicher Grund, um in eine Familie einzuheiraten. Nur damit die Leute einen mögen.

Ich will nicht so tun, als würde ich deine Gründe kennen, kleine Rika. Ich kenne nur meine. Während der gesamten zwölf

Monate, die ich mich von dir fernhalten musste, habe ich nicht einen einzigen Tag nicht an dich gedacht oder mir gewünscht, ich wäre bei dir. Hast du denn gar nicht an mich gedacht?

Er war hinter sie geschwommen und hatte die Arme um ihre Taille gelegt, dorthin, wo ihr Bauch in Schuppen überging. Seine großen Hände streichelten sie.

Ja, ich ... ich habe an dich gedacht. Und an einen anderen.

Du musst mir jetzt nicht gleich antworten. Oder im Laufe dieser Woche. Aber ich möchte nicht ohne dich nach Hause zurückkehren, kleine Rika. Ich verstehe, dass ich damit viel verlange. Aber ich kann dir auch viel zurückgeben.

Und mein Job ...?

Du kannst deine Ausbildung zum Wohle unseres Volkes einsetzen. Deines und meines Volkes. Und eines Tages wirst du ihre Königin sein.

Ach, herrje! Ich weiß nicht, Artur. Das ist sehr viel ...

Ja. Er strich mit den Lippen über ihre Halsbeuge, und sie hatte Mühe, sich auf das zu konzentrieren, was er sagte. Klar zu denken. *Aber ich biete dir auch viel. Sag nur, dass du über mein Angebot nachdenken willst, kleine Rika. Mehr will ich heute Abend nicht von dir.*

Okay. Ich denke drüber nach. Ich verspreche es.

Dann ist alles gut. Plötzlich ließ er sie los, da war sie ein wenig enttäuscht. Gewöhnlich versuchte er, sie anzufassen – und dann boxte sie ihn. So war es immer zwischen ihnen.

Vielleicht versuchte Artur jetzt etwas anderes.

Das „vielleicht" konnte sie wohl streichen, dachte sie, als sie ihm hinterherschwamm. Definitiv. Die Frage war jetzt nur: Was sollte sie tun?

Darüber dachte sie während des ganzen Weges zurück an die Küste nach.

29

Sie und Artur standen noch knöcheltief in der Brandung und schüttelten sich das Seewasser aus den Haaren, als sie den Kleinbus des Hotels die Einfahrt hochkeuchen hörten.

Das war seltsam. Alle waren bereits eingetroffen. Das Personal hatte frei. Wahrscheinlich wurden nur Lebensmittel geliefert … aber um diese Zeit am Abend?

Sie wandte sich zu Artur um. „Hau ab. Ich weiß nicht, wer das sein könnte."

„Wie du wünschst, kleine Rika. Ich habe bereits bekommen, was *ich* wollte." Und mit einem verschmitzten Grinsen watete er in die Wellen zurück, tauchte und verschwand.

Fred trottete zum Pool, wo immer noch eine Anzahl Handtücher herumlagen. Hektisch suchte sie diese zusammen.

Jonas lag in einem Liegestuhl, immer noch nass und von der Anstrengung keuchend, an Land zu schwimmen. „Was?", stöhnte er, als Fred eilig Handtücher um ihre Hüften, die Brust und das Haar wickelte. „Ich wäre fast *gestorben*, weißt du? Ich wäre fast gestorben!"

„Sei still und hör auf zu jammern, du wärst nicht fast gestorben. Hilf mir lieber."

„Helfen? Wobei?"

„Wir bekommen Besuch, aber ich weiß nicht …"

„Jonas? Liebling?"

Fred kannte diese Stimme. Sehr gut sogar. Sie hatte sie jahrelang gehört, und seit Kurzem hörte sie sie sogar noch öfter als vorher. Nicht nur bei der Arbeit, sondern auch beim Abendessen, in ihrer Wohnung … und jetzt hier.

O Gott, bitte nicht.

„Jonas?"

Entsetzt starrten sich Fred und Jonas erst gegenseitig an, dann in die Richtung, aus der die Stimme kam.

Und … ja, sie war es. Mit einem Koffer, so groß wie eine Aussteuertruhe, wankte sie den Weg hinunter. Und der Koffer war wahrscheinlich vollgestopft mit Laborkitteln.

„Dr. Barb!" Beinahe hätte Fred es laut hinausgeschrien.

30

„Was, zum Teufel, macht sie hier?“, zischte Fred.

„Schlag mich nicht!“, kreischte Jonas und duckte sich. „Oder wenigstens nicht ins Gesicht! Ich hatte gerade erst eine Gurkenmaskenbehandlung.“ Er riss die Arme vor das Gesicht und rappelte sich mit einer seltsam anmutigen Bewegung von seinem Liegestuhl hoch. Fred widerstand der Versuchung, ihm ein Bein zu stellen und zu Fall zu bringen. „Ich habe sie nicht eingeladen, ich schwöre es! Ich habe ihr nur …“

„Gesagt, wo sie dich finden kann. Und eine detaillierte Wegbeschreibung ‚für den Notfall‘ hinterlassen. Dies soll offensichtlich eine dieser widerwärtigen romantischen Überraschungen sein!“

„Du musst ja nicht gleich so tun, als wenn sie die Pest hätte“, blaffte er zurück und senkte vorsichtig die Arme.

Dr. Barb war noch ungefähr vierzig Meter entfernt, näherte sich aber unaufhaltsam. Fred konnte hören, wie sie schnaufte, während sie den Koffer hinter sich herzerrte. Ihnen würde nicht viel Zeit bleiben, um zu Ende zu streiten. „Irgendwie ist es doch süß, dass sie den ganzen Weg hier runter fliegt, um mich zu überraschen.“

„O ja, wirklich, richtig süß, fantastisch, wunderbar!“

„Nur, weil du dich durch alles, was nach Romantik aussieht, bedroht fühlst …“

„Oh, als wenn mir das im Augenblick nicht scheißegal wäre, und das weißt du auch!“

„Moment. Was? Dass dir alles scheißegal ist, weiß ich, aber …"

Sie überschrie ihn einfach. „Nicht nur, dass ich vorsichtig sein muss, jetzt müssen alle anderen Meermenschen in der Gegend ebenfalls aufpassen! Und rate mal, wer daran schuld sein wird? Verdammter Mist!" Mit einem Tritt beförderte sie einen Liegestuhl in den Pool.

„Hör mal für zwei Sekunden mit dem Jammern auf und versuch dich daran zu erinnern, dass sich die Welt nicht nur um *dich* dreht. Ich werde derjenige sein, dem man Vorwürfe machen wird, weil ich auch derjenige bin, der daran schuld ist. Und jetzt Schluss mit dem Wutanfall. Zaubere ein Lächeln in dein dummes, miesepetriges, hässliches Gesicht und sei nett zu meiner Freundin und deiner Chefin!" Jonas zischte die gesamte Schmährede in einem einzigen Atemzug herunter. Dann erhellte ein seliges Lächeln sein Gesicht, er wandte sich um und breitete die Arme aus. „Schnuckelchen! Süße! Oh, mein Gott, du hast ja keine Ahnung, was das für eine Überraschung ist!"

„Wirklich?", zwitscherte Dr. Barb und ließ ihre Aussteuerkiste fallen – äh, ihren Koffer –, um sich in Jonas' Arme zu werfen. „Wirklich? Du bist gar nicht sauer? Ich war so einsam, und das NEA kann auch mal ein paar Tage ohne mich auskommen. Da dachte ich, es wäre lustig, wenn ich einfach hier herunter fliegen und dich überraschen würde." Dr. Barb sah Fred aus beunruhigten dunklen Augen an. „Ich weiß, dass Ihr Familientreffen ganz privat ist; Jonas und ich werden Sie natürlich nicht stören."

„Fam … äh, richtig, richtig. Ja, so ist es. Meine Familie ist … nun, ihr ist ihre Privatsphäre besonders wichtig. Das ist schon fast krankhaft. Wahrscheinlich werden Sie, solange Sie hier sind, keinen von ihnen sehen." *So Gott will*. „Wie lange haben Sie denn vor zu bleiben?"

„Bis zum Ende der Woche."

„Komm, ich zeig dir meine Hütte. Ich helf dir beim Auspacken. Das kann jetzt Stunden dauern", sagte er über die Schulter zurück und warf Fred ein letztes „Sei brav!" zu, bevor sie verschwanden.

Fred sprang in den Pool, um den Liegestuhl zu bergen, ließ sich dann aber doch noch einmal von ihrer Wut überwältigen und gab sie an den Stuhl weiter. Dann sah sie zu, wie er zu Boden sank, und wünschte, Jonas' verstümmelter Körper würde neben ihm liegen.

31

„Artur, Artur!“ Ihr wurde bewusst, was sie da tat, sie verfluchte ihre Dummheit, watete ins Wasser, tauchte den Kopf hinein und rief dort: *Artur!*

Sie lauschte angestrengt, hörte aber nichts.

Artur! Hallo? Dies ist ein Notfall! Artur!

Immer noch nichts. Mist. Sie fragte sich, wie weit ihre Gedanken wohl trugen. King Mekkams Reichweite schien endlos zu sein; bei dem Nullachtfünfzehn-Meermensch war es wohl eher so, als riefe man in einen leeren Raum hinein. Oder vielleicht war das auch so, weil sie ein Hybrid war. Vielleicht …

…eine Rika.

Was? Artur? Kommst du?

Ja, kleine Rika. Und sie spürte, wie er näher kam, in ihre Reichweite. Verdammt. Beinahe hatte sie den Dreh raus, wie man sich als Meerjungfrau anzustellen hatte. *Was liegt dir auf der Seele? Hast du dich verletzt?*

Schlimmer. Meine Chefin ist da.

Deine … von dem Aquarium an Land? Die Frau, die Jonas sich als Gefährtin genommen hat?

Ja! Sie sah ihn und bemerkte, dass sie ganz unter Wasser getaucht war. Mit kräftigen Stößen, die die Distanz zwischen ihnen schnell kleiner werden ließen und ganz mühelos aussahen, schwamm er auf sie zu. *Sie ist hierher geflogen, um Jonas zu überraschen! Du musst es deinem Vater sagen, damit er alle warnen kann. Jonas wird sein Bestes tun, um sie in seiner Hütte zu halten, aber irgendwann wird sie etwas essen müssen, und ich könnte mir auch vorstellen, dass sie schwimmen gehen und sonnenbaden und, ach, ich weiß nicht, an meiner Jahresbewertung arbeiten möchte.*

Wie du es wünschst, kleine Rika. Er griff nach ihr. Sie ließ ihn gewähren und ließ sogar zu, dass er sie in den Arm nahm und festhielt. *Warum bist du so beunruhigt, meine Liebe? Mein Volk ist daran gewöhnt, sich zu verstecken. Deine Dr. Barb wird gar nicht bemerken, dass wir da sind, selbst wenn wir neben ihr herschwimmen sollten. Das ist nichts Neues für uns.*

Es ist nur so … das hier ist privat. Das Pelagial ist privat. Ich habe sie dazu gebracht, dass sie Jonas akzeptieren, und aus deinem Ehrgefühl heraus hast du Thomas akzeptiert. Jetzt aber ist Dr. Barb hier. Das bringt alles durcheinander, und nur wegen mir.

Meine Rika, sicher bist du zu streng mit dir selbst.

Es ist schon schwer genug, die Leute dazu zu bringen, mit mir zu sprechen, nach dem, was mein Vater getan hat. Jetzt wird jeder wissen, dass ein weiterer Zweibeiner beim Pelagial anwesend ist. Gute alte Fred – wenn es um Verrat geht, kann man sich auf sie verlassen.

Fredrika, das stimmt nicht. Er drückte sie noch einmal an sich und streichelte ihren Rücken. *Ich glaube, du bist müde.*

Und du bist herablassend.

Aber du bist *müde,* neckte er sie. *Nur Erschöpfung kann dich dazu bringen, dich mit Problemen zu beschäftigen, an denen du nicht schuld bist. Du machst dir Gedanken über Dinge, die du nicht beeinflussen oder verändern kannst.*

Es gibt aber auch so viel, über das ich mir Gedanken machen kann!

Das stimmt. Und jetzt musst du dich ausruhen. Morgen hast

du viel zu tun. Er ergriff ihre Hand, um zur Küste zu schwimmen. *Komm, ich bring dich zurück.*

Sei vorsichtig mit deinem Schwanz!

Er rollte tatsächlich mit den Augen.

Na schön, wenn das nächste Mal ein blöder Zweibeiner bei eurem supergeheimen Treffen auftaucht, sage ich nichts!

Oh, kleine Rika. Ich weiß, das meinst du nicht ernst.

Flossen hatten auch einen Nachteil: Sie konnte ihn nicht treten.

32

Sie war tatsächlich eingeschlafen. Die letzten schlaflosen Nächte – gefolgt von der Aufregung um das Pelagial, ganz zu schweigen von Arturs Antrag, der Ankunft von Dr. Barb und ihrem Streit mit Jonas – zeigten Wirkung. Um halb zehn schlummerte sie bereits friedlich.

Darum war es umso ärgerlicher, als plötzlich jemand laut an ihrer Tür klopfte.

„Geh weg“, stöhnte sie in ihr Kopfkissen.

Wer auch immer es war, er nahm dies als eine Einladung. Ihre Tür wurde geöffnet, und ihr fiel ein …

„Warum habe ich dir einen Schlüssel zu meinem Zimmer gegeben?“

„Weil du seit der dritten Klasse in mich verliebt bist“, antwortete Jonas prompt. „Was? Du hast geschlafen? Es ist noch nicht mal zehn Uhr!“

„Halt die Klappe. Geh bloß weg.“ In der Ecke schepperte und keuchte die Klimaanlage. Sie hatte Mitleid und stand auf, um sie abzustellen. „Ach, egal. Mach dich lieber nützlich und öffne die Fenster.“ Eines riss sie selber auf. „Was tust du überhaupt hier? Solltest du nicht gerade Sex haben?“

„Oh, bitte, ich habe es heute schon zweimal gemacht. Und wenn ich hinzufügen darf, mit mir ist es jedes Mal noch besser als das Mal davor.“

„Ich glaube, mir wird gerade ein bisschen schlecht“, sagte Fred.

„Du kannst mir nichts vormachen. Du bist nur sauer, weil du noch nie die Glückliche warst."

„Da, jetzt ist es schon wieder passiert! Und dieses Mal muss ich mich wirklich …" Sie durchquerte das Zimmer zum Badezimmer und spuckte ins Waschbecken.

„Wie dem auch sei …", seufzte Jonas. „Barb ist ganz k.o. von der Reise, unter anderem." Er bewegte die Augenbrauen. „Sie macht ein Schläfchen. Wahrscheinlich taucht sie erst zum Frühstück wieder auf."

Dann fiel es Fred ein. „He! Ich rede doch gar nicht mit dir. Wir hatten einen Streit, erinnerst du dich?"

„Klar, ich erinnere mich. Aber ich habe dir verziehen."

„Du hast …!"

„Ich dachte, ich hole dich ab, und wir nehmen ein paar Drinks an der Bar. Aber ich sehe, dass du so unausstehlich bist wie immer."

„Hmpf."

„Mensch, diese Tennian … die blauen Haare! Sie ist ja so süüüß!"

Fred rieb sich die Augen. Tennian. Ach ja. Über Artur, der sie gebeten hatte, mit ihm zusammen im Schwarzen Meer zu leben, und der Ankunft von Dr. Barb hatte sie die blauhaarige Unruhestifterin ganz vergessen. „Erinnere mich bloß nicht an die", maulte sie.

„Sie und Thomas sind eben aus den Wellen getaucht und wie zwei Models aus einem Reiseprospekt den Strand entlangspaziert, nur dass sie nackt war."

„Ach, sei still."

„Und wo bist du denn so kurz vor dem Abendessen hin verschwunden?"

„Du meinst, bevor meine Chefin bei einem geheimen Meerjungfrauentreffen aufgetaucht ist? Ich war mit Artur aus. Er hat mich überrascht.“ Buchstäblich.

„Oho! Also hast du dich endlich entschieden!“

„Ganz und gar nicht. Ich war mit Artur essen, und Thomas mag alles, was einen Schwanz hat.“

Jonas ließ sich auf das Fußende des Bettes fallen. „Miau! Wenn du eifersüchtig bist …“

„Ich bin nicht eifersüchtig! Es ist einfach abstoßend. Ich könnte irgendjemand sein, weißt du. Irgendjemand. Thomas mag doch nicht wirklich mich. Nur Meerjungfrauen.“

„Richtig, deswegen hat er dir auch letztes Jahr das Leben gerettet.“

„Das hat er nicht! Die Wunde wäre auch von allein geheilt.“

Darauf erwiderte Jonas nichts; sie wussten beide, dass dies nicht die ganze Wahrheit war. „Und? Hat dir dein Dinner mit Artur gefallen?“

„Ja, eigentlich schon. Er hat mir etwas gezeigt … mich daran erinnert, dass es Dinge auf diesem Planeten gibt, die nur er mir zeigen kann. Oder jedenfalls nur einer aus dem Volk meines Vaters. So gern ich Thomas möglicherweise auch habe – was absolut nicht der Fall ist! –, es ist doch so, dass ich mich einem wichtigen Teil meines Lebens verschließe, wenn ich mit einem Zweibeiner zusammen bin.“

„Das ist aber nichts, woran du nicht gewöhnt wärst“, stellte Jonas fest. „Ich will das Opfer gar nicht kleinreden, aber wenn du mit einem, ähem … Zweibeiner zusammen wärst, dann wäre es völlig normal für dich, und du würdest dich wohl damit fühlen.“

„Ja, aber mit Artur kann ich beides haben. Außerdem hat er mich gebeten, seine Frau und die Prinzessin des Unterseevolkes zu werden und später dann die Königin.“

Jonas erstarrte vor Begeisterung. Sie kannte diesen Blick.

Sein Gehirn übersteuerte wegen zu hohem Informationsfluss, weil er sich gerade vorstellen musste, wie er die königliche Hochzeit organisierte.

„Prinzessin Fred!"

„Sei still, ich habe noch nicht ja gesagt."

„Was aber bedeutet, dass du auch nicht nein gesagt hast!" Er sprang von ihrem Bett auf und verbeugte sich tief. „Euer Hoheit, habt Ihr vor, es zu einer Vorschrift zu machen, dass alle Frauen so ungepflegt wie möglich auszusehen haben?"

Sie schnaubte und warf ein Kissen nach ihm. „Es ist ja noch nicht offiziell."

„Oh, mein Gott! Prinzessin Fred! Ich halt's nicht aus, ich halt's nicht aus!" Er drehte sich im Kreis, hielt sich die Ellbogen und wimmerte vor Begeisterung.

„Weißt du, die Leute halten dich nicht ohne Grund zuerst für schwul, wenn sie dich kennenlernen."

„Du musst selbstverständlich an Land heiraten – auf keinen Fall erscheine ich auf einer königlichen Hochzeit in Flossen oder in dieser Blechdose, die Thomas da gebaut hat. Außerdem musst du auch an deine Mutter denken."

„Beruhige dich. Ich habe noch nicht ja gesagt. Ich habe andere Sorgen – wie zum Beispiel deiner Freundin aus dem Weg zu gehen. Und was ich morgen auf dem Pelagial sagen werde."

„Ja, ja." Er winkte ab, als wären ihre Bürgerpflichten völlig unwichtig. „Wer würde denn Thomas einem Prinzen vorziehen? Mal ehrlich. Er ist ja ganz nett und reich. Das spricht für ihn. Und ihr beide habt die gleiche Ausbildung. Aber er schreibt Liebesromane. Artur ist der Prinz vom Schwarzen Meer!"

„Ich weiß ja selbst", sagte sie trocken, „was die beiden so treiben."

„Also beeil dich und sag ihm schnell ja, bevor er es sich noch mal überlegt und sich eine andere Meerjungfrau aussucht. Davon gibt es nämlich viele hier im Meer, weißt du. Ehrlich gesagt, ich bin überrascht, dass er nicht schon während des vergangenen Jahres zur Vernunft gekommen ist."

„Hau jetzt endlich ab! Ich brauche noch ein wenig Schlaf, bevor ich fünfhundert Leute, die mich hassen, davon überzeugen kann, was das Beste für sie ist."

„He, Prinzessin Diana hat es auch nicht leicht gehabt", sagte er und ging rückwärts durch die Tür. „Aber sie wurde zu einer Ikone! Fred, die Ikone! Ich sehe es ganz deutlich vor mir."

„Toll, Jonas. Ganz toll."

33

Ihr alle kennt unsere nächste Rednerin … oder habt zumindest von ihr gehört. Ihr Vater war Kortrim, von dem viele von uns nicht mehr sprechen. Ihre Mutter ist Dame Moon, die sie geliebt und aufgezogen hat wie eine der ihren, obwohl sie eine Landbewohnerin ist.

Was für ein schönes zweideutiges Kompliment, dachte Fred. Sarkasmus beruhigte ihre angespannten Nerven. Ich werde meiner Mutter sagen, wie seltsam es sei, dass sie mich nicht zu Sushi klein gehackt hat, obwohl sie doch ein psychopathischer Zweibeiner ist.

Sie ist ein Kind beider Welten … Sie hat ihr ganzes Leben unter den Landbewohnern verbracht, aber sie gehört auch zu unserem Volk.

Mit anderen Worten: nicht Fisch, nicht Fleisch.

Fred schwamm langsam zu Mekkam. Anders als in einem Gerichtssaal gab es hier nirgendwo einen besonderen Platz, von dem aus man seine Zeugenaussage zu machen hatte. Stattdessen wusste sie, dass Mekkam ihre Gedanken aufnehmen und den Meermenschen überall auf der Welt mitteilen würde.

Sie dachte, nicht zum ersten Mal, dass es kein Wunder war, dass er der König war.

Hallo. Ich danke Ihnen für die nette Begrüßung, König Mekkam. Ja, mein Name ist Fred. Dr. Fredrika Bimm, das heißt, ich habe viele Jahre lang Meeresbiologie studiert. Ich … ich habe eine Affinität dazu, könnte man wohl sagen.

Niemand lachte, aber sie spürte immerhin ein belustigtes Rauschen. Sie sah Tennian, die ganz in der Nähe saß, und nickte ihr zu. Die junge Meerjungfrau nickte zurück und lächelte. Wahrscheinlich hatte sie es aufmunternd gemeint, und so hätte es wohl auch gewirkt, wären nicht die vielen scharfen Zähne gewesen …

Ich habe sehr lange über eure Entscheidung nachgedacht. Unsere Entscheidung, meine ich. Und ich kann ehrlich sagen, dass ich beide Seiten verstehe.

Das ist wohl auch der Grund, warum ein Fremder heute hier sprechen darf, anlässlich einer so erhabenen Gelegenheit.

Ein ihr unbekannter Wassermann, der ungefähr ihre Größe hatte, schwebte zehn Meter zu ihrer Linken. Sein Haar war schneeweiß, ebenso wie seine Augen. Der Kontrast zu seinen Pupillen war so markant, dass es wirkte, als wäre er blind.

Möchtest du nicht hören, was sie zu sagen hat, Dessican?, fragte Artur, offenbar freundlich interessiert.

Es geht nicht um das, was ich möchte. Sondern darum, was richtig ist. Ihre Familie ist hier nicht mehr willkommen, seitdem ich geboren wurde.

Deswegen fühlt ihr euch auch alle so verdammt bedroht von mir, dachte Fred amüsiert. Sie kannte Dessicans Blick: Es war der eines jungen Rotzlöffels, der sich gerne überschätzte. Und der nicht vor der ganzen Versammlung einen Rückzieher machen wollte.

Glaubst du, wir wüssten nicht, aus welcher Familie sie stammt?, fragte Artur, immer noch etwas gelangweilt. *Dass mein Vater es nicht weiß und es nicht bedacht hat?*

Wenn alle bei einem Pelagial angehört werden können, dann darf auch ich sprechen. Und ich finde nicht, dass der König …

Was? Jetzt war Arturs Stimme fast zu einem trägen Schnurren geworden. *Du findest nicht, dass der König … was?*

Dessican schien zu begreifen, dass, obwohl vielleicht auch andere mit Freds Anwesenheit nicht einverstanden waren, dennoch niemand das Wort ergriff. Gerade weil jeder bei einem Pelagial angehört werden konnte, war auch Fred eingeladen worden zu sprechen.

Und zwar von dem König selbst.

Ich bin nicht der Einzige, der so denkt, begann Dessican lahm und ließ den Blick über die große Versammlung schweifen.

Tatsächlich. Nur der Einzige, der unhöflich genug ist, die Logik des Königs infrage zu stellen, ganz zu schweigen von dem Gast, der von ihm persönlich eingeladen wurde. Hast du nun gesagt, was du sagen wolltest, Dessican?

Es folgte ein langes Schweigen, was in einer Gruppe von Telepathen seltsam war, und dann hob Dessican stolz den weißhaarigen Kopf. *Ich bin fertig.*

Fredrika, sagte Artur und bedeutete ihr höflich fortzufahren.

Äh … okay. Gut, dass wir das geklärt haben. Ich bin froh, dass jemand dieses Thema angesprochen hat. Dessican hat mit einer Sache recht gehabt. Das, was mein Vater einst getan hat, beschäftigt hier alle.

Nachdenklich schwamm sie einen kleinen Kreis. Sie spürte, dass alle Augen auf sie gerichtet waren – und noch mehr, dass sie sich alle in Gedanken auf sie konzentrierten, um ja kein Wort zu verpassen.

Also lasst uns drüber reden. Ich selbst erfuhr erst nach meiner Ankunft hier zum ersten Mal davon. Nachdem der König mich eingeladen hatte. Aber darauf musste sie jetzt wohl nicht weiter herumreiten. *Und ich gebe zu, dass ich entsetzt war. Nicht, weil ich nicht glauben konnte, dass jemand, von dem ich meine Intelligenz geerbt habe, so etwas Dummes getan haben kann.*

Wieder amüsiertes Rauschen. Dessican lachte tatsächlich

laut. Für einen Moment sah Fred den aufsteigenden Blasen hinterher.

Also, nicht nur deswegen, sondern weil ich Artur kannte. Und zu diesem Zeitpunkt hatte ich auch den König bereits kennengelernt. Ich konnte einfach nicht glauben, dass jemand, der sie ebenfalls kannte, ihnen schaden wollte. Sie sogar umbringen wollte.

Und ich konnte nicht glauben, dass mein eigener Vater so etwas versucht hatte. Und warum? Um die Macht zu ergreifen. Um das Oberhaupt des Unterseevolkes zu werden.

Wo ich herkomme, haben wir keine Könige; wir wählen die Person, die uns anführen soll. Manche Menschen bewerben sich um dieses Amt nur, weil sie scharf auf den Titel sind. Nur weil sie Anführer genannt *werden wollen, und nicht, um tatsächlich die Aufgaben zu übernehmen, die damit verbunden sind.*

Ich glaube, das war es auch, was mein Vater gewollt hat: König genannt werden. Er wollte, dass man sich vor ihm verbeugte und ihn respektierte, aber er wollte sich nicht wirklich um euch kümmern.

Und deshalb denke ich, dass er ein undankbarer, verräterischer Mistkerl gewesen sein muss. Ich denke, wenn er jetzt hier wäre, würde ich ihm die Augen ausstechen, weil er es gewagt hat, den König stürzen zu wollen.

So, nun wisst ihr, wie ich zu dem, was mein Vater getan hat, stehe.

Ich dachte, das sollte geklärt werden, bevor wir jetzt weitermachen.

Es folgte wieder eine mit Rauschen erfüllte Stille. Viele wechselten Blicke, sahen dann sie und anschließend wieder sich gegenseitig an. Schließlich ergriff jemand, den Fred nicht sehen konnte, das Wort.

Fredrika, würdest du bitte deinen Bericht fortsetzen?

Jemand anders ergänzte: *Die Frage, die das Pelagial zu klären hat, lautet: Sollte das Unterseevolk zusammen mit den Zweibeinern Anspruch auf diesen Planeten erheben?*

Fred versuchte, ihre Gedanken zu sammeln. Sie hatte erwartet, dass das dumme Thema Vater den halben Tag beanspruchen würde. Junge, wenn diese Leute sich einmal entschieden hatten, dann aber richtig. Daran sollte sie in Zukunft denken.

Also, sollten sie aus dem Wasser und an die Öffentlichkeit gehen oder nicht? Okay.

Okay. Nun, wie ich bereits gesagt habe, hat die Sache zwei Seiten, und ich kann beide Argumentationsweisen verstehen, da ich von Landbewohnern aufgezogen wurde.

Einerseits, warum sollten nicht wir alle – ihr alle – ein Anrecht auf diesen Planeten haben? Warum solltet ihr euch verstecken? Als jemand, der unter Wasser atmen kann, darf ich mit Sicherheit sagen, dass ich am liebsten immer ich selber sein möchte, und nicht nur, wenn ich mit Freunden zusammen bin, denen ich vertrauen kann. Oder mit meiner Mutter.

Einige der Luftatmer murmelten zustimmend; sofort stellte sie fest, dass jetzt sehr viel mehr Leute den Blick auf sie richteten als zuvor. Trotz Mekkams freundlicher Begrüßung, trotz Arturs deutlicher Ansage, trotz der Szene, die Dessican gemacht hatte: Die meisten Meermenschen hatten sie weiterhin ignoriert.

Jetzt aber nicht mehr.

Andererseits sind Zweibeiner nicht vertrauenswürdig. Viele von euch könnten möglicherweise in einem Aquarium enden. Oder in einem Forschungslabor. Zweibeiner denken, dass jeder, der anders ist als sie, kein Mensch sei, nicht real *sei – und dass sie deswegen mit solchen Wesen tun könnten, was sie wollen. Wenn ihr mir nicht glaubt, dann versucht mal, einen Sioux- oder einen Cherokee-Indianer zu finden, und fragt die. Auch sie haben einmal geglaubt, dass ihnen die Erde genauso gehört wie allen anderen. Als Wissenschaftlerin habe ich selber beobachten dürfen, was Zweibeiner mit der Erde anstellen.*

Was sollen wir also tun?

Ich weiß es nicht. Ich wünschte, ich könnte euch sagen, dass ihr, wenn ihr euch entscheiden solltet, euch der Welt zu zeigen, unbehelligt hingehen könnt, wohin ihr wollt. Aber ich kenne die Menschen zu gut, um euch Garantien zu geben.

Andererseits, wenn ihr versteckt bleibt, habt ihr nichts verloren.

Aber ihr habt auch nichts gewonnen.

Ich würde also sagen, es ist eure Entscheidung. Euer aller Entscheidung. Ich helfe euch, falls ihr euch dazu entscheiden solltet, euch dem Volk meiner Mutter zu zeigen. Ich tue alles, was in meiner Macht steht, auch wenn das bedeuten sollte, dass ich mich selbst outen muss. Weil ich selbst wohl kaum zurückstehen kann, wenn ihr alle mutig genug seid, eure Existenz bekannt zu machen.

Ich glaube … ich glaube, das ist alles, was ich jetzt dazu zu sagen habe.

Fred „trat vom Rednerpult herunter“, oder wie immer das bei so einem Pelagial heißen mochte. Sie wich einfach ein wenig zurück und nahm ihren Platz in der Menge wieder ein. Mekkam schwebte stocksteif in der Strömung, die Augen geschlossen. Nach einer ganzen Weile öffnete er sie wieder und sagte: *Möchte nun jemand Fredrikas Ausführungen widerlegen?*

Ich. Meerna, die zierliche schwarzhaarige Meerjungfrau, schwamm zu Mekkam. *Wie können wir ihr auch nur ein Wort glauben? Sie wurde von Zweibeinern aufgezogen, das gibt sie sogar zu! Schlimmer noch, sie wurde gezeugt von dem, dessen Namen wir nicht länger nennen. Sie könnte uns in einen Hinter-*

halt führen. Es wäre ja nicht das erste Mal, dass dies jemand aus ihrer Familie versuchen würde.

Ich muss gar nicht hinterhältig sein, um dich fertigzumachen, Meerna, Schätzchen, dachte Fred zuckersüß. *Ich kann dir, wann ich will, den Kopf abreißen und mit deinem Blut das Meer noch salziger machen.*

Seht ihr? Sie denkt wie ein Zweibeiner. All ihre Reaktionen sind die eines Landbewohners. Sie ist gemein und neigt zur Gewalttätigkeit.

Sie ist auch die, die vielleicht zu meiner Frau wird, sagte Artur und schwamm an Mekkams linke Seite. *Wagst du es, meine Urteilskraft in Frage zu stellen?*

Meerna öffnete den Mund – merkwürdig für einen Telepathen – und schloss ihn wieder. Sie schwieg lange, dann sagte sie: *Hoheit, das tue ich nicht.*

Natürlich nicht, dachte Fred. Was sollte sie auch sonst sagen? Angsthase. Sie könnte wenigstens den Mut haben, zu ihren Überzeugungen zu stehen.

Nein, Meerna hat nicht unrecht, fügte Fred hinzu, die sich wieder einmal ärgerte, dass sie mit einem Gewissen geschlagen war. *Warum solltet ihr mir vertrauen? Nicht wegen der Taten meines Vaters – den Mann habe ich nie gekannt, und deswegen wird er wohl auch kaum einen Einfluss auf mein Verhalten haben. Und ebenso wenig wegen meiner Einstellung zu den Taten meines Vaters. Vielleicht habe ich eben gelogen. Meerna hat schon recht: Ihr kennt mich nicht. Das ist auch der Grund, warum ich keine der beiden Vorgehensweisen empfehlen konnte. Mir blieb nur, euch die Konsequenzen darzulegen, solltet ihr euch für das eine oder das andere entscheiden. Ihr solltet mir besser nicht vertrauen, und das ist auch gut so. Ihr müsst selber zu einer Entscheidung kommen.*

So. Das musste mal gesagt werden.

Wer bist du, dass du andere beleidigst, Meerna?, rief Tennian plötzlich von ihrem Platz an der Seite aus. *Fredrika hat sich deine Beleidigung gefallen lassen, dabei hätte sie auch ganz anders reagieren können. Sie kennt unsere Sitten nicht, hat aber unsere Unhöflichkeit hingenommen, ohne sich zu beschweren … obwohl der Prinz ihr Gehör schenkt!*

Da hast du verdammt recht, dachte Fred. *Sein Gehör schenkt er mir – und noch viel mehr, wenn ich nur wollte.*

Sie hätte uns das Leben schwer machen können, wenn sie nur gewollt hätte. Und was hat sie getan? Sie hat sich vor uns hingestellt und uns ihre ehrliche Meinung gesagt!

Richtig!

Aber auch das hat dich noch nicht zufriedengestellt, und ich habe den Verdacht, dass es in der Geschichte deiner *Familie etwas gibt, das dies erklären könnte.*

Sollen wir wirklich Licht in unsere dunklen Ecken bringen, oder willst du dich an deine guten Manieren erinnern, daran, dass du eigentlich etwas Besseres als die Landbewohner bist?

Ich … habe niemanden beleidigen wollen. Das war zwar eine glatte Lüge, aber Fred wollte nun, da sie gesiegt hatte, nicht kleinlich sein.

Und sie begann, Tennian wirklich in ihr Herz zu schließen. Als sie sich das erste Mal trafen, hatte sie den Mund nicht aufbekommen, aber jetzt …

Schon gut, sagte Fred. *Die Zweifel sind wie ein Elefant im Wohnzimmer. Früher oder später wären wir darübergestolpert.* Wenn sie es laut ausgesprochen hätte, hätte keiner von ihnen auch nur den blassesten Schimmer gehabt, wovon sie sprach. Aber sie begriffen die Bedeutung ihrer Gedanken, und viele der Anwesenden nickten.

Wie dem auch sei, ich glaube, das ist alles, was ich zu sagen hatte.

Bevor sie fortschwimmen oder schreien konnte, hatte Tennian ihre Hand genommen und sie zu einer großen Gruppe von Meermenschen gezogen, die alle eine deutlich freundlichere Miene machten als noch vor zwanzig Minuten.

Verdammt noch mal, Tennian, dich möchte ich nicht zur Feindin haben.

Engstirnige, kleindenkende, beschränkte Dummköpfe, brummte Tennian. Es war ein ständiger Fluss von Beleidigungen, der nun durch Freds Kopf strömte. *Als wenn wir nach den Taten einer Person beurteilt werden könnten, die wir nie getroffen haben! Dumme, dumme …*

Schon gut, beruhige dich. Und jetzt hör gut zu. Es kommen noch mehr Reden.

Die Tochter der Landbewohnerin hat recht!, behauptete die Frau, die offenbar eine Luftatmerin war. *Das Land gehört uns ebenso wie ihnen. Warum sollten wir uns verstecken? Wir haben nichts falsch gemacht! Warum müssen wir in brackigen Tümpeln dahinsiechen und dürfen das Licht der Sonne niemals spüren?*

Die Luftatmerin – Fred hatte ihren Namen nicht verstanden – redete eine Weile in diesem Stil weiter. Belustigt stellte Fred fest, dass sie, als die Frau gesagt hatte: „Die Tochter der Landbewohnerin hat recht!“, nicht gewusst hatte, wie diese fortfahren würde. Weil Fred im Grunde keine der beiden Argumentationsweisen favorisiert hatte.

Dies wurde umso klarer, als einige Traditionalisten das Wort ergriffen und ebenfalls Fred unterstützten: *Wir wissen nicht, wie die Zweibeiner reagieren werden. Wir können ihnen nicht vertrauen. Es ist sicherer, im Verborgenen zu bleiben, wie wir es seit Jahrhunderten getan haben; wir riskieren nichts und verlieren auch nichts.*

Oh, Mist.

Was?, fragte Tennian zurück.

Ich glaube nicht, dass ich auch nur ein Stückchen weitergeholfen habe.

Mach dir keine Gedanken. Du hast deine Aufgabe erfüllt. Mehr kann keiner von dir verlangen.

Warum fühlte sie sich dann, als habe sie beide Parteien im Stich gelassen?

34

Mekkam hatte Fred gebeten, nach dem Pelagial noch zu bleiben. Als jetzt Hunderte von Meermenschen auf einmal davonschwammen und sie die Einzige war, die zurückblieb, war es ein sehenswerter Anblick. Einige nickten ihr zu, und einer von den Jüngeren winkte sogar.

Endlich waren sie allein … so allein, wie eine Meerjungfrau und ein König in einem Ozean sein konnten, in dem es vor Leben nur so wimmelte.

Was kann ich für Sie tun, Mekkam?

Nur das, was du schon getan hast. Es war klug von dir, dich für keine Partei zu entscheiden, aber würdest du mir deine ehrliche Meinung mitteilen?

An Land wären sie nun nebeneinanderher gelaufen, hier unten aber schwamm sie zu seiner Linken. Ihr fiel auf, dass er ein Tempo einschlug, mit dem sie ohne Mühe mithalten konnte. Sehr taktvoll.

Das ist ja das Problem, Mekkam. Ich weiß wirklich *nicht, was ihr tun solltet. Wofür auch immer ihr euch entscheidet, ich werde euch unterstützen. Beides hat seine Vor- und Nachteile.*

In der Tat.

Aber Sie *wissen doch sicher, was Sie befürworten würden. Natürlich, wie dumm von mir! Eigentlich sind die Traditionalisten ja auf Ihrer Seite. Sie wollen Ihr Volk in Sicherheit wissen, und das respektiere ich.*

Aber um welchen Preis, Fredrika? Um ihnen ihr Geburtsrecht zu verweigern? Sie mit Fürsorge zu ersticken, das ist nicht dasselbe, wie sie zu beschützen. Ich will meinem Volk nicht schaden, wenn ich ihnen doch eigentlich helfen möchte.

Fred schwamm einen Moment lang schweigend weiter. *Na ja, viel Glück damit.*

Würdest du wirklich dein Leben ändern, wenn die Luftatmer die Abstimmung gewinnen?

Klar. Wenn ihr alle es tut, ist es doch das Mindeste, was ich tun kann. Ich muss ja nichts weiter machen, als meiner Chefin meinen Schwanz zu zeigen. In einer Woche wird es ganz Boston wissen.

Das überrascht mich nicht, denn wenn du mit uns kommen solltest, würdest du dein Leben grundlegend ändern. Ich freue mich, dass mein Sohn eine gute Wahl getroffen hat. Mekkam lächelte sie an, wobei er seine scharfen Zähne sorgsam bedeckt hielt – und Fred hätte beinahe zurückgelächelt. *Ich hoffe, du hast auch ihn gewählt.*

Man wird sehen, was man sehen wird.

Das stimmt, Fredrika.

Sie schwammen zurück an den Strand, beide in ihre eigenen Gedanken versunken.

Fred dachte, dass – wenn ihre Mutter nicht wieder geheiratet hätte –, sie sie dem König vorgestellt haben würde.

Was stimmt nicht mit mir?, dachte sie entsetzt. Jetzt fange ich auch schon an wie Jonas – und will alle um mich herum verkuppeln!

35

„Na toll“, murmelte Fred, als sie sich in der Brandung aufrichtete, Mekkam an ihrer Seite. „Da kommt meine Chefin.“

„Hallo, Dr. Bimm! Hallo … äh …“ Dr. Barb, mit einem marineblauen Badeanzug und einem absurd großen Strohhut bekleidet, kam vor Mekkam zum Stehen. „Sie müssen einer aus Dr. Bimms Familie sein. Ich, äh … möchte mich entschuldigen, dass ich Ihr Treffen störe.“

„Nicht nötig, gute Frau. Ich bin …“

„Ein Nudist!“, unterbrach ihn Fred. „Wir sind alle … ich meine, meine Familie sind Nudisten. Wir lieben es, nackt herumzulaufen. Die ganze Zeit. Deswegen haben wir auch die gesamte Hotelanlage gemietet.“

„Na … natürlich. Ich verstehe. Ich … ich bringe Sie in eine unangenehme Situation, und dafür bitte ich Sie um Verzeihung. Ich werde …“

„Aber ganz und gar nicht, gute Frau. Werden Sie uns das Vergnügen machen, mit uns zu Abend zu essen? Ich würde gerne mehr über das *New England Aquarium* hören. Fredrika und ich werden uns selbstverständlich bedecken.“

„Selbstverständlich“, sagte Fredrika säuerlich.

Mekkam bot Dr. Barb galant den Arm an. Und ohne auch nur einen Moment zu zögern, klammerte die sich daran fest.

Kein Zweifel, dachte Fred, als sie hinter den beiden hertrabte. Der alte Mann hatte es ja noch so richtig drauf! Was würde Dr. Barb wohl sagen, wenn sie wüsste, wie alt er tatsächlich war?

„Ich finde es wunderbar, dass sich Ihre ganze Familie zu einem Treffen zusammenfindet."

Mekkam beförderte eine weitere Hummerschere auf Barbs Teller. „Oh, das tun wir nicht sehr oft. Dies ist ein besonderer Anlass."

„Das habe ich mir schon gedacht. Dr. Bimm hat in all den Jahren, die sie nun schon für mich arbeitet, noch nie Urlaub genommen, und nun nimmt sie auf einmal ihren gesamten Resturlaub auf einen Schlag!"

„Die Kaimaninseln lockten eben", sagte Fred verdrossen und verschlang noch ein Brötchen.

„Wir haben viele Familienangelegenheiten zu besprechen", fuhr Mekkam fort und schenkte Dr. Barb Eistee nach. „Vielleicht werden wir hier und da Ihre Hilfe benötigen."

„Und vielleicht auch nicht", sagte Fred scharf.

„Oh, ich möchte mich auf keinen Fall einmischen", sagte Dr. Barb ernst. „Es ist schon unangenehm genug, dass ich überhaupt hier bin."

Bevor Fred eine angemessen saure Bemerkung machen konnte, gab ihr Jonas unter dem Tisch einen Fußtritt.

Mekkam lächelte zwar, doch sein Blick blieb seltsam – distanziert, beinahe unfreundlich. „Man kann nie wissen", sagte er. „Am Ende fügt sich alles zusammen, ob wir es wollen oder nicht. Manche würden Ihre Ankunft als ein Zeichen betrachten."

„Und manche würden sie einfach nur als ein Ärgernis … auaaaa, Jonas!"

„Tut mir leid. Mein Fuß ist mir wieder ausgerutscht."

„Wenn du nicht damit aufhörst, rutscht mir meine Faust aus!"

„Fredrika", sagte Mekkam mit ruhiger Autorität. „Jonas. Ihr seid beide erwachsen. Benehmt euch also entsprechend, bitte."

Verlegen hielten Fred und Jonas in ihrer Kabbelei inne. Dr.

Barb machte große Augen. Als Mekkam nach draußen ging, um Artur zu treffen, lehnte sie sich vor und flüsterte: „Er ist der Patriarch, nicht wahr? Ist er vielleicht Ihr Onkel?“

„Der Patriarch“, seufzte Fred. „So etwas Ähnliches.“

36

„O mein Gott, es hat es auf mich abgesehen! Es wird mich töten!“ Jonas kam wild um sich schlagend zu ihr zurückgestrampelt. Sein Schnorchel saß schief, seine Maske war verrutscht, als er stotterte und fuchtelte. „Nimm es weg. Nimm es weeeeeg!“

Fred erblickte einen Rochen, ein wunderschönes Exemplar mit einer Flossenspannweite von einem Meter zwanzig, und unterdrückte ein verächtliches Grinsen. „Beruhige dich. Der ist harmlos.“

„Sag das Steve Irwin“, gab Jonas zurück. „Gott, überall ist etwas Lebendiges! Das kotzt mich an!“

„Na ja, das ist schließlich auch der Ozean, Jonas. Und hör auf, so um dich zu schlagen. Es sieht aus, als würdest einen Seehund in Not nachahmen.“

„Aaarrrghh!“

„Oh, entspann dich. Dir passiert schon nichts. Wir sind nicht mal zehn Meter von der Küste entfernt.“ Dr. Barb lag noch immer auf dem Bauch und sonnte sich, wie Fred erleichtert feststellte. So konnte sie Freds Schwanz nicht sehen, selbst wenn sie in die richtige Richtung und sie direkt anschauen würde.

„Das Ding ist ja riesig!“ Jonas hustete, als er aus Versehen einen großen Schluck Salzwasser nahm. „Er denkt bestimmt darüber nach, wie ich wohl schmecke.“

Dem Rochen war es herzlich egal, wie Jonas schmeckte. Anmutig schwamm er um sie herum, entweder weil er neugierig oder weil er auf der Suche nach Futter war – oder beides.

Sie versuchte, ihn abzulenken. „He, weißt du, wie ein Rochen auch genannt wird? Nixentasche!"

„Wie faszinierend. Würdest du jetzt bitte mein Leben retten und ihn töten?"

„Ich werde ihn nicht umbringen, Jonas." Sie packte seinen Arm, warf erneut einen Blick zurück auf die dösende Dr. Barb und beförderte sich und Jonas mit einem kräftigen Stoß ihres Schwanzes sechshundert Meter weiter aufs Meer hinaus. „So besser? Jetzt bist du nur noch von Fischen und vielleicht auch von einer Meeresschildkröte umgeben."

Jonas hustete noch weitere zehn Minuten lang. „Würdest du mich das nächste Mal bitte warnen, bevor du den Motor anstellst?", keuchte er dann.

„Seitdem wir auf dieser Insel gelandet sind, tust du nichts anderes als zu meckern. Und mit Dr. Barb zu schlafen. Was ist bloß mit dir los?"

„Machst du Witze? Glaubst du nicht, es ist ganz schön stressig, den ganzen Tag am Strand zu liegen und sich zu fragen, was ihr da draußen so besprecht? Und sich dann Sorgen zu machen, ob deine Freundin hinter das größte Geheimnis deiner besten Freundin kommt?"

„Das ist wirklich … lahm", entschied Fred.

„Ganz alleine Rum-Cola zu trinken, weil deine Freundin eine Wissenschaftlerin ist, die unbedingt die lokale Flora und Fauna erkunden muss? Gestern hat sie drei Stunden damit verbracht, Weintrauben an die Leguane zu verfüttern …"

„Armes Baby. Selbst wenn sie hier ist, fühlst du dich nicht genug beachtet."

„Oder sich zu fragen, ob wohl heute der Tag ist, an dem ihr euch alle zusammen an den Strand legen werdet, vorzugsweise vor den Kameras von CNN? Weißt du, wie stressig das ist?"

„*Du* bist gestresst? Ich flippe aus, seitdem ich weiß, dass meine Rede tatsächlich Einfluss auf die Entscheidung haben wird!“

Ein langer dunkler Schatten glitt an Jonas vorbei, und Fred konnte nicht anders: Sie riss die Augen auf. Unglücklicherweise sah Jonas dies und fuhr herum. „Was? Was? O mein Gott, es ist ein weißer Hai, oder? Oder?“

„Möglicherweise“, sagte Fred vorsichtig. „Ich glaube nicht, dass ich ganz allein mit einem fertig werde. Beweg … dich … nicht.“ *Dafür komme ich in die Hölle,* sagte sie sich und grinste insgeheim.

„O mein Gott“, flüsterte Jonas entsetzt.

Der dunkle Schatten kam an die Oberfläche … und prustete Jonas einen Schwall Wasser zwischen die Augen. „Guten Abend, Jonas. Kleine Rika.“

„Du hast mir … richtig Angst eingejagt!“, brüllte Jonas. „Tu das nie wieder, es sei denn, du willst zu Hunderten von Fischstäbchen verarbeitet werden. Dafür könnte ich sorgen!“

„Jonas ist heute Abend ein wenig hysterisch“, erklärte Fred. „Ich glaube, er hat seine Tage.“

„Ich wusste nicht, dass die Männer eurer Art das auch haben können.“

„Haben sie auch nicht“, sagte Jonas beleidigt. „Ich gehe. Ihr beiden müsst euch einen anderen Zweibeiner suchen, den ihr foltern könnt.“ Mühsam paddelte er gen Ufer. „Außerdem habt ihr beide Spliss!“, rief er noch zurück, bevor eine Welle über ihm zusammenschlug und den Rest seiner Beleidigungen verschluckte.

„So habe ich das noch gar nicht gesehen“, sagte Fred, während sie ihm nachsah.

„Wie denn, kleine Rika?“

„Er sagte, es sei nervenaufreibend, auf unsere Entscheidung zu warten."

„Für uns nicht minder."

„Richtig, richtig. Was gibt's Neues?"

„Nichts." Er zog sie in seine Arme und strich mit den Lippen über ihren Scheitel. „Ich wollte dich nur sehen."

„Oh. Das ist aber nett. Vorsicht, Dr. Barb liegt am Strand."

„Ich sehe sie. Obwohl ich ernsthaft bezweifle, dass sie mich auch sieht … oder dich." Mit einem Achselzucken war das Thema Dr. Barb für ihn erledigt. „Du hast dich gut geschlagen – heute. Natürlich hatte ich nichts anderes erwartet."

„Natürlich. Nun, auf jeden Fall war es interessant. Ich hätte nie gedacht, dass Tennian zu meiner Rettung eilt, das steht fest."

„Ja, sie ist eine … du würdest sie eine Rebellin nennen."

„*Tennian*?"

„O ja. Sie hat ihre Familie viele Jahre zur Verzweiflung gebracht."

Fred kicherte und hatte Angst, damit nicht aufhören zu können. „O ja. Jetzt sehe ich es auch. Sie müssen sich wegen ihrer Eskapaden tagelang die Augen ausgeheult haben. Monatelang!"

„Geht es dir gut, kleine Rika? Du scheinst … in einer ungewöhnlich guten Stimmung zu sein?"

„Mir ist wahrscheinlich nur schwindelig", gab sie zu. „Ich hatte heute noch keine Gelegenheit, etwas zu essen."

„Dann komm mit mir."

„Oh, noch mehr Algen?", fragte sie voller Hoffnung.

„Wenn du möchtest."

„Der Ort hat mir wirklich gut gefallen."

„Mir auch, und nicht nur, weil es mich freute, dass du mir Gesellschaft geleistet hast."

„Artur, was wäre, wenn ich dir mit Nein antworten muss?"

Das Lächeln verschwand aus seinem Gesicht. „Ich hoffe inständig, dass dies nicht passieren wird."

„Aber was wirst du dann tun? Eine andere suchen?"

„Ah, kleine Rika. Hast du dir bei deiner eigenen Rede nicht zugehört? Es gibt keine andere, die … so wäre wie du."

„Was für eine schreckliche Vorstellung", witzelte sie.

„Aber auch außerordentlich tröstlich", sagte er, lehnte sich vor und küsste sie sanft.

Sie küsste ihn zurück. Die Wellen schaukelten sie und trieben sie einander enger in die Arme.

„Rika, meine Rika."

„Ich bin nicht deine Rika", murmelte sie, die Lippen an den seinen. „Ruinier nicht die Stimmung."

„Oh, niemals! Sag mir, Rika, bist du fruchtbar?"

„Meinst du, jetzt? In dieser Sekunde? Nein. Aber im Allgemeinen? Ja. Da bin ich mir ziemlich sicher." Sie bekam doch ihre Regel – das hatte schließlich etwas zu bedeuten. Sie ging davon aus, dass sie fruchtbar war, weil sie noch keine Gelegenheit gehabt hatte, etwas anderes zu vermuten. Komisch, wie wenig sie ihr eigener Körper interessierte.

Aber vielleicht war das auch nur eine Methode unter vielen, sich zu verstecken.

„Oh, ausgezeichnet."

„Wenn du vorhast, mich zu schwängern, damit wir heiraten müssen", warnte sie ihn, „dann kann ich dir gleich sagen: Das wird nicht gelingen."

„Der Gedanke", versicherte er ihr und knabberte an ihrem Ohrläppchen, „ist mir nie in den Sinn gekommen."

37

Guten Morgen.

Hi.

Hallo.

Morgen.

Guten Morgen, Fredrika.

Hi, Tennian.

Dies ist mein Freund Bettan. Ich glaube, ihr kennt euch bereits?

Klar. Fred schüttelte dem schlanken rothaarigen Wassermann die Hand.

Ich hoffe, du beurteilst mich nicht nach der Gesellschaft, in der ich mich befunden habe, scherzte Bettan und spielte damit ohne Zweifel auf Meernas Schmährede gegen Mischlinge vom gestrigen Tag an.

Meine Güte, das wäre ja furchtbar! Wenn man nach den Menschen, mit denen man zusammen ist, beurteilt würde und nicht nach dem … na ja, was man selbst ist.

Darauf folgte eine angespannte Stille, und Fred hatte einen seltenen Anflug von Gewissensbissen. War sie zu weit gegangen?

Aber dann rettete mal wieder Tennian die Situation. *Du bist klug, Fred, und auch furchtlos. Aber ja, das wäre furchtbar.*

Ich fand deine Rede sehr interessant, sagte ein Wassermann, der ihr unbekannt war und mit dem sie noch nie in Gedanken gesprochen hatte.

Ich ebenfalls, ergänzte ein Wassermann namens Linnen.

Sie plauderten ein paar Minuten, und Fred war sich sehr wohl bewusst, dass sie die Freundlichkeit, mit der sie alle behandelten, Tennians Ausbruch vom Vortag zu verdanken hatte. Und Artur, natürlich.

Als sich die Gruppe auflöste, flüsterte Tennian in ihrem Kopf: *Das Erstaunliche ist, dass Linnen ein Traditionalist ist und Coykinda ein Luftatmer! Und trotzdem haben beide etwas aus deiner Rede bejahen können.*

Mit anderen Worten, ich war keine Hilfe. Die Situation ist genau die gleiche wie noch vor zwei Tagen.

Ein Pessimist könnte das wohl so sehen, gab Tennian zu.

Das bin ich, Baby. Pessimist ist mein zweiter Vorname. Sag mal, Tennian, kann ich dich was fragen?

Frag.

Zu welcher Partei gehörst du?

Oh, ich bin ein Luftatmer! Ich möchte mich nicht verstecken!

Fred kicherte. *Warum überrascht mich das nicht?*

Aber meine Familie gehört zu den Traditionalisten. Sie glauben, dass es gefährlich ist, wenn man sich den Zweibeinern zeigt. Und sie schließen sich in allem der königlichen Familie an.

Aber du nicht, was?

Artur versteht das, sagte Tennian zuversichtlich. *Wir kennen uns schon, seitdem wir Babys waren.*

Nun, deine Familie hat nicht ganz unrecht. Es könnte gefährlich werden.

Das ist auch das Schwimmen in unbekannten Gewässern. Und das Jagen im Territorium der Killerwale. Das Leben ist gefährlich, und es ist mir egal! Wenn ich auf Gras laufen könnte, ohne die ganze Zeit Angst zu haben, so wäre es das wert.

Wenn du jetzt noch In deiner Welt *anstimmst, prügle ich dich zu Tode.*

Äh? Oh, siehst du? Es fängt schon an.

Sie hatte recht. Das tat es.

Sie werden uns in ihre Aquarien einsperren! Fredrika hat recht: Sie werden ihre Messer benutzen, um unsere Körper zu untersuchen, ohne einen Gedanken daran zu verschwenden, dass sie solche Lebewesen verletzen, die doch wie sie selber sind.

Und:

Fredrika hat recht! Die Erde gehört ihnen nicht mehr als uns. Wir haben genauso ein Anrecht auf ein Strandhaus wie … wie …

Ein Filmproduzent in Hollywood, kam ihm Fred zu Hilfe.

Und:

Die Tochter des Verräters hat recht! Ihr Volk verpestet das Wasser. Sie werden unsere Rechte nicht respektieren. Besser, wir bleiben im Verborgenen.

Das ist aber nicht das, was die Tochter des Verräters gesagt hat!

Äh, Leute? Mein Name ist Fred, okay?

Und:

Wir werden uns niemals einigen. Ich verstehe nicht, warum König Mekkam noch nicht hat abstimmen lassen, ob wir die Debatte überhaupt weiterführen sollen.

So lange debattieren wir auch nun wieder nicht. Willst du damit sagen, wir sind wie die Landbewohner, die sich nie auf etwas einigen können?

Frag doch Fredrika, sie wird es wissen. Ich weiß es nicht. Ich weiß nur, dass ich meine Meinung nicht ändern werde.

Ich auch nicht!

Na gut, dann eben nicht!

Ja, dann eben nicht!

Fred rieb sich die Schläfen. Um sie herum wurden weiter

Reden gehalten, während zu allen Seiten Streit ausbrach. Mekkam rief die Versammlung immer wieder zur Ordnung, aber das Chaos drohte auszubrechen. Sie wünschte, sie hätte eine Kopfschmerztablette zur Hand. Oder besser noch, eine ganze Packung Kopfschmerztabletten.

Endlich war die Versammlung beendet. Als sie zum Strand zurückschwamm, folgten ihr – jagten sie – einige Traditionalisten und Luftatmer, die sich gegenseitig in dem Bemühen unterbrachen, sich bei ihr Gehör zu verschaffen und in ihrer Meinung von ihr bestätigt zu werden.

Leute …

Du bist doch sicher auch der Meinung, dass die Geschichte des Volkes deiner Mutter für sich spricht.

Leute, ich bin wirklich …

Daten sprechen nicht für sich selber! Fredrika wird euch sagen, dass auch das Volk ihrer Mutter zu Gutem fähig ist.

Leute, es war ein sehr anstrengender Tag.

Fredrika könnte die Macht ihrer Wissenschaft dazu nutzen, uns zu beschützen! Sie würde nicht zulassen, dass das Volk ihres Vaters versklavt wird.

Leute, ich habe fürchterliche Kopfschmerzen.

Fredrika ist doch nur eine einzelne Person; was soll sie gegen Millionen ausrichten?

Ein bekannter kugelförmiger Körper glitt zu diesem Zeitpunkt in ihr Blickfeld, und Fred preschte so schnell darauf zu, dass sie sich beinahe selber am Sichtfenster ausgeknockt hätte. Sie hämmerte gegen das Plastik, bis die Luftschleuse aufglitt.

Später, Leute. Sie winkte den plappernden Meerjungfrauen flüchtig zu und schoss dankbar in das UWM.

38

„Sie sind hinter mir her, Thomas. Sie sind hinter mir her!“

„Fred, beruhige dich.“ Thomas reichte ihr ein Handtuch und einen Bademantel. Er winkte den Meermenschen zu, die immer noch um das UWM herumwuselten. „War wohl ein anstrengender Tag, was?“

„Du hast ja keine Ahnung. Erst wurde ich komplett ignoriert, dann belästigt.“ Sie schlüpfte in den Bademantel und trocknete ihre Haare mit dem Handtuch. „Gott, und diese Stimmen! Du bekommst sie einfach nicht aus dem Kopf, egal wie sehr du es versuchst.“

„Wenn ich es nicht besser wüsste, würde ich dir jetzt ein paar Beruhigungsmittel verschreiben.“

„Die könnte ich auch gebrauchen, glaub mir.“ Sie lehnte sich gegen den Tresen in der Kombüse. „Hast du hier irgendwo Alkohol?“

„So schlimm?“

„Es ist nur … da sind ganz schön viele Leute in meinem Kopf, verstehst du?“ Sie blickte aus dem Fenster. „Ich bin es aber gewohnt, meinen Kopf ganz für mich allein zu haben.“

„Tut es weh? Die Telepathie?“

„Hä?“ Sie wandte ihre Aufmerksamkeit wieder Thomas zu, der ihr ein Bier gab. „Oh. Nein. Nein, es tut überhaupt nicht weh. Es ist nur so überwältigend. Manchmal. Ich sage dir, mittlerweile verstehe ich, warum das Exil für diese Leute eine so furchtbare Vorstellung ist. Wenn man damit aufgewachsen ist, immer diese Stimmen zu hören … und dann ist da auf einmal nichts mehr … Mein Vater muss es gehasst haben."

„Es hört sich an, als wäre dein Vater ein Scheißkerl gewesen, der verdient hat, was ihm passiert ist", sagte er freundlich.

„Na ja, schon." Sie nippte an ihrem Bier. „Hier drinnen ist es wirklich nett! Nett und ruhig."

„Ah, mein teuflischer Plan, dich alleine für mich zu haben, ist besser aufgegangen als in meinen wildesten Träumen."

„Sprichst du gerade mit mir, oder arbeitest du an deinem nächsten Liebesroman?"

„Beides", sagte er, und dann küsste er sie mitten auf den Mund.

„Frechheit."

„Du stinkst nach Bier."

Dieses Mal küsste sie ihn. Als sie die Arme um ihn legte, glitt das Handtuch von ihren Haaren. Sie presste sich an ihn, als auch er sie an sich zog. Sie glitt mit den Fingern durch sein dichtes Haar und strich mit der Zungenspitze über seine Zähne.

„Das nennt man … uneindeutige Signale", brachte er heraus, als er wieder nach Luft schnappen konnte. „Normalerweise ist dies der Zeitpunkt, an dem du mir eins aufs Auge gibst."

„Dazu bin ich zu müde."

„Auch zu müde, um das Bett zu testen?"

Sie lachte, als er sie an sich drückte. „Ich bin vielleicht vorübergehend nicht ganz da, weil ich Stimmen höre, aber ich bin doch nicht vollständig unzurechnungsfähig."

„Mist."

„Schmoll nicht", zog sie ihn auf. „Wenn du schmollst, siehst du gar nicht süß aus."

„Ob ich süß aussehe, das ist das kleinste meiner Probleme", knurrte er und schob sie vorsichtig zur Seite. „Und hör auf, an meinen Haaren herumzufummeln, sonst reiß ich dir gleich den Bademantel vom Körper."

„Anscheinend bin ich nicht die Einzige, die unter Stress steht."

Er ging zum Steuerpult, betrachtete die Anzeigen, ohne sie wirklich zu sehen, und schloss die winzige Kühlschranktür, die er vorher, abgelenkt wie er war, offen stehen gelassen hatte.

„Nicht unter Stress. Aber für eine Weile sah es so aus, als wäre die Situation ganz schön angespannt. Und ihr seid so stark, dass ich dich ungern in eine Prügelei verwickelt sähe. Egal aus welchem Grund."

„Und die anderen sind sogar noch stärker als ich. Nein, niemand wird sich prügeln. Aber das Thema lässt keinen von ihnen kalt, das steht fest. Und ich habe es mir ziemlich einfach gemacht, indem ich mich für keine Seite entschieden habe."

„Wirklich?"

Sie seufzte und sah auf ihre Füße. „Ja, wirklich. Ich habe ihnen die Vor- und Nachteile aufgezeigt, mich aber selbst nicht für eine Seite entschieden."

„Und dann bist du hierhergeflüchtet."

„Ja, ungefähr so. Dr. Barb wartet an Land auf mich, und die anderen haben alle auf mich gewartet, als ich wegschwimmen wollte." Sie seufzte.

„Nun, das UWM steht immer zu deiner Verfügung. Ich bin froh, dass es ein gutes Versteck für dich ist."

Sie zog eine Augenbraue hoch. „Damit willst du doch nicht andeuten, dass ich ein Angsthase bin, Doktor?"

„Das würde ich dir nie ins Gesicht sagen", erwiderte er und lachte. „Das würde nicht … oh, oh."

„Was ist?"

Sie hörte das Klicken und dann das Pumpen der Luftschleuse. „Na wunderbar“, grummelte sie. „Was ist denn jetzt schon wieder?“

Sie drückte den Knopf, und die Tür glitt auf. Dahinter standen, selbstverständlich, Jonas und Dr. Barb.

39

Als Jonas Dr. Barb die paar Schritte zum Schlafzimmer hin führte, kribbelte seine Kopfhaut immer noch von dem bösen Blick, den Fred ihm beim Verlassen des UWM zugeworfen hatte. Doch Freds Zorn, den er sich, ehrlich gesagt, ohnehin mindestens zweimal in der Woche zuzog, nahm er gern in Kauf, um jetzt mit Barb allein zu sein.

„Ich wollte dieses Schlafzimmer *unbedingt* einmal ausprobieren“, vertraute er seiner Geliebten an, während diese sich mit großen Augen und Begeisterungsschreie ausstoßend in dem kleinen Unterwasserwohnmobil umschaute und sich wünschte – das sah er ihr an –, sie hätte ihr Blackberry mitgebracht.

„Dieses Ding ist ein Wunderwerk der Konstruktion!“, sagte die Wissenschaftlerin, die ihren Geliebten für den Augenblick ganz vergessen hatte. „Das muss deinen Freund ein Vermögen gekostet haben!“

„Na ja, er ist ziemlich reich, und er kann es sich leisten. Komm her und sieh dir dieses Bett an.“

„Und er lebt hier drinnen?“

„Ja. Nein. Ich weiß es nicht.“ Besser, er ließ sich nicht auf dieses Thema ein. Sonst müsste er noch erklären, dass Thomas damit während des Pelagial filmte. „Barb, willst du wohl endlich deinen süßen Hintern hierher bewegen?“

„Und wenn man sich vorstellt, dass das alles aus … Hiii! Jonas!“ Sie kicherte und schlug seine Hand fort, aber so einfach ließ er sich nicht entmutigen und zog sie – da er gute dreißig

Pfund mehr auf die Waage brachte als sie – ohne Mühe mit sich in Richtung des kleinen Schlafzimmers.

„Jonas, du tust ja so, als würdest du zu kurz kommen … Lass mich doch noch einen genaueren Blick auf diese Konstruktion werfen …"

„Ich *komme* ja auch zu kurz." Er zog an den Schnüren ihres Badeanzugs, die sich ihm im nassen Zustand widersetzten, als wären sie lebendig. „Gerade jetzt komme ich zu kurz. Grrr! Was trägst du denn da? Titanium?"

Sie lachte ihn aus, schob seine Hände zur Seite und schlängelte sich unter ein paar Ächzern aus dem Badeanzug, wobei sie viele rosige zarte Rundungen enthüllte. Schließlich (endlich!) war sie nackt und breitete ihre Arme aus. „So, zufrieden?"

„Nicht ganz", knurrte er, hob sie hoch und warf sie auf das schmale Bett. Seiner Badehose entledigte er sich sehr viel einfacher, und dann fiel er auch schon über sie her.

„Ich würde mir wirklich gerne die Baupläne dieses Wunderwerks anschauen", sagte sie ihm zwischen zwei Küssen.

„Von was für einem ‚Wunderwerk' redest du?"

„Nach einem Jahr weißt du das immer noch nicht?"

„Sehr lustig." Er küsste sie auf den Mund, die Halsbeuge, die weichen, kühlen Brüste.

„Oh, dein Mund ist so angenehm warm", stöhnte sie.

„Ich habe dich sehr vermisst."

„Ich dich auch." Sie rutschte herum und drückte ihre Brustwarze tiefer in seinen Mund. „Ich bin froh, dass du dich über meine Überraschung gefreut hast."

Er küsste, saugte, knabberte. „Ich war begeistert. Absolut begeistert! Es war die tollste Überraschung, die ich je in meinem Leben gehabt habe!" Flüchtig dachte er an Fred, und ihm wurde angst und bange, aber dann verdrängte er schnell diesen

Gedanken. An seine Jugendfreundin – die wie eine Schwester für ihn war! – zu denken, wenn sie wütend war, war nämlich der schnellste Weg, seinen Ständer zu verlieren. „Ich habe mich ganz furchtbar gefreut, als ich dich sah! Eine tolle Überraschung!"

„Ich dachte nur ... weil du doch hier unten festgesessen hast ... mit Freds Familie ... dass du vielleicht ein wenig Gesellschaft gebrauchen könntest." Jedes Mal, wenn er sie küsste, musste sie eine Pause machen. „Ich weiß ... dass du ihr gerne ... beim Umgang mit anderen hilfst."

„Ich könnte selber gerade ein wenig Hilfe beim Umgang mit anderen gebrauchen."

„Oh, so was!"

Sie lachten zusammen, wie es nur Liebende taten, drückten sich näher aneinander und küssten und berührten sich. Und dann kam er in sie. Sie kam ihm entgegen wie eine Welle und klammerte sich an ihn, und als der Orgasmus sie überrollte, flüsterte sie ihm ins Ohr, sagte, dass sie ihn liebe, dass er ihr gehöre und sie ihm, flüsterte von Liebe und noch von vielem mehr.

40

Jonas stöhnte, als die Liebe seines Lebens vom Bett hüpfte, sich in dem winzigen Badezimmer wusch und sich dann wieder in ihren Badeanzug schlängelte. Ihm blieb gerade genug Energie, um sich herumzurollen und ein Schläfchen zu machen.

„Warum gibt dir Sex so viel Energie? Mein Gott, du benimmst dich, als hättest du gerade eine Red-Bull-Infusion gehabt."

„Das ist die Physiologie, mein Liebster." Barb ließ die Träger an ihren Platz schnappen. „Und jetzt, wo deine Grundbedürfnisse befriedigt sind, hält mich nichts mehr davon ab, dieses Ding genauer zu untersuchen."

Jonas tastete nach seiner Badehose, fand die Kordel und das kleine harte Objekt, das daran festgebunden war. „Barb?"

„Jonas, ich hab dir schon gesagt …"

„Willst du meine Frau werden?"

„… dass mich nichts … Wie bitte?"

Er zerrte, aber der Knoten, mit dem er den Verlobungsring an seine Badehose gebunden hatte, saß zu fest. „Ich möchte heiraten. Ich finde …", er zerrte und zerrte, „… dass wir …", und zerrte, „heiraten sollten."

Barb kam zu ihm ans Bett und nach einem letzten kräftigen, aber erfolglosen Ruck streckte er ihr seine Badehose entgegen. Sie tat irgendetwas, das nur Frauen tun können, und dann war der Ring frei. „Oh, Jonas! Eine Perle!"

„Aus dem Ozean", berichtete er der Meeresbiologin.

„Aber … du wusstest doch nicht, dass ich kommen würde!"

„Machst du Witze? Ich laufe schon seit drei Wochen jeden Tag mit diesem Ding herum."

„Seit drei Wochen? Warum hast du denn nicht …?"

„Barb, ist das ein Ja oder ein Nein?"

„Was? Oh!" Sie ließ den Ring auf ihren Finger gleiten. „Ja, natürlich. Ja."

„Wirklich?" Die postkoitale Energielosigkeit war auf einmal wie weggeblasen. Er hatte gehofft, sie würde Ja sagen, war sich aber nicht hundertprozentig sicher gewesen. Schließlich heiratete sie nicht zum ersten Mal. „Du heiratest mich?"

„Oh, sicher, ich habe nur darauf gewartet, dass du fragst." Sie sah den Ring an und lächelte. „Das wird Dr. Bimm aber gar nicht gefallen."

„Tja …"

„Warte, bis sie das pinkfarbene Brautjungfernkleid sieht, das ich sie zwingen werde zu tragen!"

Jonas glotzte seine Verlobte an. „Du … bist … böse!"

„Mag sein", sagte Dr. Barb und kicherte.

41

Den ganzen Morgen wurde Fred das schreckliche Gefühl nicht los, dass irgendetwas nicht stimmte. Etwas war geschehen, das spürte sie deutlich. Etwas, das direkte Konsequenzen für sie haben würde. Etwas Furchtbares und Ungeheuerliches, das jede Vorstellung überstieg. Etwas, das ihr das Leben zur Hölle machen würde.

Sie war so damit beschäftigt, darüber nachzudenken, was es wohl sein könnte, dass sie den Rednern des Pelagial kaum Aufmerksamkeit schenkte. Schon seit Stunden zerrissen Luftatmer Traditionalisten auf elegante Weise in der Luft – und umgekehrt.

So ging es nun bereits drei Tage lang, dachte sie. Es war wie bei jedem anderen Thema, das die Gemüter bewegte – Abtreibung, Politik, Religion. Man änderte jedoch nicht die Meinung der Gegenseite. Nie.

Aber was stimmte denn nicht? Warum hatte sie diese böse Vorahnung? Sie fühlte sich wie Custer … am Tag *nach* dem Sieg der Indianer.

Ungefähr drei Stunden später, nachdem ein Traditionalist seine Rede beendet hatte, wandte sich Mekkam an die ganze Versammlung.

Ich habe gerade eben erfahren, dass sie meisten unter euch meinen, genug gehört zu haben. Ihr möchtet nun wählen. In der Tradition des Pelagial wird sich die königliche Familie dem Ergebnis dieser Abstimmung unterwerfen, egal wie es ausfallen mag. Wie wir alle. Die Abstimmung wird sofort stattfinden. Ich lasse es euch wissen, wenn wir die Stimmen ausgezählt haben.

Nun wünschte Fred auf einmal, sie hätte doch besser aufgepasst.

42

„Also, das war's?"

„Das war's", sagte Fred. Sie, Jonas, Thomas, Tennian und Artur aßen gemeinsam in dem kleinen Speisesaal. Tennian, musste sie feststellen, hatte genug Schrimps verschlungen, um zwei Fischereizonen neu zu besiedeln. „Sie wählen, und Mekkam wird uns sagen, wer gewonnen hat."

„Äh ... versteh mich nicht falsch, Artur, aber ..."

„Ich meine, festgestellt zu haben, dass – immer wenn Zweibeiner das sagen – unweigerlich etwas Beleidigendes folgt."

„Na ja, kann schon sein." Jonas räusperte sich und legte seine Gabel ab. „Mekkam ist doch so ein großartiger Telepath, nicht wahr? Deshalb ist er ja auch König, oder?"

Tennian, Artur und Fred nickten gleichzeitig.

„Und jetzt tun alle was? Senden ihm ihre Gedanken? Bis genug gewählt haben?"

Wieder folgte ein Nicken in der Runde.

„Na ja, äh ... ihr sagtet doch, er sei ein Traditionalist. Was soll ihn denn davon abhalten, euch einfach irgendein Ergebnis mitzuteilen? Das heißt euch zu sagen, dass die Traditionalisten gewonnen haben?"

„Du denkst von unserem König wie von euren Anführern", sagte Artur, noch immer recht freundlich. Fred wusste mittlerweile genug über das Volk ihres Vaters, um zu vermuten, dass er sich zurückhielt. Vor allem wenn man bedachte, dass Jonas Arturs Vater gerade tödlich beleidigt hatte. „Aber unser König würde sein Volk nicht anlügen. Das würde das ganze System des Pelagial … äh … es würde es …"

„Pervertieren", schlug Fred vor.

„Ja. Pervertieren."

„Oh. Danke, dass du meine Frage beantwortet hast. Ich weiß nicht, ob ich so viel Selbstbeherrschung aufbrächte. Ich meine, wenn ich wirklich meinen würde, dass es für meine Leute das Beste wäre, nicht an die Öffentlichkeit zu gehen, wäre ich wohl versucht, ihnen zu sagen, dass sie so gewählt haben."

„Nun", sagte Artur gelassen. „Deswegen bist du ja auch kein König."

„Gott sei Dank. Mir reicht es schon, wenn ich auf eine Meerjungfrau aufpassen muss, ganz zu schweigen von achtzig Billionen."

„Haha", sagte Fred säuerlich.

„Wie lange wird es dauern, bis die Stimmen ausgezählt sind?", fragte Thomas. Er schob Tennian die Schale mit dem Schrimpscocktail zu, die, wie Fred mit steigender Übelkeit feststellte, auch die Schwänze verspeiste. Sie versuchte, nicht auf das Knacken zu achten. „Ein paar Tage?"

„Das letzte Mal, als das Pelagial abgestimmt hat, hat es ungefähr einen Tag gedauert. Es kommt immer darauf an, wie viele von uns an der Abstimmung teilnehmen."

„Ich finde, ihr solltet alle teilnehmen!", rief Jonas. „Das geht euch doch alle an, oder etwa nicht?"

„Gehen denn alle deine Landsleute immer zu jeder Wahl?"

„Ja, da hast du ganz recht, aber ihr sollt doch besser sein als wir. Wenigstens gibt es bei euch keine Republikaner."

„Oh, fang jetzt nicht damit an", fuhr Fred ihn an.

„Nun, haben sie das Land gegen die Wand gefahren oder nicht?"

„Ganz und gar nicht." Fred stieß mit dem Buttermesser in Jonas' Richtung. „Wenn wir es euch Demokraten überlassen hätten, dann wären jetzt alle lebenslänglich Verurteilten auf der Straße und unsere Steuern lägen bei achtzig Prozent."

„Als wenn du überhaupt Steuern bezahlen würdest … du hast doch dein ganzes Leben nur für gemeinnützige Einrichtungen gearbeitet!"

„Ich habe Steuern gezahlt!", sagte sie hitzig.

„Ja, aus Spaß! Nur weil Moon und Sam reich sind, kannst du solche Reden schwingen. Es stimmt", sagte er zu Artur und Tennian, „Freds Familie hat mehr Geld als die Kennedys."

„Wer sind die …"

„Das stimmt nicht! Und halt den Mund. Und … oh, Mist. Da kommt Dr. Barb." Sie warf einen prüfenden Blick in die Runde. Alle hatten Shorts an. Tennian trug etwas, das aussah wie eins von Thomas' T-Shirts. „Kein Wort von Meerjungfrauen, Leute. Und Tennian, könntest du bitte aufhören, so zu knacken?"

„Aber sie sind so lecker", erwiderte diese mit leiser verletzter Stimme.

„Hallo!", flötete Dr. Barb. Sie blieb vor dem Tisch stehen und sah Jonas an. „Hast du es ihr gesagt?"

Jonas schüttelte den Kopf. „Ich habe noch auf dich gewartet."

„Mir was gesagt?", fragte Fred misstrauisch, und wieder schwante ihr Böses.

Dr. Barb hielt Fred die Faust unter die Nase. Sie duckte sich. Dann begriff sie. „Das …sieht aus wie … ein Verlobungsring."

„Schnell … geschaltet … Doktor … Bimm."

„Oh, ihr macht euren Bund offziell?", fragte Tennian, die heimlich noch mehr Schrimps auf ihren Teller schaufelte. „Herzlichen Glückwunsch."

„Nein!", schrie Fred. „Das könnt ihr nicht tun! Denkt doch

daran, was das für Auswirkungen auf mein Privat- und … Berufsleben haben wird!"

„Das ist natürlich ein wichtiger Einwand", gab Jonas zu, „aber abgesehen davon – lieben wir uns."

„Ach, Scheiße." Fred sackte in sich zusammen und versteckte das Gesicht in den Händen. „Damit meine ich: Glückwunsch."

„Danke", sagte Dr. Barb. Und an Jonas gewandt: „Das lief besser, als ich gedacht hätte."

„Ob Sie es glauben oder nicht, Dr. Barb, im Augenblick habe ich andere Sorgen als Ihre Hochzeit."

„Familientreffen können sehr anstrengend sein", sagte ihre Chefin mitfühlend.

Man hörte ein leises Knacken, und Tennian wirkte schuldbewusst, als Fred sie böse anstarrte. „Tennian, bitte! Hör auf, die Schwänze zu essen."

„So solltest du sie nicht behandeln. Schließlich ist sie für dich eingetreten. Wie ich natürlich auch", fügte Artur ohne einen Hauch von Wichtigtuerei hinzu.

Fred versuchte, die in ihr aufsteigende Hysterie im Keim zu ersticken, indem sie es tatsächlich schaffte, nicht zu brüllen. „Ich brauche keine Hilfe! Nicht von dir und auch nicht von ihr. Von niemandem!"

„Oh, jetzt kommt das wieder", sagte Jonas zu seinen Erbsen.

„Nein, das ist nicht das übliche Gerede von meiner Unabhängigkeit. Ich will damit bloß sagen, dass ich es verdiene, um meiner selbst willen angehört zu werden, nicht um meines Vaters willen. Ich kann nicht glauben, dass ich das überhaupt *sagen* muss. Ich bin doch nicht diejenige, die unrecht hat, ihr seid es! Ich … ich …"

Erschrocken hielt sie inne.

„Fred?"

Warum hatte sie nicht schon eher daran gedacht?

„Fred?“

Es war so einfach! Warum hatte keiner von ihnen eher daran gedacht?

„Fred!“

Sie packte Artur beim Kragen (wie durch ein Wunder trug er ausnahmsweise mal ein Hemd). „Schnell! Wo ist dein Vater?“

43

Kleine Rika, ich muss dich warnen, wahrscheinlich meditiert er. Es ist sehr anstrengend, die vielen Stimmen zu empfangen. Er …

Mir egal. Ich muss mit ihm sprechen. Ich hab's!

Das sagtest du bereits, aber ohne es weiter auszuführen.

Bring mich zum König, dann erkläre ich, so viel du willst.

Dort.

Sie sah den König, der ungefähr vierzig Meter von ihr entfernt im Wasser schwebte, mit dem Kopf nach unten. Sein langes, grau gesträhntes Haar schleifte beinahe über den Sand.

Mekkam! Entschuldigen Sie bitte? Mekkam?

Er öffnete ein Auge und beobachtete sie. *Ja, Fredrika? Stimmt etwas nicht?*

Ja, Sie gehen die Sache vollkommen falsch an!

Das andere Auge öffnete sich langsam. *Ist das so?*

Ja. Äh. Tut mir leid, dass ich Sie gestört habe. Aufgeregt schoss sie um ihn herum, immer wieder. *Hören Sie, es ist falsch, alle über etwas abstimmen zu lassen, das auf jeden von ihnen andere Auswirkungen hat.*

Oh?

Sie schluckte im Geist, als sie seine trockene Stimme hörte. Und dachte bei sich: *Ich bin die Einzige, die auf diese Weise mit dem König reden wird. Ich muss es versuchen!*

Ich denke, es wäre besser, wenn sich jeder für sich entscheiden könnte, als sich der Entscheidung der Gruppe unterwerfen zu müssen.

Aber wenn, sagen wir mal, ein Drittel von ihnen an die Öffentlichkeit gehen möchte …

Wo steht geschrieben, dass ihr alle es dann auch tun müsst? Lasst doch die Traditionalisten im Verborgenen leben, wenn sie es wollen. Auf diese Weise haben die Luftatmer immer ein Zuhause, in das sie sich zurückziehen können. Ihr drängt nicht allen die gleiche Entscheidung auf. Ihr zwingt auch keinen, seine Sicherheit aufzugeben, wenn er es nicht will.

Mekkam schloss wieder die Augen und dachte nach.

Ich weiß nicht, Rika, sagte Artur besorgt. *Wir legen Wert auf unsere Tradition, und unserer Tradition folgend ist ein Pelagial …*

Wenn ihr im einundzwanzigsten Jahrhundert ankommen wollt, müsstet ihr euch auch so benehmen. Und das bedeutet, mit einem Rechtssystem zu brechen, das vierhundert Jahre alt ist. Himmel, auch unseres ist beinahe so alt und funktioniert nicht!

Artur sagte: *Ich weiß nicht, ob …*

Genug jetzt. Ich habe entschieden.

Fred begriff, dass sie nicht besonders scharf darauf war, in einer Monarchie zu leben. Warum sollte einer alleine eine Entscheidung solcher Tragweite treffen dürfen?

Dann dachte sie: *Eines Tages werde vielleicht ich es sein, die diese Entscheidungen trifft! Wie furchtbar!*

Fredrika hat ganz recht. Darüber hinaus hat sie mir einen Weg gezeigt, wie ich allen in meinem Volk helfen kann, egal welcher Partei sie angehören. Wie ärgerlich, dass ich nicht selber darauf gekommen bin. Aber wir sind nun einmal die Gefangenen der Gemeinschaft, in der wir leben, ob im Meer oder in der Vorstadt. Es sei so, wie sie gesagt hat.

Ach ja? Fred glotzte geradezu. Als sie anhalten wollte, um seine Antwort zu hören, hätte die Strömung sie beinahe mitgerissen.

Wir werden es allen sagen. Jetzt sofort.

Schon einen Augenblick später sagte er: *Es ist getan.*

44

Aber wie werden wir …

… so einfach kann es sein …

… schlimmer konnte es nicht kommen …

Und wie können wir …

Aber er sagte, wir könnten …

Schluss jetzt!

Hundert Stimmen verstummten auf einen Schlag, und mindestens genauso viele Augenpaare richteten sich auf Fred. Sie räusperte sich. Dann fiel ihr ein, dass sie ja nicht laut sprechen musste, und sie fuhr fort: *Wenn ihr nach oben gehen wollt, dann tut das. Schwimmt einfach zu einem der öffentlichen Strände und steigt aus dem Wasser. Oder wir könnten auch gleich in die Büros von PEOPLE einfallen. Aber eins solltet ihr noch wissen: Bei Zweibeinern ist Nacktheit ein Tabu. Wenn ihr also längere Zeit an Land bleiben wollt, gewöhnt euch schon mal an die Idee, Jeans und T-Shirt zu tragen.*

Ich gehe. Der Gedanke kam klar und kühl wie eine Bergquelle bei ihr an. *Ich gehe jetzt sofort.*

Tennian. Natürlich. Fred schwamm ihr nach, als sie den privaten Strand links liegen ließ und gezielt den fünfhundert Meter entfernt liegenden öffentlichen ansteuerte.

Äh, Tennian, vielleicht haben sie Angst vor dir.

Wer sollte denn vor mir Angst haben?

Du wärst überrascht. Mach keine plötzlichen Bewegungen, okay?

Fred hörte, wie sich das Wasser teilte, und blickte sich um. Thomas tuckerte mit seinem UWM hinter ihr und Tennian her. Sie winkte und schwamm dann weiter Tennian nach.

Als die blauhaarige Frau ungefähr hundert Meter vom Strand entfernt an die Oberfläche kam, war sie immer noch in Fischgestalt. In einem heruntergekommenen Boot befanden sich Seeleute, die alle zu rufen begannen und auf Tennian zeigten.

Sie winkte.

Fred tauchte neben ihr auf und betrachtete mit zusammengekniffenen Augen das Boot. Es kam ihr bekannt vor, als hätte sie es erst kürzlich schon einmal gesehen. Es war nicht die Marine und auch nicht die Küstenwache. Auch keine private Yacht. Es war …

„Piraten!“, keuchte Fred. Jetzt erinnerte sie sich, o ja. Moderne Piraten, die Kreuzfahrtschiffe und private Yachten ausraubten. „Tennian, lass das!“

„Hallo!“, rief diese und winkte. Im klaren Wasser war ihr Schwanz deutlich zu sehen. „Ich bin Tennian aus dem Unterseevolk. Ich grüße …“

Man hörte einen lauten Knall, und Tennian verschwand in den Wellen.

45

Tennian!

Ich … verstehe nicht … Was ist passiert?

Fred fing Tennian auf, die zum Sandboden sank. Ihr Blut verdunkelte bereits das Wasser und würde bald die kleinen Raubfische auf sie aufmerksam machen: Schwarzspitzen-Riffhaie, Weißspitzen-Riffhaie und graue Riffhaie. Und die wiederum würden die großen Jungs anziehen: Makrelenhaie, weiße Haie, Tigerhaie, Hammerhaie. Verdammt!

Du wurdest angeschossen, Tennian. Sie haben mit einem Gewehr auf dich geschossen … einer Waffe.

Aber warum?

Weil sie Angst vor dir hatten.

Aber ich habe nichts getan!

Willkommen in der wunderbaren Welt der Zweibeiner.

Sie drehte sich um, spürte wieder, wie das Wasser sich teilte. Thomas hatte das UWM direkt hinter sie gesteuert und gab ihr heftig gestikulierend Zeichen. Dann aber erschien plötzlich und wie ein Geschenk des Himmels Artur und hob Tennian aus dem Sand.

Komm, Thomas wird sich darum kümmern.

Hab keine Angst, Tennian. Rikas Thomas ist ein sehr begabter Heiler.

Ich HABE keine Angst. Sie hatten Angst vor MIR!

Ein Schwarzspitzen-Riffhai zog immer engere Kreise um sie. Fred wartete, bis er näher heran war und boxte ihn dann auf die

Nase. Sie hätte ihm auch in die Augen pieksen können, aber sie wollte den Fisch nicht blenden, nur weil er seinen Instinkten folgte. Er verzog sich wieder und schickte einen erschrockenen (und verstimmten) Gedanken in ihre Richtung.

Drei weitere näherten sich auf ihrer ungedeckten Seite, aber als Artur ihnen die Zähne zeigte, schossen sie davon. Offenbar hatte das Unterseevolk im Meer ganz oben in der Nahrungskette seinen Platz.

Merk dir, wo sich das Boot befindet. Wir kommen später zurück und knöpfen sie uns vor, dachte Fred.

So ist es. Darauf freue ich mich schon, kleine Rika.

Sie sah einen langen Schatten, der auf sie zukam. Vermutlich ein Tigerhai. Sie schob und drängte sie voran, ohne den Schatten aus den Augen zu lassen. In Rekordzeit hatten sie die Luftschleuse passiert. Dann legte Artur Tennian auf die Kacheln. Thomas erschien, in der Hand ein dickes Erste-Hilfe-Set.

„Endlich. Ihr habt aber lange gebraucht."

„Haie", sagte Fred knapp.

„Na toll. Tennian, geht es dir gut, Süße?"

„Ich habe nichts getan!"

„Tja, was soll ich sagen? Wir sind eine nervöse und unfreundliche Rasse." Thomas zog sie hoch, sodass sie halb zum Sitzen kam, und untersuchte ihren Rücken. „Ein glatter Durchschuss. Wahrscheinlich ein Gewehr. Hast du es gesehen, Fred?"

„Es war lang, das war alles, was ich sehen konnte."

„Ein Gewehr also. Gut. Kleine Kugeln", sagte er zu Tennian, „die nicht viel Schaden anrichten. Und sie haben hoch gezielt. Oder wenigstens hoch getroffen."

„Ist das gut?"

„Verdammt gut."

Blut sammelte sich unter Tennians Körper. Fred wusste aus

Erfahrung, dass sie Schmerzen haben musste. Doch die blauhaarige Meerjungfrau hatte nur Augen für Thomas und schien gar nicht zu bemerken, dass er ihre Schulter behandelte.

Ein Déjà-vu, dachte sie. Vor einem Jahr hatte sie selbst auf dem Boden gelegen, wie ein Schwein geblutet und aus vollem Halse geschimpft. Jetzt …

Artur sah sie mit seltsamem Blick an.

„Was ist?“

„Kannst du mich hören, kleine Rika?“

„Na klar.“

„Ich meine, vorher. Konntest du mich vorher nicht hören?“

„Spuck's aus, Artur! Wovon redest du, verdammt noch mal?“

„Er sagte: ‚Damit macht sich dein Volk bei meinem nicht beliebt‘“, bemerkte Tennian erstaunt. „Hast du ihn nicht gehört?“

„Nein. Wahrscheinlich höre ich nur telepathisch, wenn ich unter Wasser bin. Oder?“

„Oh.“

„Heißt das, ihr könnt euch auch außerhalb des Wassers auf diese Weise verständigen?“

„Äh … natürlich. Wir alle können das.“

„Oh.“

Artur und Tennian betrachteten sie mitleidig, als würde ihr vielleicht ein Bein fehlen. „Ist doch egal“, sagte sie ungeduldig. „Können wir uns jetzt wieder um Tennian kümmern, bitte?“

„Ja, natürlich“, sagte Artur. Er wich ihrem Blick aus. „Ich war überrascht. Ich kenne keinen, der das nicht kann. Einen Meermenschen, meine ich. Selbst dein *Vater* konnte …“

„Ich bin ein Mischling, Artur, schon vergessen? Eure Zähne habe ich auch nicht geerbt, und ganz offensichtlich besitze ich auch nicht das komplette Gen für die übersinnliche Wahrnehmung. Ist doch so was von egal! Können wir uns jetzt wieder Tennian zuwenden?"

„Mir geht es … gut. Ich war nur … überrascht."

„Tennian, er hat auf dich *geschossen*!"

„Ja. Wie ich sagte. Überrascht." Sie schnappte nach Luft, als Thomas etwas mit ihrer Schulter tat. „Sehr, sehr überrascht."

„Kommst du klar?"

„Ich komme klar", sagte Thomas, ohne den Blick zu heben.

„Dann lass uns jetzt da raufgehen und ein paar Piraten aufmischen."

„Ich glaube nicht, dass das nötig sein wird", sagte Artur, aber er folgte ihr doch durch die Luftschleuse. Und als Fred an der Oberfläche auftauchte, erlebte sie die Überraschung ihres Lebens.

Und nicht nur sie, auch die Piraten, dachte sie.

46

Auf dem kleinen, hässlichen Boot wimmelte es nur so von Meermenschen, doch als Erstes sah sie König Mekkam, der den Schützen am ausgestreckten Arm hielt und sagte: „Man verletzt keinen meiner Untertanen, ohne dafür die Konsequenzen zu tragen, Zweibeiner."

Zwei Leitern trafen auf die Wasseroberfläche, und Fred kletterte an Bord, wo Artur sie bereits erwartete. Wie machte er das bloß? Sie sah drei Gewehre auf dem Deck, alle mit verbogenem Lauf. Acht Piraten standen vielleicht einem Dutzend Meermenschen gegenüber. Die Zweibeiner hatten keine Chance.

Unter den Meermenschen war auch Tennians Zwilling, der auf dem Kopf des Piratenkapitäns stand. Dessen Zähne gruben sich in das Deck, während er um sich schlug und *„Hmpf, hmpf, dmpf!*" machte.

„O je", sagte Fred. „So viel zu den guten Beziehungen zwischen den Rassen."

„Dies sind Diebe und Gesetzesbrecher, nicht wahr?", fragte der König.

„Ja, Mekkam."

„Dann werden wir sie den Autoritäten übergeben. Gibt es unter euch viele von ihnen?"

„Eigentlich schon", gab sie zu. Sie gestand ungern, dass es auch im einundzwanzigsten Jahrhundert noch Piraten gab.

„Dann können wir euren Autoritäten nützlich sein. Das können wir gut."

„Sieht so aus“, sagte sie respektvoll und versuchte, nicht auf das Betteln und Schreien zu hören. „Aber seid ihr auch sicher, dass ihr das wollt? Tennian hat sich nichts zuschulden kommen lassen.“

„Ganz genau“, sagte Rennan, ihr Zwilling, der nun tatsächlich auf dem Kopf des Piratenkapitäns auf und nieder hüpfte. „Und jetzt erobern wir auch die Welt an Land.“

„Das ist alles meine Schuld“, sagte sie düster und setzte sich zwischen zwei bewusstlose Piraten. „Ich und meine Rede über die Grundsätze der Demokratie. Ich und meine dummen Ratschläge.“

„Im Gegenteil, Rika. Du hast uns gewarnt. Viele Male. Und Tennian ist erwachsen und imstande, ihre eigenen Entscheidungen zu treffen.“

Sie sah zu ihm auf und begriff. „Ich hätte wissen müssen, was sie vorgehabt haben. Du hast zusammen mit deinem Vater einen Angriff organisiert und angeführt – vom UWM aus. Mit Telepathie, während du zur selben Zeit uns geholfen hast, Tennian zu versorgen. Und ich hatte keine Ahnung, was vor sich ging, weil ich keine Gedankensprache höre, solange ich meinen Schwanz nicht habe.“

„So ist es offenbar.“ Artur kniete sich neben sie. „Aber das ist mir egal, kleine Rika, ehrlich. Ich war überrascht, das stimmt. Aber durch deine Andersartigkeit wirst du in meinen Augen nur noch entzückender. Und wenn es dir egal ist, dann ist es mir auch egal.“

„Oh, soll das heißen: Unter Blinden ist der Einäugige … oder was?“

„Wie bitte?“

„Schon gut. Und was jetzt?“

„Jetzt haben die anderen entschieden, dass auch sie …“

„Kommt!“, rief Rennan, und nicht wenige von ihnen machten einen eleganten Kopfsprung von der Reling ins Wasser, wo ihnen Schwänze wuchsen, und schwammen auf den öffentlichen Strand zu, der, wie um diese Jahreszeit zu erwarten, voller Menschen war.

„Aber was ist mit den Bösewichten?“

„Sie werden schlafen.“

Fred sah sich um. Richtig. Die Piraten waren alle bewusstlos. Sie und Artur waren die Einzigen auf dem Schiff, die bei Bewusstsein waren.

Fred stand vom Deck auf und starrte den schwimmenden Meermenschen nach. Alles, was sie sah, waren ihre Köpfe, die in den Wellen auf und nieder hüpften. „Wollen sie tatsächlich immer noch an den öffentlichen Strand?“

„Wir können ein ziemlich dickköpfiges und unnachgiebiges Volk sein, kleine Rika.“

„Oh.“ Sie biss sich auf die Unterlippe. „Ich verstehe. Ihr wollt ihnen zeigen, dass sie euch nicht vergraulen können.“

„Ganz genau.“

Artur und Fred tauchten vom Heck ins Wasser und schwammen den anderen nach. Einer nach dem anderen kamen sie an den Strand und ließen vor den Augen von wenigstens hundert Touristen den Schwanz sich in Beine verwandeln.

„Hallo“, sagte Rennan zu einem entzückten kleinen Mädchen. „Ich bin Rennan, aus dem Unterseevolk.“

„Becky.“

Zweibeiner und Wassermann schüttelten sich die Hände.

„Becky!“ Mama war alles andere als glücklich und kam angerannt, wild wogend in ihrem zu engen schwarzen Badeanzug. „Komm sofort hierher!“

„Hallo. Ich bin Rennan.“

Seine ausgestreckte Hand erinnerte sie an ihre eigenen guten Manieren; hastig schüttelte sie ihm die Hand.

„Hast du gesehen, Mom? Er ist ein Wassermann! Er hatte einen Schwanz!"

„Wird hier irgendwo ein Film gedreht?"

„Nein. Komm und lern meine Freunde kennen."

Verblüfft beobachtete Fred, wie ein Tourist nach dem anderen ans Wasser kam. Einige versuchten, die Meermenschen mit Handtüchern zu bedecken, höchst erstaunt über die Verwandlung. Nur die Kinder waren aufs Äußerste begeistert.

„Wow", sagte Fred. Sie winkte, als Jonas mit quietschenden Reifen mit dem Hotelbus vorfuhr. „Ich hätte nicht gedacht, dass ich diesen Tag erleben würde."

Jonas hüpfte nun im Sand und drohte ihr mit der Faust.

„Was schreit er?", fragte Artur.

„Ach, das Übliche. ‚Du hast mir nichts gesagt.' ‚Du bist ohne mich gegangen.' Blablabla."

„Er scheint aufgeregt zu sein. Selbst für seine Verhältnisse."

„He, jetzt kann er nach Hause fahren und seine Hochzeit planen."

„Ah, ein edler Zweck."

„Da wir gerade davon sprechen: Wo, zum Teufel, steckt Dr. Barb?"

Inzwischen war Jonas zurück in den Bus gesprungen und auf den Strand gefahren, was strengstens verboten war. Er trat gerade auf die Bremse, als sich die Beifahrertür öffnete und Dr. Barb hinausstürzte.

„Was ist hier los?", rief sie. „Geht es Ihnen gut, Dr. Bimm? Haben Sie die Piraten gesehen?"

Fred, die immer noch knietief in der Brandung stand, setzte sich schnell hin.

„Dr. Bimm? Alles in Ordnung?“

Und wandelte ihre Beine zu einem Schwanz.

Dr. Barb starrte zu ihr hinunter. Auf ihren Schwanz. Blinzelte. Rieb sich die Stirn. Blinzelte schneller. Währenddessen war auch Jonas herangekommen und hatte seinen Arm um sie gelegt. „Wurde jemand verletzt?“, fragte er ruhig.

„Tennian. Und alle Piraten.“

„Dr. Bimm.“

„Ja, Dr. Barb?“

„Sie sind eine Meerjungfrau.“

„Ja, Dr. Barb.“

Dr. Barb blinzelte so heftig, dass Fred sich fragte, ob sich die Frau nicht besser hinsetzen sollte. „Das“, sagte sie schließlich, „erklärt auch, warum Sie so oft länger bleiben wollten, um die Fische allein zu füttern.“

„Ja.“

„Eigentlich erklärt das sehr vieles.“

„Richtig.“

„Auch Ihre Haare.“

„Stimmt.“

„Dies ist gar kein Familientreffen, nicht wahr?“

„Nein, Dr. Barb.“

„Okay. Das wollte ich nur mal geklärt haben.“ Ihre Chefin kniete sich hin und legte vorsichtig eine Hand auf Freds Schwanz, dort, wo normalerweise ihr linker Unterschenkel gewesen wäre. „Dr. Bimm … Sie sind wirklich sehr schön.“

„Danke, Dr. Barb. Jetzt können Sie ruhig einen Herzanfall bekommen.“

„Oh, nein.“ Dr. Barb ließ den Blick suchend über den Strand schweifen, über die Touristen und die anderen Meermenschen. Abwesend tätschelte sie Freds Schwanz. „Das ändert alles.“

„Glauben Sie?“

„Dies ist unser Prinz“, sagte ein anderer Wassermensch. „Prinz Artur, und unsere Freundin Fredrika.“

„Hi.“ Fred wandelte den Schwanz wieder zu Beinen, stand auf und schüttelte die Hand eines fremden, pummeligen männlichen Touristen, der auf seinen kahlen Kopf nicht ausreichend Sonnencreme gestrichen hatte. „Mein Name ist Fred, ich werde heute Ihre Meerjungfrau sein.“

47

Viel später schwammen sie und Artur zum UWM zurück, um nach Tennian zu sehen, die ihre dritte Cola trank und mit Thomas plauderte.

„Ho, mein Prinz! Fredrika!“

„Dein Zwilling zeigt dort oben allen, wo der Hammer hängt.“

„Ja, ich habe die Geschehnisse mitverfolgt.“

Richtig. Die verdammte Telepathie … bei reinrassigen Meermenschen funktionierte sie, egal wo sie sich befanden, nicht nur im Wasser. Verdammt. Noch nie in ihrem Leben hatte sie sich so sehr wie ein Mischling gefühlt.

„Und sieh mal! Thomas hat mich geheilt.“

„Noch nicht ganz“, wiegelte er ab. „Ich glaube, du solltest es mindestens einen Tag lang langsam angehen lassen. Ich weiß, dass Freds Wunden schnell heilen, aber ich habe noch keinen behandelt, der nicht ein Hybrid war.“

„Na toll“, murmelte Fred.

„Ich bin froh, dass du da warst“, sagte Tennian.

„Oh, es war mir ein Vergnügen. Wirklich.“

Fred sah, wie sich die beiden in die Augen schauten.

Verdammt! Das verfluchte Florence-Nightingale-Syndrom! Er hatte sich in Fred verliebt, nachdem er sie verarztet hatte, und dann war er für ein Jahr verschwunden. Und jetzt schmachtete er Tennian an und machte sich zum Idioten, verdammt!

Nun, ihr konnte es ja gleich sein. Ihr war es auch gleich. Tatsächlich machte es einiges einfacher. Jawohl.

Sie wandte sich an Artur und sagte plötzlich: „Ich habe mich entschieden. Ich komme mit dir. Vielleicht heirate ich dich sogar. Aber eins nach dem anderen. Zuerst wird es nur ein Besuch sein."

Artur schrie vor Entzücken auf und riss sie in eine rippengefährdende Umarmung. „O Rika! Du hast mich sehr, sehr glücklich gemacht! Es gibt so viel, was ich dir zeigen möchte!"

Fred ließ sich die Umarmung gefallen und sah, dass Thomas nicht aufsah. Nicht ein einziges Mal.

Na gut.

Dann war es eben so.

Verdammt.

48

„Leute, Leute!“ Jonas brüllte, und Fred, Artur, Thomas und Tennian rannten die letzten Stufen zur Bar hinauf.

Dr. Barb kam wild gestikulierend aus dem Haupthaus geschossen. „Beeilung, Dr. Bimm! Prinz Artur! Sie sind wieder im Fernsehen!“

Im Fernseher über der Bar hatten sie CNN eingeschaltet. Während sie das Laufband über die Börsenkurse informierte, sagte die Sprecherin gerade: „… echte Meerjungfrauen!“

„Angehörige des Unterseevolkes“, korrigierte Tennian.

„Sie haben es gewusst und mir davon nichts gesagt“, sagte Dr. Barb vorwurfsvoll zu Thomas. „Ich denke, als Ihre Vorgesetzte hätte ich ein Recht darauf gehabt.“ Sie sah Fred mit hochgezogener Augenbraue an. „Und erst recht als *Ihre* Vorgesetzte.“

„Pech.“

„Ja“, sagte die Sprecherin, „echte Meerjungfrauen.“

„Angehörige des Unterseevolkes!“, schrie Tennian beinahe.

„Siehst du, wenn du schon den Fernseher anschreist, bist du beinahe in unserer Welt angekommen.“

„Nein, es ist kein neuer Film, und es ist auch noch nicht der erste April. Offenbar haben mehrere Touristen auf den Kaimaninseln diese Meerjungfrauen – und Wassermänner! – gesichtet. Und obwohl diese Meldung erst noch bestätigt werden muss, sind die Aussagen doch zu gleichlautend, als dass man sie nicht ernst nehmen müsste. Ob es nun wahr ist oder nicht, eines steht doch fest: Es ist ein wunderbares Seemärchen. Margaret Bergman, CNN."

„Das ist alles?", schrie Fred. „Tennian wird von Piraten angeschossen, und ihr seid an den Strand gestürmt, wie damals die Amerikaner in der Normandie, und CNN rückt nur mit einer unbestätigten Sichtung raus?"

„He, eins nach dem anderen. Ich bin erstaunt, dass sie überhaupt so viel gesendet haben. Und einer von euch wird schon lange genug still stehen, dass man die Sichtung auch bestätigen kann. Daran habe ich keinen Zweifel. Aber jetzt mal zu etwas anderem …" Jonas zeigte mit einem knochigen Finger auf sie. „Was höre ich da für einen Unsinn? Du willst fort? Du kommst nicht mit zurück?"

„Nicht sofort. Dr. Barb findet sicher jemand anderen, der die Fische füttert."

„Niemanden mit Ihrer einzigartigen Qualifikation", protestierte Dr. Barb.

Aber Fred kannte den Blick, den Blick eines Wissenschaftlers, und dachte sich, dass es ganz gut war, dass sie nicht sofort zurück ins NEA ging. „Und meine Mutter zieht deine Gesellschaft ohnehin der meinen vor, Jonas. Ich besuche mit Artur das Schwarze Meer bloß, um mehr über meine Herkunft zu erfahren."

„Für wie lange?"

Sie zuckte die Achseln.

„Aber …" Jonas sah zu Thomas, der Tennian gerade mit Schrimps fütterte. „Oh. Schon gut."

„Alles in Ordnung."

Ihr Freund sah sie mit seltsamem Blick an. „Wirklich?"

„Na klar."

Aber eigentlich war sie sich gar nicht so sicher, wie sie tat –

und sah dem Besuch von Arturs Heimat genauso ängstlich wie erwartungsvoll entgegen.

Denn jetzt war alles anders, und sie war dafür verantwortlich. Für diese Leute. Wenn das bedeutete, dass sie Königin werden müsste, dann war es eben so.

Was Thomas betraf …

Den hatte sie ohnehin nie wirklich gemocht.

„Aber was soll ich denn ganz allein in Boston anfangen?“, jammerte Jonas

„Mit meiner Chefin schlafen? Uhps … mit meiner früheren Chefin.“

Dr. Barb stöhnte. „Ich kann nicht glauben, dass Sie mir das antun. Sie arbeiten seit *Jahren* für mich und erzählen mir dann endlich, was Sie wirklich sind, und kündigen noch am selben Tag.“

„Es tut mir leid, dass die Tatsache, dass ich eine Meerjungfrau bin, *Ihnen* das Leben schwer macht“, sagte Fred.

„Aber du wirst uns doch ab und zu besuchen, oder? Du musst!“, bat Jonas. „Du bist meine Trauzeugin.“

„Natürlich komme ich zu Besuch.“ Fred dachte an Ellies Akte, die fein säuberlich in der Schreibtischschublade in ihrer Wohnung in Boston verstaut war. Natürlich würde sie zu Besuch kommen. Einmal mindestens. Um sich mal ausführlich mit Ellies Vater zu unterhalten.

„Lasst uns meinem Vater die gute Nachricht mitteilen“, sagte Artur, und sie lächelte – wozu sie sich zur Abwechslung mal nicht zwingen musste. Dann nahm sie seine Hand und ging neben ihm her, als sie zu seinem Vater eilten.

Der König schüttelte sich gerade das Salzwasser aus den Haaren. Als er sie sah, strahlte er.

Dies ist jetzt mein Leben, dachte Fred. *Dies ist mein Volk. Wer könnte ihnen besser helfen, sich einzugewöhnen, als ich?*

Nach dem, was Tennian zugestoßen ist, konnte ich sie nicht einfach so im Stich lassen und zu meinem langweiligen, einsamen Leben zurückkehren.

Ich muss ihnen helfen. Ich möchte ihnen helfen. Selbst wenn …

„… aber das ist wundervoll!“

… selbst wenn es mich umbringt.

Danksagung

Ohne eine Seite (oder zwei oder sechs), auf der ich meinen Dank ausspreche, könnte ich niemals ein Buch veröffentlichen. Manche Leser finden das rätselhaft (und oft sogar nervig, doch schließlich zwingt sie niemand, es auch zu lesen, oder?). Für mich war die Sache jedenfalls immer ganz einfach.

Jeder Verfasser eines Buches/einer Geschichte/eines Theaterstückes/einer Werbemelodie/einer Tampon-Werbung weiß, dass er es nicht ganz allein getan hat. Allein der Partner, der einem die Kinder vom Hals hält, ist es wert, dass man ihm dankt. Und ich war in der glücklichen Lage, noch mehr Hilfe zu haben.

Meine Freunde sind mittlerweile beinahe ein wenig verwöhnt. Als ich meinem Kumpel Todd sagte, dass er in meiner Danksagung erwähnt werden würde, antwortete er: „Kannst du mir nicht stattdessen Bargeld schicken?" Ja, klar, träum weiter, O'Halloran.

Also! Mein Dank gilt, in ungeordneter Reihenfolge: meinem Ehemann und Koautor (wir schreiben die Jennifer-Scales-Serie zusammen), meinen Kindern, meiner Schwester, meinen Eltern. Meiner Agentin, meiner Lektorin, den Korrektoren, den Setzern. Den Vertretern, den Vorschaugrafikern, den Covergestaltern, den Textern der Umschläge.

Sehen Sie, so schreibe ich einfach ein bisschen Quatsch, und schon ist eine Seite voll. Die Menschen, die ich eben erwähnt habe, nehmen einen schlampig redigierten, 300 Seiten (und mehr) starken, lediglich groben Entwurf und machen ein Buch daraus. Vielleicht sogar ein gutes Buch.

Für dieses Buch im Besonderen hatte ich den ersten Entwurf auf Seite 200 beendet. Selbst für mich, die ich für meine straffen (sprich: kurzen) Texte bekannt bin, waren 200 Seiten NICHT GUT. Selbst 300 sind schon grenzwertig. Aber, wie ich meiner Lektorin erklärte: „Ich habe nicht mehr." Ich war am Ende angekommen, die Geschichte war erzählt, und ich war auf Seite 200.

Cindy, Gott segne sie, las mein Manuskript und schickte mir eine Seite mit Vorschlägen. Zeigte mir, wo ich die heilige Schriftstellerregel Nummer 1 gebrochen hatte: „Nicht sagen, beschreiben!" Schlug mir Szenen vor, die ich übersprungen hatte (Cindy haben wir das Wiedersehen mit Moon Bimm zu verdanken und dass die Spekulationen rund um Freds geheimnisvollen Wassermannvater so früh beginnen). Wegen Cindy sehen wir Dr. Barb auf den Kaimaninseln und die Katastrophe (und die verbalen Prügel, die Jonas bezieht), die darauf beinahe folgt.

(Die, die den ersten Band der Serie „Traummann an der Angel" nicht gelesen haben, müssen keine Angst haben: Ich glaube, es ist mir gelungen zu erklären, was vorab geschah. Also sollten Sie sich ohne Probleme zurechtfinden. Aber wenn nicht, dann kaufen Sie doch einfach das Buch!)

(Los doch. Wir warten.)

(Wir warten immer noch. Wenn Sie meinen, wir hätten nichts anderes zu tun …)

(Aha. Sehr gut. Danke. Tolles Cover, nicht wahr?)

Ich muss Sie, liebe Leser, warnen, dass es in diesem Buch zu einem unschönen Akt der Gewalt kommt, einem Akt, den ich zuerst etwas beschönigt hatte. Cindy hat mich aber überzeugt, ihn echter zu gestalten, sodass er sowohl der Situation als auch der Geschichte und den Charakteren angemessener erscheint.

Das Endresultat ist, glaube ich, nicht nur ein längeres Buch (mein eigentliches Ziel), sondern, dank Cindy Hwang, auch ein besseres Buch.

Das Letztere zu beurteilen bleibt natürlich Ihnen, liebe Leser, überlassen. Und deswegen auch endlich mein Dank an Sie, dass Sie dieses Buch in die Hand genommen haben und es auf einen Versuch ankommen lassen wollen. Wenn es das Cover war, was sie angesprochen hat, Hurra! Wenn es der Umschlagtext war, umso besser. Wenn Sie meinen Namen wiedererkannt haben, auch gut. Aber, wie jeder Leser weiß, es gibt viele Gründe, warum man ein Buch aus dem Regal zieht … oder eben nicht.

Also, danke dafür. Ich habe versucht, Sie nicht zu enttäuschen.

Mary Janice Davidson
www.maryjanicedavidson.net

Anmerkung der Autorin

Anmerkung der Autorin (das bin ich!): Zu Freds drittem Blind Date hat mich der fantastische Film *Better Off Dead* mit John Cusack inspiriert. Als Teenager habe ich den Film wahrscheinlich tausendmal gesehen. Als ich dann die Chance erkannte, einem meiner Lieblingsfilme die Ehre zu erweisen, habe ich sie ergriffen.

Mary Janice Davidson

Werwölfe gibt es nicht

Story

Ins Deutsche übertragen von
Stefanie Zeller

1

Wie jeder Werwolf weiß, können Gerüchen, Gefühlen und selbst lauten Stimmen durchaus Farben und Texturen anhaften. Und wie jeder blinde Werwolf weiß (nicht dass es seines Wissens außer ihm noch einen weiteren gegeben hätte), konnte man mithilfe dieser Gerüche und Gefühle und Unterhaltungen sogar recht gut sehen. Nicht sehr gut zwar, aber doch gut genug, um sich zurechtzufinden. So gut jedenfalls, um einen verlässlichen Eindruck von seiner Umgebung zu bekommen.

„Aber ich kann doch gar nicht schwanger sein", sagte Mrs Dane. „Das ist ja unmöglich."

„Offenbar ist es doch möglich."

„Aber ich bin unfruchtbar! Das haben die in der Klinik gesagt!"

„Unfälle passieren eben", sagte er aufmunternd. Er wusste, dass sie zwar fassungslos, aber auch erfreut war. Und wenn sie den ersten Schreck erst überwunden hatte, würde sie gewiss überglücklich sein. Er hätte ihr sagen können, dass sich ihre Eileiter über die Jahre von allein geöffnet hatten, aber das hätte weitere unangenehme Fragen aufwerfen können. Schließlich war er nur ihr Hausarzt und behandelte sie nicht wegen Unfruchtbarkeit.

„Ich würde sagen, Sie sind …" – neununddreißig und einen halben Tag weit – „in der sechsten Woche. Ich schreibe Ihnen ein Rezept für ein paar Schwangerschaftsvitamine. Davon nehmen Sie täglich zwei. Und natürlich das Übliche: kein Alkohol, keine Zigaretten, blablabla. Aber das wissen Sie ja alles selbst.“ Mrs Dane war Krankenschwester in einer Geburtsklinik.

„Ja, schon, aber … ich hätte nie gedacht, dass *ich* einmal in diese Situation käme.“

Er hörte, wie sie sich vorlehnte, und war deshalb vorbereitet, als sie ihre pummeligen Arme jetzt plötzlich um ihn schlang und ihn fest an sich drückte. „Vielen Dank!“, flüsterte sie atemlos. „Danke!“

„Mrs Dane, *ich* kann doch nichts dafür.“ Sanft befreite er sich aus ihrem Griff. „Gehen Sie nach Hause und danken Sie Ihrem Mann.“

„Oh, tut mir leid.“ Jetzt leuchtete sie vor Verlegenheit hell vor seinem geistigen Auge. „Ich habe irgendwo gelesen, dass Blinde es gar nicht mögen, wenn man sie aus dem Gleichgewicht bringt.“

„Kein Problem. Sie könnten mich doch gar nicht aus dem Gleichgewicht bringen.“ *Nur mit einem Lastwagen*. „Vergessen Sie nicht, das Rezept auf dem Nachhauseweg einzulösen“, fügte er hinzu. Er konnte ausgezeichnet schreiben. Seine Rezepte waren auch nicht unleserlicher als die der sehenden Ärzte.

„Richtig, richtig!“ Sie hüpfte vom Untersuchungstisch, wäre beinahe gegen die geschlossene Tür getorkelt und verschwand ohne ihre Kleidung. Das Hemdchen flatterte kurz, als sich die Tür hinter ihr schloss.

„Ich glaube allerdings, so wird man sie nicht in die Apotheke lassen“, rief er ihr hinterher.

„Ich meine ja nur, Sie sollten darüber nachdenken“, sagte seine Sprechstundenhilfe, Barb Robinson. „Ich mag gar nicht daran denken, dass Sie jeden Abend in ein leeres Haus heimkommen. Und es … Sie wissen schon. Es würde Ihnen helfen.“

„Ich soll einen Hund in ein Geschirr legen, damit er mich führt?" Er war zwar entgeistert, versuchte aber, es sich nicht anmerken zu lassen. „Eine schreckliche Vorstellung!"

„Drake, seien Sie doch vernünftig. Sie kommen gut zurecht, aber der Jüngste sind Sie auch nicht mehr."

„Soll das heißen, jetzt – da ich vierzig werde – sollte ich mir Prospekte für Pflegeheime kommen lassen?"

Barbs Geruch veränderte sich – eben war er noch zitronig und kräftig gewesen, weil sie das Thema zwar ungern, aber entschlossen angesprochen hatte. Nun aber, da sie sich ärgerte, wurde er schon stärker. Bis sie schließlich wie Mundwasser roch.

„Sehr lustig", sagte sie schnippisch. „Ihr Stolz ist die eine Sache. Ihre Sicherheit aber eine andere. Herrgott noch mal, Sie benutzen die meiste Zeit über ja nicht mal Ihren Stock."

„Werden Sie mich in Ruhe lassen, wenn ich von jetzt an immer den Stock mit mir rumschleppe?"

„Ja", sagte sie sofort.

Wenn das so war … „Na gut. Nennen Sie mich dann bitte aber auch Doktor Stock."

„Ich will doch nur nicht, dass Ihnen etwas passiert, das ist ja alles", sagte sie unbeirrt. „Sie haben mir schließlich auch zugesetzt, damit ich in eine sicherere Gegend ziehe."

„War ich denn genauso hartnäckig wie Sie?"

„Ach, seien Sie still. Sie sollten sich lieber auf den Weg machen. Findet nicht heute eine Ihrer großen Veranstaltungen statt?"

Das könnte man so sagen. „Ja, so ist es."

„Nun … Sie sollten sich etwas schonen. Sie sehen irgendwie erschöpft aus."

„Ich bin spät ins Bett gegangen", sagte er kurz. „Dann geben Sie mir eben den verdammten Stock."

Er hörte, wie sie hinter dem Empfangstresen kramte. Dann klopfte sie auf den Boden vor seinen Füßen. Er riss ihr den Stock aus der Hand. „So. Jetzt zufrieden?“

„Vorerst.“

„Außerdem sind Sie gefeuert.“

„Haha!“

„Dann vielleicht das nächste Mal.“ Gehorsam mit dem Stock tippend, suchte er seinen Weg zur Tür, obwohl er wusste, dass sie zwei Meter, fünfundsechzig Zentimeter und sechsundachtzig Millimeter entfernt war. „Bis Montag.“

„Und denken Sie über den Hund nach!“

„Wohl kaum“, brummte er leise.

2

Die kleine Gang – zwei Jungen, ein Mädchen, keiner davon war älter als zwanzig – folgte ihm, seitdem er die U-Bahn verlassen hatte. Typische Schläger, die Verstärkung brauchten, um einen Blinden zu überfallen. Er lockte sie die Milk Street hinunter und ließ sie dann näher kommen.

„Nur, damit ihr es wisst", sagte er und drehte sich um, „in ungefähr einer halben Stunde geht der Mond auf. Deshalb ist das, was ihr vorhabt, sehr, sehr dumm. Ich meine" – sein Stock traf den Ersten an der Kehle, als sie sich auf ihn stürzten –, „Leute überfallen ist generell sehr dumm. Es gibt Tausende von Möglichkeiten, wie man seinen Lebensunterhalt" – sein Ellbogen krachte auf den Schädel des Zweiten hinab – „auf respektablere Weise verdienen kann." Bei dem Mädchen zögerte er einen Moment, doch zum Dank hätte sie ihm beinahe die Wange aufgeschlitzt. Er zog den Kopf zurück, hörte das Flüstern von Stahl, der an seinem Gesicht vorbeiglitt, und packte sie bei den Handgelenken. Erst im letzten Augenblick bemerkte er, dass er sie zu heftig gezerrt hatte. Sie flog an ihm vorbei, schlug gegen die Hauswand und rutschte dann zu Boden – wie eine Marionette, deren Schnüre durchschnitten worden waren. „Ehrlich", ermahnte er die benommenen, halb bewusstlosen Jugendlichen, „ihr solltet mal darüber nachdenken. Und was willst *du* denn?"

„Nichts", sagte der andere Werwolf freundlich. „Ich bin nur gekommen, um zu sehen, ob du Hilfe brauchst. O Gott, wann haben diese drei denn zum letzten Mal gebadet?"

„Vor ungefähr zwei Wochen."

„Wie geht's dir, Drake?"

„So wie immer", sagte er vorsichtig. Wade kannte er seit seiner Jugend. Trotzdem war es stets ratsam, im Umgang mit anderen Werwölfen auf der Hut zu sein.

Er streckte die Hand aus und fühlte, dass der andere Mann, der nach Holzrauch und frittierter Forelle roch, sie umfasste. Drake war groß, aber Wade war noch immer acht Zentimeter größer und zehn Kilo schwerer als er. Wenn er nicht so ein sanftes Kätzchen gewesen wäre, wäre der Anblick erschreckend gewesen. „Wohnst du immer noch in diesem Haus auf dem Land?"

„Klar. Diese Stadt stinkt, Mann. Ich bin nur gekommen, um mich mit Vorräten einzudecken. Der Tag ging schneller rum, als ich dachte."

„Iss aber keinen der Bewohner, wenn es geht."

„Igitt! Hast du gesehen, was *die* essen? Noch nicht mal für eine Wette würde ich einen Affen essen."

„Das ist aber nicht nett", sagte Drake milde.

„Ja ja, tut mir leid, wenn ich nicht politisch korrekt bin. Ich weiß, es heißt *Menschen*, und es ist egal, woher sie stammen. Aber mal ehrlich! Sie sollten doch stolz darauf sein, dass sie rasierte Affen sind."

„Tsts."

„Ich bin froh, dass ich dich getroffen habe. Du solltest mal zum Cape fahren und dem Boss und Moira und den anderen hallo sagen. Hast du gehört, dass Moira geheiratet hat?"

„Ja, einen Affen, nicht wahr?"

„Ja. Na ja …" Wade streckte sich. Drake hörte, wie seine Sehnen knarrten und sich dehnten. Ihr Wandel stand kurz bevor. Glücklicherweise waren sie beide keine Teenager mehr; sie würden sich schon unter Kontrolle haben. „Das neue Alpha-

Mädchen, Jeannie, hat gehört, dass … äh … sie hat bemerkt, dass keiner aus dem Rudel … äh …"

„Dass keiner eine schlimme Behinderung hat?", fragte er freundlich und klopfte mit dem Stock auf den Boden, um das Gesagte zu unterstreichen.

Wade hüstelte. „Na ja, sie ist durch die Decke gegangen, als Michael ihr gesagt hat, was los ist. Und dann haben sie einen Monat lang Zoff deswegen gehabt. Während dieser Zeit hat unser furchtloser Anführer kein einziges Mal Sex gehabt. Endlich hat dann Michael gesagt, dass es nicht selbstverständlich so ablaufen würde; die Entscheidung bliebe den Eltern überlassen. Dass sie beide zustimmen müssten."

Drake schwieg. Für das Rudel war dieser Gedanke bereits fortschrittlich. Behinderungen waren sehr selten, und wenn ein Rudelmitglied zum Beispiel blind oder taub geboren wurde, dann war es immer schon Tradition gewesen, dass der Vater den Welpen tötete. Das Muttertier war gewöhnlich noch schwach von der Geburt, aber meistens damit einverstanden.

Sein Vater allerdings war in einem Dominanzkampf vor seiner Geburt gestorben, und seine Mutter hatte ihn behalten wollen. Sie hatte ihn damals versteckt, damit der wohlmeinende Rudelführer, Michaels Vater, ihn nicht fand – und tötete. Sie hatte ihn wie jeden anderen aufgezogen, hart und mitleidlos, ohne jede Art von Sonderbehandlung.

Irgendwann hatte Drake dann das Rudel aus eigenem Antrieb verlassen und war nach Boston gegangen, um unter Menschen zu leben. Hier konnte er allein auf sich gestellt existieren. Menschen waren Dominanzkämpfe egal. Sie wussten noch nicht einmal, dass es so etwas gab.

„Vielleicht statte ich ihnen wirklich mal einen Besuch ab", log er. „Es ist ja lange her." Als er fortging, war Michael noch kein

Rudelführer und Moira eine frühreife Göre gewesen, eine der wenigen, die ihn davon hatten abhalten wollen zu gehen.

Doch geschehen war geschehen.

„Lange her?", sagte Wade. „Ja, zwanzig Jahre. Heute ist alles anders. Michael hat moderne Ansichten. Niemand wird dir komisch kommen."

„Danke für die Neuigkeiten. Aber ich bin nicht gegangen, weil ich Angst hatte, dass mir jemand komisch kommt."

„Du hast alle deine Dominanzkämpfe gewonnen", gab Wade zu.

„Ich bin gegangen, weil ich nicht ich selber habe sein können."

„Und *hier* kannst du es sein? In der Affenstadt?"

Er zuckte die Achseln. Er war so an die Einsamkeit gewöhnt, dass er sie kaum noch bemerkte. „Das ist mir egal."

„Denk drüber nach. Ich weiß, dass Jeannie dich gerne kennenlernen würde. Und wenn es nur deswegen ist, um recht zu behalten. So etwas ist ihr erstaunlich wichtig." Das sagte er mit widerwilliger Bewunderung.

„Mal sehen."

Drake hörte, wie Wade Luft holte und sich erneut streckte. „Na gut, wenn du unbedingt ein dickköpfiges Arschloch sein willst, ist mir doch egal. Ich mache mich besser auf den Weg. Die Nacht wird lang. Heute ist zum letzten Mal Vollmond."

„Gute Jagd", sagte Drake trocken. „Noch mal, iss keinen Menschen, wenn es geht."

„Noch mal", sagte Wade und lief davon, „Sag das nicht, sonst wird mir übel. Du bekommst Gesellschaft."

„Ja, ich …" Beinahe wäre er hingefallen, mitten auf der Straße. „Ich weiß."

„O Gott", sagte das Mädchen und kam näher. Sie warf einen

Blick auf Wade, der sich schnell entfernte, wandte sich dann um und starrte die bewusstlose Gang böse an. „Was seid ihr doch für jämmerliche Verlierer!"

Auf einmal nahm Drake alles sehr klar, sehr scharf wahr. Die Ausdünstungen der Möchte-gern-Schläger, Wades entschwindende Schritte, das Parfum des Mädchens – *L'Occitane Green Tea*.

Er konnte sie sehen.

Er roch sie nicht nur oder bekam durch ihre Stimme einen allgemeinen Eindruck davon, wo sie war oder wie sie sich anfühlte. Er *sah* sie wirklich. Gegen die Grautöne, die sie umgaben, hob sie sich wie ein Leuchtfeuer ab.

Für eine Frau war sie groß – ihr Kiefer reichte an seine Schulter. Und ihr Haar hatte diese helle, sonnige Farbe, von der er annahm, dass die Leute sie meinten, wenn sie sagten, jemand sei blond. Ihre Augen hatten eine seltsame Farbe – nicht blau wie Eis und auch nicht so violett, wie eine Lilie angeblich war, sondern irgendetwas dazwischen.

Ihr Haar war kurz geschoren, ihre Nägel kurz geschnitten. Sie trug sechs Ohrringe in ihrem linken Ohr und acht im rechten. Sie hatte einen Ring durch die Nase und einen durch die linke Augenbraue, und ihr T-Shirt war so kurz, dass ihr Bauchnabelpiercing zu sehen war. Ihr Bauch war sanft gerundet, und sie trug Shorts, so kurze, dass sie auch als Jeansslip hätten durchgehen können. Die schwarze Strumpfhose war an strategisch wichtigen Stellen gerissen. Weiche, helle Haut schimmerte durch die Löcher. Ihre Tennisschuhe (was mochte das für eine Farbe sein? Rot? Orange?) waren nur locker mit Schnürsenkeln gebunden, die keinen definierbaren Farbton hatten.

„Alles in Ordnung mit Ihnen, Mann? Tut mir echt leid, wenn die Sie belästigt haben. Ich habe ihnen gesagt, sie sollen den

Scheiß lassen. Ich habe nicht gedacht, dass sie es tatsächlich ernst meinen."

Er glotzte sie an.

„Oh, tut mir leid", sagte sie mit einem Blick auf den Stock. „Das sehe ich jetzt erst. Soll ich Sie irgendwohin begleiten? Sind Sie verletzt?"

„Ich kann Sie sehen!"

„Ooooookey-dokey." Vorsichtig trat sie einen Schritt zurück. „Hören Sie, ich habe heute Abend noch was vor. Das ist Ihre letzte Chance. Soll ich Ihnen vielleicht ein Taxi rufen?"

„Heilige Maria Mutter Gottes!"

„Also nein. Dann sag ich mal: auf Wiedersehen." Sie drehte sich um. Wie erstarrt sah er zu, wie sie davonging. Ihr Hintern war flach, sie zog ihre Shorts, die ihr ein wenig zu groß waren, im Gehen hoch. Er fragte sich, wie alt sie wohl sein mochte – zweiundzwanzig? Fünfundzwanzig? Er war mindestens fünfzehn Jahre älter als sie.

Er hörte ein Knacken und ließ den Stock fallen. Den hatte er so fest gepackt, dass er in der Mitte gebrochen war. Warum konnte er sie sehen? Warum jetzt? Hatte es mit dem Vollmond zu tun? Wenn ja, warum war es ihm vorher noch nie passiert? Wer war sie denn? Und wohin verschwand sie so eilig?

Wolken schoben sich vor den Mond, und auf einmal hatte er das Gefühl, als hätte er doppelt so viele Zähne im Mund.

3

Crescent stand auf dem Dach und starrte auf die Straße hinunter. Eigentlich war es gar nicht hoch. Nur ein mickriges Stockwerk. Immer wieder fielen Leute aus dem ersten Stock und überlebten … meistens. Außerdem war sie kein gewöhnlicher Mensch. So nahm sie zumindest an.

Wenn sie jemals fliegen würde, dann war jetzt der richtige Zeitpunkt.

Sie legte die Hände auf den Dachsims und wollte gerade daraufsteigen, als sie spürte, wie jemand am Bund ihrer Shorts zerrte und sie nach hinten riss. Die Luft wurde aus ihrer Lunge gedrückt, als sie auf das Kiesdach fiel. Sie schnappte also nach Luft – wie ein Fisch auf dem Trockenen. Schließlich gelang es ihr, sich auf die Knie zu rollen.

In einem Meter Abstand saß der größte Wolf, den sie je gesehen hatte. Sie war zu überrascht, um überhaupt Angst zu haben. Er knurrte nicht und bleckte auch nicht die Zähne, sondern saß nur einfach still im Mondlicht und sah sie an.

Wenn er ein Hund gewesen wäre, wäre sie nicht so überrascht gewesen, selbst hier, mitten in der Stadt. Aber ein Wolf? Wo war er auf einmal hergekommen? Aus einem Zoo entwischt? Wie hatte er hier auf das Dach steigen können? Konnten Wölfe Feuerleitern hochklettern? Gab es hier überhaupt eine Feuerleiter?

Wenn sie ihre Finger so weit spreizte, wie sie konnte, waren seine Pfoten ungefähr so groß wie ihre Hand. Und sein Kopf war fast zweimal so groß wie ihrer. Er hatte tief liegende, beinahe kluge braune Augen. Sein Fell war kräftig dunkelbraun und hatte silberne Strähnen, und als eine Brise seinen Pelz aufplusterte, wirkte der Wolf sehr nobel, beinahe hoheitlich.

„Warum hast du das getan?“, fragte sie ihn. „Wenn ich wollte, dass mir ein Tier in den Hintern beißt, würde ich mit einem Mann ins Bett gehen.“ Sie stand auf, wischte sich den Staub von den Knien und ging auf das Sims zu. Sie hatte eineinhalb Schritte getan, als sie hinter sich ein warnendes Knurren hörte. Sie warf die Hände in die Luft und fuhr herum. „O Gott, was bist du? Warum hast du es auf mich abgesehen? Und was geht dich das überhaupt an? Hör zu, ich werde mir nicht wehtun. Ich kann fliegen. Höchstwahrscheinlich. Und wenn ich falschliege – aber das glaube ich nicht –, dann falle ich nur ein Stockwerk tief.“

Der Wolf sah skeptisch aus.

„Ach, Mist.“ Sie setzte sich im Schneidersitz auf den Boden.

Es war ein anstrengender Tag und eine noch anstrengendere Nacht gewesen. Bevor sie wusste, wie ihr geschah, sackte sie zur Seite. Der Kies schnitt ihr in die Wange, aber für sie fühlte er sich wie ein weiches Kissen an.

Sie schlief ein.

4

Sie war steif, und ihr war kalt. Jemand schüttelte sie an der Schulter. Was war denn nur mit ihrem Bett passiert?

Sie öffnete die Augen und sah einen Mann, der neben ihr kniete. Und – was war denn das! Nicht schlecht für einen alten Mann. Er sah aus, als wäre er Mitte dreißig, hatte schöne dunkle Augen, braunes Haar mit leichten grauen Strähnen, und Lachfältchen um den Mund. Seine Schultern, die in einem dunklen Anzug und einem Mantel steckten, wirkten erstaunlich breit. Seine Oberschenkel hatten fast den gleichen Umfang wie ihre Taille. Wie ein schwarzer Engel kauerte er über ihr. Ein wenig beunruhigend, aber auch cool.

„Guten Morgen", sagte er. Seine Stimme war tief und angenehm. Wahrscheinlich war er Radiosprecher. „Geht es Ihnen gut?"

„Klar", sagte sie. Aber sie stöhnte, als sie sich aufsetzte. „Ich kann nicht glauben, dass ich hier eingeschlafen sein soll." Sie wischte sich den Kies von der Wange und sah sich um. Der Wolf war fort, Gott sei Dank. „Oh, Mist! Ich werde nie … auch egal."

„Was hatten Sie denn hier oben zu suchen?"

„Das geht Sie gar nichts an", sagte sie. „Sie können jetzt gehen."

„Sie sehen nicht aus, als seien Sie suizidgefährdet."

„Das bin ich auch nicht!"

„Warum sind Sie dann hier auf dem Dach?"

„Wenn ich Ihnen das sage, lachen Sie mich aus."

„Das glaube ich kaum."

„Außerdem geht es Sie nichts an."

„Nun", sagte er freundlich, „ich lasse Sie hier oben nicht allein. Also können Sie es mir genauso gut sagen."

„Mist!" Was war denn nur los? Erst machte die Gang einen solchen Mist (zumindest mehr Mist als gewöhnlich), dann schikanierte dieser riesige Wolf sie – und jetzt auch noch dieser Typ hier. Gott musste sie wirklich hassen. „Na gut, dann sag ich's Ihnen. Ich bin mir ziemlich sicher, dass ich fliegen kann. Das wusste ich schon mein ganzes Leben lang. Es liegt irgendwie in der Familie. Aber alle in meiner Familie sind tot, deswegen werde ich es nie mit Sicherheit wissen können. Letzte Nacht hatte ich dann endlich den Mut, es auszuprobieren. Aber dann wurde doch nichts draus, weil … auch egal. Wenn ich Ihnen das sage, denken Sie bestimmt, ich habe sie nicht mehr alle. Noch mehr als jetzt schon, meine ich. Na ja, das ist der Grund, warum ich hier oben bin. Nicht um mich umzubringen. Sondern um zu fliegen."

„Hm." Er legte seine große Hand an ihre Wange und betrachtete prüfend ihre Pupillen. „Nun, Sie sind nicht auf Droge. Das ist schon mal gut."

„Mit Drogen habe ich aufgehört, als ich siebzehn war", sagte sie schnippisch und schlug seine Hand fort. „Ich bin seit einer Ewigkeit clean."

„Und Sie haben keine tödliche Krankheit", sagte er.

„Woher wollen Sie das denn wissen?"

„Ich bin Arzt. So etwas weiß ich eben."

„Haben Sie etwa einen Bluttest gemacht, während ich geschlafen habe?"

Er antwortete nicht. „Wie heißen Sie?"

„Warum interessiert Sie das?"

Gelassen betrachtete er sie. „Es interessiert mich eben."

Merkwürdig. Aber cool. Okay, na gut. „Ich heiße Crescent."

„Das ist alles?"

„Nein, ich habe auch einen Nachnamen, aber den sage ich Ihnen nicht."

„Warum? Werden Sie polizeilich gesucht?"

„Das wäre schön. Nein, weil alle immer lachen. Und Sie würden auch lachen."

Er hob die Hand, mit der Handfläche nach vorn. „Ich verspreche, nicht zu lachen."

„Ich heiße Muhn."

„Crescent Moon?"

„Das h", sagte sie mit so viel Würde, wie sie aufbringen konnte, „ist stumm."

„Das ist doch nicht schlimm", sagte er. „Ich heiße Dragon."

„Doktor Dragon?"

„Doktor Drake Dragon."

„O je." Sie kicherte. „Wir sind beide Comicfiguren."

„Sie verstehen doch sicher, dass uns unter diesen Umständen nichts anderes übrig bleibt, als zu heiraten", sagte er mit vollkommen unbewegtem Gesicht. Da musste sie noch lauter lachen.

„Die Geschichte ist so gut, die muss man einfach seinen Enkeln erzählen", stimmte sie zu. „Aber erst habe ich das hier zu erledigen. Also, auf Wiedersehen."

„Gehen Sie stattdessen doch lieber mit mir frühstücken", bat er.

Interessanterweise war sie versucht, seine Einladung anzunehmen. Er schien gar nicht übel. Attraktiv. Sie war nicht mehr mit einem Mann aus gewesen, seit … mal nachdenken … seit drei Jahren durfte sie legal Alkohol trinken, und dieser Typ hatte sie mit zu dem Rave genommen, nachdem …

Moment mal!

„Moment mal!“ Herrje, heute Morgen war sie wirklich ein bisschen schwer von Begriff. „Sie sind der Blinde von gestern Abend!“ Aber jetzt machte er ganz und gar nicht den Eindruck, als wäre er blind. Er hatte sogar ihre Pupillen untersucht.

„Ja“, bestätigte er.

„Ich finde, Sie sehen gar nicht blind aus.“

Er zögerte und sagte dann noch einmal: „Gehen Sie mit mir frühstücken.“

„Warum?“

„Es bleibt Ihnen kaum etwas anderes übrig. Ich lasse Sie nämlich nicht springen.“

Sie seufzte. „Na ja. Ich hab tatsächlich Hunger.“ *Und den Typ serviere ich ab, sobald ich eine warme Mahlzeit geschnorrt habe.* „Okay. Dann mal los, MacDuff.“

5

Als sie im Erdgeschoss ankamen, bot er ihr den Arm an. Ihr Duft von reifen Orangen verriet ihm, dass sie belustigt war. Nach einem kurzen Augenblick des Zögerns ergriff sie ihn.

„O je, Ihr Bizeps ist so dick, dass ich ihn gar nicht umfassen kann. Sie stemmen wohl neunmal am Tag Gewichte?"

„Nein. Aber ich halte mich gern fit."

„Wir müssen in kein schickes Restaurant gehen", sagte sie. „Eine Tasse Kaffee genügt mir auch."

„Sie haben Untergewicht ... für Ihre Größe. Wir gehen lieber etwas Anständiges essen."

„Sie kommandieren andere wohl gern herum", grinste sie.

Er lächelte. „Ja." Er musste sich zurückhalten, um sie nicht wie ein Schuljunge anzustarren. Er hatte keinen blassen Schimmer, warum er sie sehen konnte, aber die Wirkung hatte auch jetzt, bei Tage, immer noch nicht nachgelassen. Sie brannte so hell wie eine Flamme im Dunkeln. „Ich fürchte, das liegt in der Familie."

„Darf ich Sie etwas fragen? Wie kommt es, dass Sie keinen Hund haben? Und wo ist Ihr Stock? Hatten Sie nicht gestern Abend einen?"

„Ich komme auch so ganz gut zurecht", sagte er ausweichend. „Ich bin schon mein ganzes Leben lang blind. Ich kenne nichts anderes."

„Oh. Na ja, wie ich schon sagte, Sie wirken gar nicht so, als wären Sie blind."

Er zuckte die Achseln. Das hatte er schon oft gehört.

Nachdem sie drei Pfannkuchen und sechs Toasts verschlungen, zwei Tassen Kaffee getrunken und er eine Schale Haferbrei gegessen hatte, unterhielten sie sich.

„Wollen Sie keinen Schinken oder vielleicht Speck? Bitte, bestellen Sie doch, was Sie möchten. Ich versichere Ihnen, ich kann das alles bezahlen."

Sie erschauderte. „Nein danke. Ich bin Vegetarierin."

„Oh." Hmmm. Das könnte interessant werden. „Ist aber keine gesunde Ernährung für einen Allesfresser."

„Alter, ich ess kein totes Fleisch, Schluss, aus."

„Drake", verbesserte er sie.

Sie nahm den Sirup mit dem letzten Pfannkuchen auf. „Ja ja, meinetwegen. Bekomm ich noch einen Kaffee?"

„Natürlich." Er winkte die Kellnerin heran und fragte: „Warum sind Sie so dünn?"

„Warum stellen Sie mir so viele Fragen?"

„Ich interessiere mich für Sie", sagte er einfach.

„Aha. Alter, Sie sind beinah doppelt so alt wie ich."

Ja, das war ärgerlich. Aber dagegen war nun einmal nichts zu machen. „Hören Sie auf, mich Alter zu nennen. Und *doppelt* so alt wie Sie bin ich wahrscheinlich nicht. Nächstes Jahr werd ich vierzig."

„Oh." Sie schien überrascht. „Sie sehen jünger aus. Ich bin vierundzwanzig."

„Sie sehen auch jünger aus. Wo wohnen Sie eigentlich?"

„In einem Obdachlosenasyl in der Beacon Street", sagte sie ohne eine Spur von Verlegenheit. „Ich habe meinen Job verloren – die Wirtschaftskrise – und konnte meine Miete nicht mehr zahlen. Jetzt komm ich mal hier, mal dort unter."

„Haben Sie sich deswegen mit der kleinen Gang eingelassen, die mich überfallen wollte?"

„Ich wusste nicht, dass sie so etwas vorhatten“, sagte sie ernst. „Ich dachte, das wär nur Gerede.“

„Ich glaube Ihnen. Was ist mit Ihrer Familie?“

„Ich hab keine.“

„Tut mir leid.“

„Schon gut. Ich hab sie nie wirklich kennengelernt, bin immer allein auf mich gestellt gewesen. Wie Sie auch, vermute ich.“

„Warum wohnen Sie nicht eine Weile bei mir? Ich habe ein großes Haus in Cambridge und Platz genug für einen Gast.“

Sie prustete in ihre Kaffeetasse. „Na klar. Als wenn ich mit einem fremden Mann mitgehen würde, der plötzlich aus dem Nichts auftaucht und sagt, er sei blind, aber über nichts stolpert. Ich bin doch nicht blöd.“

„Was wär denn das Schlimmste, was passieren könnte?“

„Sie könnten mich im Schlaf ermorden.“

Er versuchte, sich nicht anmerken zu lassen, dass er gekränkt war. „Das ist doch lächerlich. Im *Schlaf*? So etwas würde ich nie tun.“

Sie lachte ihn aus. „Okay, dann haben wir also schon mal geklärt, dass Sie mich nicht im Schlaf ermorden. Das ist doch ganz vielversprechend.“

„Ist denn ein Obdachlosenasyl besser als mein Haus?“

„Na ja ... das ist nicht persönlich gemeint, Alter ... Drake, meine ich ... aber versetzen Sie sich doch mal in meine Lage.“

„Ich verstehe. Aber vergessen Sie nicht, dass Sie jeden Morgen Pfannkuchen haben könnten“, versuchte er sie zu überreden. „Und Kaffee, so viel Sie wollen. Bis Sie wieder auf die Beine gekommen sind.“

Sie schüttelte den Kopf, sah aber aus, als könnte sie schwach werden. „O je, ich kann nicht glauben, dass ich tatsächlich darüber nachdenke. Wenn das hier ein Horrorfilm wäre, würde ich jetzt schreien: ‚Tu es nicht, du blöde Kuh!'"

„Das ist schön. Ich würde mich wirklich über Ihre Gesellschaft freuen. Ich lebe … recht zurückgezogen. Es wäre nett, eine … eine Freundin bei mir wohnen zu haben."

Sie starrte ihn lange an. „Na ja. Ich muss zugeben, das ist schon das netteste Angebot, das ich seit Langem bekommen habe. Aber irgendwie werde ich das Gefühl nicht los, als betrachteten sie mich als hilfloses Weibchen, um das man sich kümmern muss. Vielleicht haben wir uns nicht richtig verstanden. Meine Familie ist gestorben, als ich noch ein Kleinkind war, und meine Pflegefamilie habe ich verlassen, als ich zehn war. Ich bin schon sehr lange auf mich allein gestellt. Ich kann mich um mich selber kümmern."

„Selbstverständlich."

„Und ich werde … äh … nichts für Sie tun. Sie wissen schon. Um bei Ihnen wohnen zu dürfen."

„Nein, das erwarte ich auch nicht von Ihnen." Und glücklicherweise war ihr Eisprung erst in gut zwei Wochen. Und sein nächster Wandel in weiter Ferne. Wenn der Zyklus einer Mitbewohnerin mit dem des männlichen Werwolfs zusammenfiel, konnte es problematisch werden, aber darüber brauchte er sich wenigstens keine Sorgen zu machen. „Keine Hintergedanken. Du bist zu nichts verpflichtet, Crescent."

„Gut." Sie trank ihren Kaffee aus. „Ich kann nicht glauben, dass ich das wirklich sage. Aber lass es uns versuchen. Für eine Weile."

„In Ordnung." Er lächelte sie an, und sie lächelte zurück. Es war das erste Mal, dass er sie lächeln sah. Ihr Lächeln machte ihn schwindlig.

6

Als sie das Haus betraten, war sie sofort begeistert. Als wenn das große Gebäude im Kolonialstil nicht bereits von außen beeindruckend gewesen wäre! „Wow! Wie viele Fenster hat das Haus?"

„Keine Ahnung."

„Klar. Blöde Frage. Es ist so hell hier drinnen!" Mit großen Augen sah sie sich um. Als Erstes hatte sie das strahlende Licht nur undeutlich wahrgenommen, die hohe Wohnzimmerdecke, eine Empore und sehr, sehr viel Parkettboden. „Tagsüber brauchst du noch nicht mal das Licht anzuschalten. Aber das tust du ja ohnehin nicht."

Er hängte seinen Mantel in den Garderobenschrank. „Ich mag das Gefühl der Sonne auf meinem Gesicht", sagte er schlicht.

„Hat dir schon mal jemand gesagt, dass du in einem pinkfarbenen Haus wohnst?"

„Einige." Er zuckte die Achseln. „Mir ist das egal."

Sie lachte. „Das nehme ich an. Ist nur lustig. Ich meine, du bist ein so großer, supermaskuliner Typ, und dann wohnst du in einem lachsfarbenen Haus. Das ist schon ein bisschen schräg."

Er lächelte. Der Anblick verwirrte sie, denn er sah sie dabei direkt an. Aber das konnte natürlich nicht sein. Wahrscheinlich sagte ihm ihre Stimme, dass sie neben der Tür stand. „Supermaskulin?"

„Alter, du bist, glaube ich, der stärkste und mutigste Typ, den ich je getroffen habe."

„Danke. Aber hör mal auf, mich immer Alter zu nennen."

Er war auch der schlauste „behinderte" Mensch, den sie kannte. Das Frühstück hatte er mit Bargeld bezahlt … und sie hatte bemerkt, dass die Zwanzigdollarnoten in Dreiecke gefaltet waren und die Zehndollarscheine in Rechtecke. Natürlich … das ergab Sinn. Er konnte ja nicht lesen, was draufstand, und die Scheine fühlten sich sicher alle gleich an. Ob er sie wohl alle bereits gefaltet von der Bank bekam? Oder hatte er jemanden, der ihm dabei half? Vielleicht sollte sie ihm seine Knete falten und sich so ihren Aufenthalt hier verdienen.

Merkwürdigerweise wusste er aber genau, wo sie sich gerade befand. Er hatte sie sogar aufgefangen, als sie über den Bordstein gestolpert war.

„Soll ich dir dein Zimmer zeigen?"

„Ja", sagte sie, streifte ihre Turnschuhe ab und folgte ihm. „Sollst du."

Sie hatte ein einfaches Gästezimmer erwartet, mit einem praktischen Doppelbett und einer leeren Kommode. Stattdessen führte er sie geradewegs ins Paradies. Ein Himmelbett aus Mahagoniholz stand vor dem Fenster, sodass sich das Sonnenlicht über den Shaker-Quilt ergoss. Durch die geöffnete Tür auf der anderen Seite des Zimmers sah sie ein Badezimmer mit meerblauen Kacheln funkeln, und die Kommode neben ihr war beinahe so groß wie sie selbst.

„Äh … bist du sicher, dass du nicht im Keller ein Feldbett oder so was hast?", fragte sie nervös. Der Raum war so sauber, so schön, dass sie sich nicht zu bewegen wagte, aus Angst, sie könnte alles kaputt machen. „Oder vielleicht eine Decke, die ich auf den Küchenboden legen kann?"

„Unsinn. Dies ist jetzt dein Zimmer, solange du willst. Ich lass dich jetzt allein, damit du dich einrichten kannst." Und plötzlich war er fort.

„Einrichten?", fragte sie in den leeren Raum hinein. „Womit denn?" Sie hatte nicht gewollt, dass er das Asyl sah, deswegen hatte sie keine Kleidung mitgebracht. Sie nahm sich vor, sich heute Nacht aus dem Haus zu schleichen und ihre Sachen zu holen. Und sie würde Moran und seine kleine Gang von Minderbemittelten suchen und ihnen gehörig die Meinung geigen. Also wirklich, einen Blinden zu überfallen!

Sie schlenderte ins Wohnzimmer zurück und warf einen Blick hinauf auf die Empore.

Hmmm …

Lautlos stieg sie die Treppe hinauf. Mit einem schnellen Blick stellte sie fest, dass die Empore eigentlich ein Büro war – ein Schreibtisch, ein Computer mit riesigen Lautsprechern, Bücherregale –, und kletterte dann auf die Brüstung. Von hier aus würde es noch einfacher sein. Nur ein Stockwerk. Eigentlich sogar weniger. Nur ein paar Meter. Ein Kinderspiel. Wenn es hier nicht gelingen würde zu fliegen, dann nirgendwo.

„Willst du was zum Mittagessen?", rief Drake aus der Küche. Gut, er war ein paar Räume entfernt.

„Ich bin immer noch vom Frühstück satt", rief sie zurück und sprang.

Mitten in der Luft machte das Wohnzimmer eine Hundertachtziggraddrehung, als sie sich überschlug – und dann landete sie in Drakes Armen.

„Wow!", keuchte sie. „Wie hast du das gemacht? Du warst mindestens fünfzehn Meter weg!"

„Wirst du wohl damit aufhören?", schimpfte er. „Hör auf, überall runterzuspringen. Ich bekomm noch einen Herzanfall."

„Aber woher wusstest du, dass ich …"

„Versprich es mir, Crescent. Solange du in diesem Haus wohnst, machst du keine verrückten Sprünge mehr."

„Aber mir würde nichts passieren“, sagte sie überzeugt. Am liebsten hätte sie sich in seine Arme gekuschelt, tat es aber nicht. Er hielt sie, als wäre sie nicht schwerer als ein Sack Federn. Als würde sie nichts wiegen. Und die Art, wie er sie nun böse anstarrte – eigentlich sollte sie Angst vor ihm haben, aber stattdessen wollte sie ihm mit den Fingerspitzen über die Stirn streichen, damit sie sich glättete. „Ehrlich! Ich bin sicher, dass ich es kann.“

„Nicht in meinem Haus“, sagte er unerbittlich. „Und jetzt versprich es.“

„Oder was?“ Die Frage war nicht sarkastisch gemeint. Sie war nur neugierig.

„Sonst lasse ich dich nicht runter.“

Jetzt strich sie ihm doch mit der Hand über die Stirn. Er beugte sich zu ihr hinab und gab ihr einen Kuss auf die Nase. Ein komisches, aber auch schönes Gefühl. Sie spürte, wie ihre Brustwarzen hart wurden, und unterdrückte den Drang, sich in seinen Armen zu winden.

„Willst du mich etwa den ganzen Tag herumtragen?“, fragte sie ihn.

Er lächelte auf sie herunter. „Das würde mir überhaupt keine Mühe machen.“

„Schon gut, schon gut. Ich verspreche es. Ich springe nirgendwo mehr herunter … in deinem Haus.“ Aber vielleicht irgendwo anders …

„Na gut.“ Er setzte sie ab und gab ihr einen mahnenden Klaps auf den Hintern, der höllisch wehtat …

„He!“

… und ging zurück in die Küche.

7

Er hörte, wie sie auf Zehenspitzen durch sein Zimmer schlich. Eigentlich hatte er bereits gehört, wie sie die Augen aufgeschlagen und sich in ihrem Bett aufgesetzt hatte. Ihr Geruch hatte ihm gesagt, dass sie nicht geschlafen hatte. Deswegen war auch er wach geblieben.

Als sie sich jetzt wie ein Dieb aus dem Haus stahl, folgte er ihr dichtauf.

Tüten waren im Asyl immer Mangelware, deswegen drückte sie einfach ein paar Kleidungsstücke an ihre Brust und machte, dass sie wegkam. Unglücklicherweise bemerkte Maria sie. Die Frau schluckte Speed wie Tic Tacs und schlief niemals.

Crescent schlich gerade die Gasse hinter dem Obdachlosenasyl hinunter und dachte, dass ihr noch genug Zeit bliebe, um die Red Line zur Bushaltestelle bei Drakes Haus zu bekommen, da hörte sie eilige Schritte. Sie wandte sich um und sah die Arschloch-Brigade.

„Neue Hütte?", fragte Maria. Sie war eine von diesen Frauen, die immer lächelten – die selbst dann noch lächelten, wenn sie innerlich schon schrien. „Neuer Mann?"

„Ja und nein, und kümmer dich um deinen eigenen Kram."

„Warte mal, Cress." Das war Nick Moran, der Anführer der bemitleidenswerten Truppe. „Hast du was für uns?"

„Ich heiße Cres-*cent*, und nein, ich habe ganz sicher nichts für euch. Seid ihr eigentlich verrückt geworden?" Sie trat von einem Fuß auf den anderen und drückte ihre Klamotten fester an sich. Auf keinen Fall wollte sie sich wieder von diesen dreien hier rumkriegen lassen. Ihr Bauchgefühl hatte sie fast nie getrogen – nur deswegen wohnte sie bei einem ihr völlig fremden Mann –, und vielleicht hatte es auch dieses Mal recht. Vielleicht wussten diese Idioten damals, als sie sich mit ihnen eingelassen hatte, noch nicht, wie schlimm es einmal mit ihnen werden würde. Auf ihr Bauchgefühl konnte sie sich verlassen, aber es konnte auch nicht die Zukunft voraussehen. „Was denkt ihr euch eigentlich dabei, einen Blinden auszurauben? Oder es zumindest zu versuchen. Noch nicht mal das habt ihr richtig hingekriegt."

„Halt's Maul", sagte Nick grob. Er war ein großer Mann, dünn und ausgezehrt, mit einem leichten Schnurrbartansatz und einer Narbe, die geradewegs über seine linke Wange lief. „Wir hatten alles unter Kontrolle."

„Na, klar. So sah's auch aus. Bis dann."

Jimmy, der andere Trottel, griff nach ihrem Ellbogen und bekam ihn auch zu fassen. „Warum bringst du uns nicht zu seiner Wohnung?", fragte er. Sein Ton klang vernünftig, aber sie fiel nicht darauf herein. „Ich wette, so ein niedlicher Schuss wie du hat doch bestimmt schon einen Schlüssel."

Den hatte sie tatsächlich. Aber sie würde ihn ihnen ganz sicher nicht geben. „Vergiss es", sagte sie und versuchte sich loszureißen. „Verpisst euch, ihr drei, bevor ich die Beherrschung verliere. Ich kann nicht glauben, dass ihr mir mal leidgetan habt."

„Leidgetan?", echote Nick, dessen Miene sich nun verfinsterte. „Du solltest dir selber leidtun. Wenn wir mit dir fertig sind, wirst du nämlich hässlicher wie jetzt aussehen."

„Es heißt *als* jetzt. Herrgott noch mal, Nick, du bist doch auf eine Privatschule gegangen, bevor dich deine Eltern rausgeschmissen haben."

Nick wurde rot – er hasste es, wenn man ihn daran erinnerte, dass er nicht auf der Straße aufgewachsen war –, aber Marias Grinsen wurde noch breiter, wenn das überhaupt möglich war. Crescent sah, dass diese Frau in ihrem ganzen Leben nur sehr flüchtig Bekanntschaft mit Zahnpasta gemacht hatte. „Wir können es auf die sanfte Tour erledigen ...", begann sie.

„Oh, erspar mir die Klischees." Crescent war eher verärgert als verängstigt, was sie zufrieden stimmte. Es war dumm von ihr gewesen, ganz allein hierher zurückzukommen – und wofür? Damit Drake das Asyl nicht sah? Wen kümmerte es, was er von ihr hielt? Der Blödmann mit seinem Beschützerinstinkt. Und sie sollte besser auf ihren Instinkt und weniger auf ihren Stolz hören.

Jimmys andere Hand – die, die nicht ihren Ellbogen drückte – schoss wie eine helle Spinne vor und packte ihre Brustwarze. Dann kniff er sie. Hart. Crescent würde ihre Kleidung auf die schmutzige Straße fallen lassen müssen, oder sie konnte einfach still stehen bleiben.

Sie rührte sich nicht. Auf keinen Fall wollte sie diesen dreien zeigen, wie sehr er ihr wehtat. „Hör auf mit dem Scheiß", sagte sie mit zusammengebissenen Zähnen. „Glaubt ihr etwa, wenn ihr euch wie Arschlöcher aufführt, ändert das meine Meinung über euch?" Sie sah Nick an und wartete darauf, dass er seinen Hund zurückpfiff.

Jimmy kicherte, Maria grinste, und Crescent kamen die Tränen. Gerade als sie beschlossen hatte, ihre Kleidung loszulassen und Jimmy in die Eier zu treten, flog Jimmy von ihr fort – ja, er flog buchstäblich. Er segelte durch die Luft und schlug gute drei Meter weiter auf die Straße auf.

Nur verschwommen sah sie zwei große Hände, die sich erst in Marias, dann in Nicks Nacken legten. Danach hörte sie ein *Klonk!*, als beide Köpfe zusammenstießen. Das Geräusch erinnerte sie an eine Melone, die sie einmal auf den Boden hatte fallen lassen.

Und nun beugte sich Drake über sie und blickte sie böse an – wie gewöhnlich.

„Hatte ich dir schon gesagt", sie schaute mit großen Augen zu ihm auf, „dass du dich für einen Blinden ziemlich gut zurechtfindest?"

„Ein oder zwei Mal." Er drückte ihre Arme hinunter, die sie verschränkt vor der Brust gehalten hatte, zog vorsichtig das T-Shirt hoch und schob dann den BH zur Seite, um ihre Brustwarze zu untersuchen. Sie war verblüfft. Aber das Gefühl war schön. Sie rief sich in Erinnerung, dass er Arzt war und ihre Brustwarze eine von sechstausend war, die er jedes Jahr zu Gesicht bekam.

„Sie ist ziemlich rot", sagte er nach einer ganzen Weile. Er war so nah, dass sie seinen Atem auf ihrem geschwollenen Nippel spürte, und sie trat wieder von einem Fuß auf den anderen. Auf einmal fühlten sich ihre Shorts zu eng an, allerdings auf eine beunruhigend angenehme Weise. „Aber ich glaube nicht, dass sie blau werden wird."

„Woher …" Ihr Mund war plötzlich sehr trocken, und sie hustete. „Woher weißt du, dass sie rot ist?"

Er antwortete ihr nicht. Stattdessen strich er ihr das Haar aus den Augen. „Wenn du noch einmal mitten in der Nacht aus dem Haus schleichst", sagte er in einem eigentlich recht freundlichen Ton, „dann lege ich dich übers Knie."

„Nein, das würdest du nicht tun."

Er seufzte. „Nein, das würde ich tatsächlich nicht tun."

„Drake, mal ehrlich. Warum interessiert es dich überhaupt, was ich mache?"

Er seufzte. „Das tut es eben." Dann zog er sie auf die Zehenspitzen hoch und presste seine Lippen auf ihre.

Sie ließ ihre Sachen fallen. Die waren ihr auf einmal egal.

Drake zu küssen – oder besser: von Drake geküsst zu werden – war eine ganz neue Erfahrung für sie. Zum einen hatte der Mann kein Gramm Fett am Körper. Zum anderen spürte sie deutlich, dass er ihre Wirbelsäule wie ein Streichholz entzweibrechen konnte, wenn er nur wollte. Aber diese Vorstellung wirkte ebenso erregend wie beängstigend.

Er wich zurück, sodass sie vorwärtsstolperte. „Oh, nein, hör nicht auf", keuchte sie. „Küss mich weiter – ich bin noch nicht benommen genug."

„Ich kann aber nicht", sagte er. Erfreut stellte sie fest, dass auch er schwer atmete. „Ich will dich nicht hier auf der Straße nehmen wie eine … Komm."

Er packte ihre Hand, zerrte sie weiter, bis sie unter den Straßenlaternen standen und winkte ein Taxi heran. Er stieß sie beinahe in den Wagen, schlug die Tür zu und nannte dem Fahrer nur seine Adresse.

„Meine Sachen." Sie starrte aus dem Rückfenster. „Und nach dem Ärger, den ich dafür …"

„Ich kauf dir einen GAP-Laden", erwiderte er und ließ ihre Hand erst wieder los, als das Taxi in seine Auffahrt einbog.

Drake tastete nach seiner Brieftasche, packte ein Bündel Scheine, warf es dem Fahrer zu und zerrte sie aus dem Wagen. Sie hörte, wie der Fahrer überrascht und erfreut nach Luft schnappte, dann setzte er auch schon zurück und – wie in Boston üblich – glitt ohne einen Blick in den Straßenverkehr.

Sie hüpfte in Drakes Arme. Er hielt sie mühelos, die Hände

auf ihrem Hintern. Sie knabberte an seiner Unterlippe. „Ich glaube, du hast ihm ungefähr tausend Prozent zu viel gegeben", sagte sie.

„Ist mir scheißegal", knurrte er zurück.

8

Sie schafften es nicht bis ins Schlafzimmer. Sie schafften es noch nicht einmal bis zur Haustür. Er nahm sie in den Fliederbüschen, und bis ans Ende ihrer Tage würde sie bei dem Geruch von Flieder an Drakes Lust und an seine Eile denken.

„Das ist doch verrückt", sagte sie und rang nach Luft, während sie ihm aus dem Mantel, dem Hemd und der Hose half. „Wir kennen uns ja noch nicht mal."

„Ich kenne dich."

„Das sagen sie alle." Aber auch sie hatte das Gefühl, ihn bereits zu kennen. Unabhängig und stolz und lieb und sanft, aber auch hart, wenn es sein musste. Eine Faust im Samthandschuh, wenn die Umstände es erforderten.

Er riss ihr den Slip vom Körper und drückte die Knie sanft auseinander. Sie war schlüpfrig, und er stöhnte, als seine Finger in sie glitten. Während seine Finger sie streichelten und ihre feuchten Schamlippen teilten, lag sein Daumen auf ihrer Klitoris und rieb sie sanft. Er nahm ihre wunde Brustwarze zwischen die Lippen, leckte sie, küsste sie.

„Später", stöhnte sie. Oh, Herrgott, hatte sie je etwas so sehr gewollt? Hatte *irgendjemand* auf dieser Welt etwas so sehr gewollt? „Das können wir später tun. Fick mich, bevor ich den Verstand verliere."

Mit einem letzten Kuss löste er die Lippen von ihrer linken Brustwarze, nahm ihre Hand und zog sie zwischen sie. Sie legte die Finger um seinen riesigen erigierten Penis. Er pochte unter ihrer Berührung, und sie fühlte seine glitschige Spitze. Sie strich mit dem Daumen darüber, und er schauderte in ihren Armen.

„Jetzt?"

„Ja."

„Du bist so klein. Ich will dir nicht …"

„Ja." Sie wand sich unter ihn und leckte über ihre Unterlippe. „Ich bin klein, da du sehr groß bist, und es wird genau auf die richtige Weise wehtun. Und jetzt halt den Mund und … fick … mich."

Er tat, wie ihm geheißen, setzte an und stieß in sie, füllte sie aus, zwang sie, sich für ihn zu öffnen. Und dann schob er sich tiefer in sie hinein, immer weiter, bis sie dachte, sie würde ihn in ihrer Kehle spüren.

Er zog sich aus ihr zurück. In dem schwachen Licht des Mondes sah sie den Schweiß auf seiner Stirn und seine Augen, die schimmerten, beinahe leuchteten. Dann stieß er sein Becken nach vorn, schob sich wieder in sie, und sie legte die Beine um seine Taille und schrie in die Nachtluft hinaus.

Sie wiegten sich zusammen auf der Erde, und als sie ihre Hände auf seinen harten, strammen Hintern legte, spürte sie, wie sich seine Muskeln anspannten, sobald er sich über ihr bewegte, in sie stieß, sich wieder zurückzog und drückte und schob. Sie öffnete den Mund, um noch einmal zu schreien – das Gefühl war einfach zu wundervoll. Sie konnte gar nicht still sein, bis sich seine Hand fest über ihren Mund legte. Stumm wand sie sich unter ihm und hörte ein paar Sekunden später, dass ein Paar auf dem Bürgersteig nicht einmal zehn Meter neben ihnen vorbeiging.

„Sie werden dich hören", murmelte er ihr ins Ohr, mit so belegter Stimme, dass sie sie beinahe nicht erkannt hätte. „Dann kommen sie her und werden sehen, wie ich dich in meinem Vorgarten ficke."

Diese Vorstellung war so erregend, dass sie auf der Stelle kam und dabei genau spürte, wie sie noch feuchter wurde. Er stöhnte, den Mund an ihrem Ohr. Dann biss er sie ins Ohrläppchen.

So ging es einige Zeit weiter; irgendwann wusste sie nicht mehr, wie lange sie schon in den Fliederbüschen miteinander lagen. Dann und wann schnappte er etwas mit seinem phänomenalen Gehör auf und hielt ihr wieder den Mund zu, ohne dabei auch nur einen Hüftstoß auszusetzen. Doch als er endlich kam, war sein Schrei so laut, dass ihr die Ohren dröhnten.

„Oh, Gott", keuchte er, als er über ihr zusammenbrach.

„Wenn jemand *das* gehört hat, werden Sie aber einiges zu erklären haben, Herr Doktor." Sie versuchte einen anzüglichen Ton zu treffen, war aber zu sehr außer Atem.

„Hmmm." Er küsste ihre Halsbeuge, die Nase an ihre Haut gedrückt – nasse Küsse, die sie erschaudern ließen. Sie drückte sich enger an ihn. „Hau ja nie wieder mitten in der Nacht ab."

„Na gut. Meinst du, wir schaffen es ins Haus, ohne dass die Nachbarn unsere nackten Hintern sehen?"

„Das werden wir wohl selbst herausfinden müssen."

9

„Ich glaube, ich habe mich zwischendurch in deinem Bauchnabelpiercing verhakt“, sagte er später, einfach weil es noch zu früh war, sie zu fragen, ob sie seine Gefährtin werden wollte, und weil er doch irgendetwas sagen *musste*.

„Was soll ich sagen? Mit mir ist das Leben ein nie endendes Abenteuer.“ Sie gähnte und drehte sich auf den Rücken. „Und, wenn ich das noch hinzufügen darf: Du bist nicht gerade schlecht für einen alten Mann. Ehrlich. Du musst ja wirklich ein superstarkes Geritol oder so nehmen, weil …“

„Vielen Dank“, sagte er ironisch. Sie lagen in seinem Bett und betrachteten die Sterne durch das Oberfenster. „Gerade wollte ich dir ein Kompliment machen, weil du dich für deinen offensichtlichen Mangel an Erfahrung gar nicht übel im Bett anstellst.“

Sie gab ihm einen Klaps auf den Bizeps. „He! Und … aua! Das ist, als würde man einen Stein schlagen. Nur zu deiner Information, Alter, ich habe massenweise Erfahrung. Einmal im Kino … ähem … und dann während der Schneeballschlacht, als dieser Junge auf mich drauf gefallen ist …“

„Hör lieber auf, bevor es peinlich wird, für dich.“

„Drake, was ist mit dir los?“, fragte sie plötzlich. Ihr Duft hatte sich geändert – von fröhlichen Seifenblasen zu frischen grünen Blättern. Das, und nicht ihr Ton, hatte ihn gewarnt. „Ernsthaft. Ich meine, du kommst mir zu Hilfe wie ein edler Ritter in Armani – was zwar nett, aber auch etwas merkwürdig ist. Du stellst keinerlei Fragen, bist supernett. Du musst doch irgendetwas von mir wollen. Die meisten Männer hätten mich jetzt schon vor die Tür gesetzt."

„Erspar mir dein Wissen über die meisten Männer."

„Schon gut, schon gut. Aber mal ehrlich. Was ist mit dir los?"

„Zwei Sachen sind mit mir los", sagte er nach einer langen Pause. „Zum einen will ich dir etwas sagen, was dich, wie du sagen würdest, ausflippen lassen wird."

„Alter, so was Spießiges würd ich nie sagen … warum fängst du nicht einfach mal damit an, um zu sehen, wie's so läuft?"

„Äh …"

„Komm schon! Dann erzähl ich dir auch was über mich. Etwas, was niemand sonst weiß."

„Du meinst, abgesehen von der Tatsache, dass du Käsefüße hast?"

„Draaaaaaaake!"

„Ja ja, hör auf zu heulen. Okay. So, dann sag ich es jetzt."

Sie legte das Kinn auf ihre Faust und wartete.

Er hustete.

Sie wartete weiter.

„Nun … äh … es ist nicht so leicht, es einfach so zu sagen …"

„Spekulierst du darauf, dass ich vorher an Altersschwäche sterbe, damit du es nicht mehr sagen musst?"

„Ist ja schon gut!", blaffte er. „Ich bin ein Werwolf."

Stille.

„Ich weiß", fuhr er fort. Er strich über ihren Schenkel und – durch die Tatsache ermutigt, dass sie nicht sofort schreiend das Weite suchte – tätschelte sie dann vorsichtig. „Das muss ein Schock für dich sein, aber du brauchst keine Angst zu haben, weil ich dir nämlich nie wehtun würde …"

„Ach herrje! *Das* meinst du!" Sie schlug seine Hand fort.

„Das weiß ich doch schon! Du solltest mir doch etwas sagen, das wirklich mal neu für mich wäre."

Er schüttelte den Kopf, um sein Gehör zu überprüfen. Ja, er hörte immer noch ihr kleines Herz schlagen – dudub dudub dudub – und ihren sanften Atem und das Summen der Elektrizität und das Klicken des Gefrierschrankes, der gerade einen Eiswürfel herstellte. Alles funktionierte also bestens. „Wie bitte?"

Sie hüpfte vom Bett und begann wie eine wütende, in Sahne getauchte Göttin im Mondlicht auf und ab zu stapfen. „Na ja, das lag doch nahe, oder nicht? Du bist superstark und superschnell; du bist blind, findest dich aber trotzdem besser zurecht als ich … außerdem bist du *Arzt*. Wie solltest du denn sonst ein so guter Arzt sein, ohne deine Superkräfte? Entweder du bist ein Werwolf oder ein Außerirdischer. Aber das, was eben gerade in den Büschen passiert ist, hat mich davon überzeugt, dass du kein Außerirdischer bist. Und dann noch was: Erst hält mich ein Wolf davon ab, vom Dach zu springen, und dann tauchst du auf einmal zufällig auf? Also wirklich!"

Er blinzelte. „Oh, ich muss sagen, ich bin fast ein wenig enttäuscht."

„Das geschieht dir ganz recht, weil du mich für einen Volltrottel gehalten hast."

„Das hab ich nicht! Bisher ist noch keiner darauf gekommen. Und ich hatte … äh … ein paar Damenbekanntschaften, die auch einige Zeit länger mit mir zusammen waren als du."

„Ach, das." Sie winkte ab, als wären die längerfristigen „Damenbekanntschaften" nicht der Rede wert. „Das liegt an dem, was ich dir von mir erzählen wollte. Es ist mein Geheimnis. Ich kann Menschen lesen. Deswegen bin ich auch mit dir nach Hause gekommen. Ich hab nicht nur vermutet, dass du mir nichts tun würdest, ich *wusste* es. Es ist, als könnte ich in die Köpfe der Menschen schauen und sehen, was sie fühlen."

„Du bist also empathisch begabt, was? Interessant. Dann verstehe ich aber nicht, Crescent, warum du deiner Gang eine zweite Chance gegeben hast?"

„Ich glaube, dass sie vielleicht ein bisschen verrückt sind", sagte sie nüchtern. „Als ich sie kennenlernte, fühlte es sich nicht so an, als würden sie mir irgendwann einmal wehtun. Dann wurden sie wütend und … offenbar liegt mein Radar nicht immer hundertprozentig richtig. Aber nützlich ist er trotzdem."

„Und diese fixe Idee, dass du fliegen kannst?"

„Alter, ich *kann* fliegen! Du musst nur aufhören, mir immer dazwischenzufunken!"

Empathie … Fliegen … und sie war so klein und flink … aber überraschend schwer für ihre Größe … könnte es denn sein, dass …? Er hatte immer gedacht, sie wären Fabelwesen. So wie Werwölfe. „Crescent", sagte er plötzlich, „bist du schon einmal geröntgt worden?"

Verwirrt durch den plötzlichen Themenwechsel, sah sie ihn mit großen Augen an, wie ein blondes Reh. „Äh … nicht in den letzten paar Stunden."

„Und deine Familie hast du nie gekannt?"

„Nein."

„Hmmm."

„Hab ich dir schon gesagt, dass du sexy bist, wenn du dein nachdenkliches Arztgesicht machst?"

„Nein", sagte er. Er stürzte sich auf sie und trug sie zurück auf das Bett – wie eine Katze ein neues Spielzeug. „Das hast du nicht. Erklär es mir doch mal genauer."

Das tat sie.

10

„Drake. Sei vernünftig. So viele T-Shirts brauch ich nicht."

„Aber sie sind sooo vielseitig", meldete sich die GAP-Verkäuferin zu Wort.

„Und zerreißen so leicht", flüsterte ihr Drake ins Ohr und sah befriedigt, wie sie errötete.

„Lassen Sie uns mal allein", befahl sie lächelnd der Verkäuferin. „Sie helfen ihm ja noch dabei, viel zu viel Geld auszugeben. Und du … leg das wieder hin. Khaki … Bah pfui."

„Aber Sie sind hier bei GAP", sagte die Verkäuferin („Fragen Sie mich, wie Sie 15 % sparen können" stand in leuchtend roter Schrift auf einem Button an ihrem Jackenaufschlag), zog sich dann aber doch gehorsam zurück.

„Deswegen muss *ich* auch Uniform tragen? Was sagtest du gerade?"

„Ich erfülle dir den Traum jeder Frau", sagte er, „und du meckerst immer noch."

„A: Geht's noch chauvinistischer? Der Traum jeder Frau? Shoppen in einem Einkaufszentrum? Und B: Leg das wieder *hin*. Ich hab mir schon Hosen ausgesucht."

„Du wirst mehr als zwei Paar brauchen."

„Nicht, wenn es nach einem gewissen Jemand ginge", sagte sie und zog eine Augenbraue hoch.

„Hmmm", machte er und ging auf sie zu. Als ihm eine Wolke von Khakihosen entgegengeflogen kam, hielt er kurz inne.

„Vergiss es, mein Freund. Hier ist weder der Ort noch die

Zeit dafür. Entschuldigung“, fügte sie hinzu, als sie zurückweichend gegen eine silberne, kopflose Schaufensterpuppe prallte. „Oh, wie scheußlich! Ich hasse es, wenn ich denke, sie wären Menschen.“

„Deine empathischen Fähigkeiten sind wirklich beeindruckend“, bemerkte er.

„Lass mich in Ruhe, Dr. Pelzig. Hast du etwa noch nie einen Fehler gemacht?“

Er dachte angestrengt nach. „Mir fällt nichts ein.“

Sie ließ einen wütenden Aufschrei hören. Er sah ihr an, wie sehr sie es bedauerte, dass nichts mehr übrig war, was sie nach ihm werfen konnte. „Alter, ich sag's ja nur ungern, aber du bist blind. Irgendwo musst du doch mal einen Fehler gemacht haben. Vielleicht eine Krawatte, die farblich nicht zum Anzug gepasst hat?“

Er warf ihr eine Bluse zu, die dieselbe Farbe wie ihre Augen hatte, und sagte mit leiser Stimme, obwohl die Verkäuferin ganz am anderen Ende des Ladens stand: „Homo sapiens sind behinderter als ich, meine Liebe.“

„Oh, klar, unter Blinden ist der Einäugige König, was?“

„Im Wesentlichen ja.“

„So schlimm sind wir nun auch wieder nicht.“

Er zuckte die Achseln. „Ich kann riechen, wenn jemand unter Eisenmangel leidet. Ich kann Herzgeräusche ohne ein Stethoskop hören.“

„Und ich weiß, dass diese Bluse nicht zu dieser Hose passt, also leg sie zurück ins Regal, mein Freund. Gott, ist dir denn gar nicht langweilig? Mir ist so langweilig, dass mir gleich die Titten abfallen, dabei sind all diese Klamotten doch für mich.“

Er grinste. „Schönen Dank für das hübsche Bild. Von jetzt an bestellen wir nur noch aus dem Katalog für dich.“

„*Vielen* Dank auch. Aber du wirst mir keine Kleidung mehr kaufen müssen.“

Wetten, dass doch?

„Ich nehme an, es wäre reine Zeitverschwendung, wenn wir zu Anne Klein gingen, um nach Kleidern zu schauen?“

„O Schreck! So spät ist es schon? Die Sonne geht ja unter. Wie lange sind wir schon hier?“

„Seit dem Mittagessen. Hör auf, dich zu beschweren. Wir sind beinahe fertig.“

„Zwing mich doch. Das will ich sehen“, sagte sie kess.

„Kein Problem. Wenn du einfach kurz …“ Plötzlich schwieg er. Roch er etwa einen Werwolf? Ja, so war es. Hmmm, zwei in einer Woche. Normalerweise traf er das ganze Jahr über auf keinen. Das war interessant. Was sollte er jetzt tun?

„Dick, ich schwöre bei Gott, wenn du nicht aufhörst zu meckern, reiß ich dir die Augäpfel raus und stopf sie dir in die Hose.“ Die Stimme war durchdringend, laut und weiblich.

„Das könnte aber lustig werden“, sagte eine tiefe männliche Stimme freundlich. Er kannte sie nicht. „Aber *wer* meckert denn hier? Ich bin grade erst aufgestanden. Was tun wir hier? Ich wusste gar nicht, dass du GAP magst, meine Liebe.“

„Ich hasse diesen Scheißladen, und das weißt du auch, verdammt noch mal. Aber sie haben gerade Schlussverkauf, und ich brauche eben Klamotten. Ich hasse dieses Scheißshopping!“

„Eine Frau nach meinem Geschmack“, murmelte Crescent, die einen ärmellosen schleimfarbenen Pullover in die Höhe hielt.

Drake kam näher, um einen genaueren Blick auf die beiden Neuankömmlinge zu werfen. War das etwa …? Nein. Das konnte doch nicht sein. Und mit einem Mann? Nein. Es war zu lange her; er musste sich irren. Trotzdem … er kannte niemanden sonst, der in einer ganz normalen Alltagsunterhaltung so oft „Scheiße“ sagte.

Dann umrundete er den Stapel mit roten Miniröcken. „Janet Lupo?“

Sie ließ den Haufen Kleidung fallen, den sie im Arm gehalten hatte, und starrte ihn mit offenem Mund an. Trotz ihres entgeisterten Gesichtsausdrucks sah sie gut aus – toll sogar. Sehr gesund, fast strahlend, so voller Lebensfreude, wie er sie nie zuvor gesehen hatte. Nein, Augenblick, das war keine Lebensfreude. Sie lächelte, daran lag es.

Von dem Mann, der sie begleitete, bekam er keinen Eindruck. Alles, was er spürte, war eine ungeheure Energie. Ohne einen wirklichen Duft. Aber er war blass, sehr blass und groß. Blond, mit Schwimmerschultern und …

„Heilige Scheiße“, sagte Janet.

„Hallo, Janet. Es ist schön, dich …“

Drake nahm eine verschwommene Bewegung wahr, dann segelte er durch das Schaufenster und schlug auf dem Kopfsteinpflaster auf. Glassplitter regneten auf ihn herab.

11

Crescent gab sich alle Mühe, nicht laut aufzukreischen. Und das fiel ihr gar nicht leicht. Diese Schlampe war plötzlich wie aus dem Nichts aufgetaucht und hatte Drake durch das Schaufenster – durch das Fenster! – geworfen. Und jetzt rollten sich beide auf dem Bürgersteig herum wie zwei Straßenkatzen – oder Wölfe. Wölfe war wohl der angemessenere Vergleich. Der Laden hatte sich recht schnell geleert. Jetzt lag Drake auf dem Rücken und …

„Geh von ihm runter!" Crescent wollte hinausstürzen, aber ein Ziegelstein fiel ihr auf die Schulter und riss sie zurück.

„Das würde ich nicht tun", sagte der blonde, gut aussehende Mann milde. Er sah, musste sie zugeben, ziemlich sexy aus und überragte sie fast so sehr wie Drake. Aber dünn wie eine Bohnenstange war er. Der Ziegelstein, stellte sie fest, war seine Hand. Ganz schön stark für eine Bohnenstange. „Ich glaube, es handelt sich um eine Familienangelegenheit. Das sollten wir sie wohl besser unter sich ausmachen lassen … Aua."

Nie zuvor hatte sie jemanden ins Gesicht geschlagen, und nun war sie enttäuscht von der Wirkung. Der Blonde schien kaum etwas gespürt zu haben und rieb sich nur das Kinn. „Jetzt fang du nicht auch noch an. Nur *einer* Frau ist es erlaubt, mich zu schlagen und die rollt sich da gerade durch den Matsch – mit deinem Freund."

Zeig ihm deine Halskette.

Ihrer inneren Stimme gehorchend (die immer recht hatte,

auch wenn sie bisher noch nie laut zu ihr gesprochen hatte), tastete sie nach einer der drei Ketten, die um ihren Hals hingen, zerriss die Glieder und hielt sie ihm entgegen. Zu ihrem Erstaunen stolperte er zurück und hielt sich eine Hand vor das Gesicht. Genau wie im Film!

„Jetzt bist du aber wirklich gemein", sagte er vorwurfsvoll, als er nach ihr griff. „Leg das Kreuz weg, bevor du damit noch jemanden verletzt. Wie mich zum Beispiel!"

Sie ignorierte ihn jedoch, wandte ihm den Rücken zu, stopfte das Kreuz zurück unter ihr T-Shirt, packte die Kuh an der Taille und zog. Doch die Angreiferin ihres Geliebten war so schwer zu bewegen wie ein Panzer – die Frau rührte sich kein Stück. Aber sie zuckte mit den Achseln, wobei sie Crescent beinahe abschüttelte, und boxte obendrein Drake auf das Auge.

„Dein Affe nervt", sagte sie zu ihm und boxte ihn noch einmal.

„Crescent, lass das", sagte Drake scharf. Ein wenig Blut perlte sein Kinn hinunter, aber ansonsten schien er unverletzt geblieben zu sein. Jeder andere würde aus sechs verschiedenen Arterien bluten, wenn er durch eine Glasscheibe geflogen wäre. Gott sei Dank waren Werwölfe widerstandsfähig! „Tritt zurück. Geh aus dem Weg. Mach dir um mich keine Sorgen."

„Ja, Kleine." Bam! Noch ein Fausthieb. „Dem geht's gut. Warum gehst du nicht und trinkst einen Frappuccino?"

Sie ignorierte sie und zerrte weiter.

„Crescent, *geh weg*. In einer Minute vergess ich mich, und dann werde ich kein Gentleman mehr sein. Gott verdammter, Janet, wenn du mich noch einmal schlägst, lege ich dich übers Knie!"

„Mach doch, Hübscher."

„O nein, auf keinen Fall." Crescent versuchte einen anderen Griff und zog fester. „Hier wird niemandem außer mir der Hintern versohlt."

„Ach, wirklich?“, fragte der sexy Typ hinter ihr.

„Ich sagte, geh runter von ihm!“ Auf einmal spürte sie, wie sich eine Hand fest um ihren Unterarm schloss, dann segelte sie über den Kopf der Frau hinweg und landete auf dem Asphalt, und zwar mitten auf dem Hintern. Sie schrie auf, weil sie die Wucht des Aufpralls durch ihre Wirbelsäule bis hinauf zum Hals spürte.

„Unklug“, sagte Drake und streifte sich den Mantel ab.

„Oh, bitte. Das geht nicht gegen dich persönlich, blinder Mann, aber du bist erledigt. Ich will nicht, dass mich jemand bei Mikie, dem Oberboss, verpfeift, also halt still, damit ich dir den Hals umdrehen kann, okay?“

„Nein, danke. Und ich habe keine Ahnung, wovon du sprichst.“

„Wirklich, Janet. Könnt ihr beiden das nicht ein bisschen freundschaftlicher besprechen? Muss es denn immer gleich Mord und Totschlag sein?“

„Halt die Klappe, Dick. Dich hat niemand um eine Meinung gebeten.“

Crescent sprang vom Bürgersteig auf. Die drei anderen schienen überrascht zu sein, dass sie noch nicht genug hatte. „Ich sagte“, knurrte sie, „lass die Finger von meinem Typen, du Schlampe!“ Dann boxte sie die Kuh gegen das Kinn.

Dieses Mal war das Ergebnis deutlich befriedigender als bei deren sexy Begleiter. Die Frau rollte wie eine Bowling-Kugel von Drake herunter und schlug gegen die Eingangstür, die Hände unter dem Kinn, um das Blut aufzufangen. Die Wucht des Schlages spürte Crescent bis in ihre Schulter hinauf.

Die Frau spuckte einen Zahn in ihre hohle Hand. „He, das hat wehgetan, du kleine Nutte!“

„Also, das ist wirklich interessant“, sagte der sexy Typ anerkennend. Jemanden, der so distanziert war wie er, hatte Crescent noch nie gesehen. Was für ein Spinner! „Du riechst überhaupt nicht wie ein Fleischfresser."

„Crescent!" Drake war entsetzt. Sein Blick war es beinahe wert, sich verprügeln zu lassen. „Wie hast du das denn angestellt?"

„Müssen wir das jetzt klären? Oder soll ich der Kuh noch ein paar verpassen?"

„Hehe!", sagte die warnend. „Vorsicht!"

„Hast du etwa ein Problem damit, Kuh genannt zu werden? Wenn du ihn noch einmal anfasst, trete ich dir so fest in den Hintern, dass die Leute denken werden, du hättest einen zweiten Kopf. Du *Kuh*."

„Der Zwerg muss gerade reden." Aber die Mundwinkel der Frau zuckten – wie Drakes eigene, wenn er belustigt war und es nicht zeigen wollte.

„Um Himmels willen, Janet", sagte Drake, der zu ihr hinüberhumpelte und ihr aufhalf. „Was ist das Problem? Ich habe dich seit … seit wie vielen Jahren nicht gesehen? Fünfzehn? Und du greifst mich gleich an?"

„Ich nehme an, das können wir nicht bei einem Drink besprechen?", bemerkte der sexy Typ. Als er grinste, hätte Crescent beinahe erschrocken aufgeschrieen. Er hatte ungefähr tausend Zähne, die alle aussahen, als wären sie sehr scharf. „Sozusagen."

„Und jetzt, äh … lieben wir uns. Und ich gehe nicht zurück", fügte Jane trotzig hinzu.

„Mir musst du nicht sagen, dass es Vorteile hat, ohne Rudel zu leben", sagte Drake.

„Also hast du Ärger mit deinem Boss bekommen? Wie habt ihr ihn genannt? Rudelführer?" Crescent schüttete ein drittes

Päckchen Zucker in ihren Kaffee. „Warum sollte er etwas dagegen haben?“

„Wahrscheinlich hätte er das auch nicht“, erwiderte Janet. „Aber ich will es nicht darauf ankommen lassen. Er könnte mir befehlen, am Cape zu bleiben, und … und dann müsste ich ihm entweder gehorchen oder … eben nicht.“

Sie saßen in einer Ecke bei Starbucks in der Park Street und redeten mit gesenkter Stimme. Obwohl Crescent nicht verstand, warum. Schließlich waren sie in Boston. Hier interessierte sich doch niemand für den anderen.

„Wegen mir brauchst du dir keine Sorgen zu machen. Du bist erst das zweite Rudelmitglied, das ich seit einem Jahr getroffen habe. Und selbst wenn ich Michael zufällig treffen sollte – was nicht sehr wahrscheinlich ist –, ich würde ihm ganz sicher nicht von dir erzählen.“

„Danke. Ich hätte wohl nicht … äh …“, Janet hüstelte, „zuschlagen sollen, ohne vorher Fragen zu stellen.“

„Schon in Ordnung“, sagte Drake nachsichtig und achtete nicht auf Crescents und Richards Kichern.

„Vielleicht solltet ihr umziehen“, schlug Crescent vor. „Wenn dein Boss und seine Lakaien-Wölfe am Cape wohnen. Ich meine, das ist nur 140 Kilometer entfernt. Wenn ihr in … keine Ahnung … Argentinien leben würdet, wäre das sicher besser.“

„Wir sind hier zu Hause“, sagte Janet bockig. „Außerdem gibt es überall auf der Welt Rudelmitglieder. Da kann man genauso gut hier ein kleines Territorium abstecken und verteidigen.“

Crescent bemerkte, dass Richard seinen Eiskaffee nicht angerührt hatte. „Hast du keinen Durst?“

„Doch.“

„Was ist mit dir, Blondie?“, fragte Janet. „Dein Schlag fühlte sich an, als würde ich von einem Kantholz getroffen werden. Was hast du denn statt des Knochenmarks? Stahlkugellager?"

„Na ja, ich glaube, ich ..."

„... könnte eine Halb-Elfe sein."

Richard zog die Augenbrauen hoch. „Wirklich? Ich dachte, ihr wärt schon vor Jahren ausgestorben?"

„Es heißt Fee und nicht Elfe, und es gibt tatsächlich nur noch wenige von uns – zumindest ist es mir nie gelungen, eine wie mich zu finden. Drake, woher wusstest du das? Ich bin nie dazu gekommen, es dir zu sagen!"

„Der Verdacht ist mir gestern gekommen, und als du Janet den Hieb verpasst hast, war ich mir ganz sicher."

„Hallo, hallo, Moment mal!" Janet streckte die Hände wie ein Verkehrspolizist nach vorn. „Du bist eine Fee? Wie Tinkerbell? Mit Flügeln und allem Drum und Dran?"

„Siehst du irgendwo Flügel?", zischte Crescent.

„Meine Güte, ich wusste gar nicht, dass Feen so reizbar sind."

„Sie ist nur wütend, weil ich allein darauf gekommen bin", sagte Drake darauf, „es sollte wohl eine Überraschung sein."

„Du bist unausstehlich!"

„Ja."

„Das liegt in der Familie", erwiderte Janet mit einem Grinsen. „Vor allem bei den Männern. Nervig!"

„O ja", sagte Richard. „*Männliche* Werwölfe sind die, die auf die Nerven gehen."

„Du bist still. Hör mal, ich dachte immer, Feen sind so kleine, zarte Dinger. Du hast mich wie ein Bulldozer getroffen."

„Schwere Knochen", sagte Drake.

„Schwer zu brechen", fügte Richard hinzu. „Vor siebzig Jahren bin ich mal einem von deiner Art über den Weg gelaufen, der hätte mich beinahe getötet. Und damals war er schon ziemlich alt. Ich würde mir also an deiner Stelle nicht allzu große Hoffnungen machen. Der ist heute sicher Staub."

„Oh."

„Sei nicht enttäuscht. Er war ein böser alter Mann."

„Das erklärt deine fixe Idee, dass du fliegen kannst", dachte Drake laut.

„Schwere Knochen, und sie kann fliegen?" Janet prustete in ihren Caramel-Mocha-Frappucchino. „Klar, das ergibt schon Sinn."

„Hast du noch nie gesehen, wie ein Flugzeug startet?", fragte Crescent. „Man schaut zu und fragt sich, wie etwas so Schweres von der Erde abheben soll ... und dann steht man unten und blickt ihm nach."

„Na ja, ist doch klar, dass du mit all diesen Accessoires nicht fliegen kannst." Blitzschnell tauchte Richard den Löffel in die Sahne, und wie durch Zauberei erschien ein Klecks auf Janets Nase. „Aber das wusstest du bestimmt."

„Was?"

„Verdammt, Dick! Hör auf, mich mit Sahne zu bewerfen. Du weißt, dass ich das hasse."

„Was?" Beinahe hätte Crescent geschrien.

Richard sah erschrocken aus. „Deine Piercings. Damit kommst du wahrscheinlich durch keinen Metalldetektor am Flughafen. Und natürlich verträgt deine Art bestimmte Sorten von Metallen nicht."

Drake traten beinahe die Augen aus dem Kopf. Crescent wusste genau, was er empfand. Warum war sie nicht selbst darauf gekommen?

„Wovon sprecht ihr überhaupt? Drake, du siehst aus, als hättest du dir gerade in die Hose geschissen."

„Ich ... ähem ... ich will fliegen, aber ich schaffe es nicht. Ich habe allerdings nie die Verbindung hergestellt ..."

„Was redet ihr denn da?“

„Feen haben Angst vor Metall, vor allem vor Eisen“, erklärte Richard. „In Cresents Fall, würde ich vermuten, führt das dazu, dass sie nicht vom Boden abheben kann. Was tust du?“

Entschlossen riss sie sich alle ihre gottverdammten Ohrringe und Ringe heraus. Und davon hatte sie mehr als ein Dutzend – in ihren Ohren, der Nase und dem Bauchnabel.

„Ich vermute mal, wir haben genug geredet“, bemerkte Janet, als Crescent so schnell aufstand, dass der Stuhl nach hinten umfiel.

„Hinter der zweiten Kaffeemaschine gibt es eine Hintertür“, sagte Drake, „aber ich bin mir nicht sicher, dass das die richtige Art ist … Crescent?“

Sie rannte zur Tür, die genau dort war, wo er gesagt hatte. Wie ein Blitz war sie hindurch und sprang die ein, zwei, drei Stockwerke zum Dach hinauf, und – dem Himmel sei's gedankt – die Tür zum Dach war nur angelehnt. Endlich war sie im Freien.

Sie machte einen Kopfsprung. Im letzten Moment schloss sie die Augen – zu oft war sie enttäuscht worden, um jetzt nicht doch ein wenig ängstlich zu sein. Sie wusste zwar, dass sie sich keine Knochen brechen würde, aber die Landung würde trotzdem wehtun.

Aber sie landete nicht.

Vorsichtig öffnete sie ein Auge und sah Janet, Richard und Drake auf dem Dach stehen. Sie blickten sie an. Doch sie standen auf dem Kopf.

Korrektur: Sie stand auf dem Kopf. Mitten in der Luft.

„Na bitte“, sagte Richard gut gelaunt. „Problem gelöst.“

„Äh.“ Sie spürte, wie sich ihr Mund zu einem Grinsen verzog. „Kann mal jemand meinen Fuß packen? Ich habe keine Ahnung, wie ich wieder runterkomme.“

12

„Es geht mich ja nichts an“, begann Janet mit einer – für ihre Verhältnisse – erfreulichen Zurückhaltung.

„Ach je, jetzt kommt's.“

„Findest du nicht, dass sie ein bisschen jung für dich ist?“

„Soll ich mir wirklich Beziehungsratschläge von einer Frau anhören, die mit einem Toten zusammenlebt?“

„Das ist dir aufgefallen, was?“

„Hat eine Weile gedauert. Er hat keinen Eigengeruch, verstehst du? Er riecht vor allem nach dir.“

Sie waren in Drakes Haus zurück. Bald würde die Sonne aufgehen. Seit nun schon drei Stunden hatten Crescents Füße nicht mehr den Boden berührt. Richard machte sich einen Spaß daraus, sie vom Dach zurückschnellen zu lassen, um zu sehen, wie hoch sie steigen würde. Ihre persönliche Bestleistung lag bei fünf Metern. Drake und Janet saßen im Schneidersitz nahe der Dachkante und sahen zu.

„Sie ist einzigartig.“

„Was du nicht sagst. Aber sie ist ein bisschen … äh … ich meine, ist sie auch an einer langfristigen Beziehung interessiert?“

Crescent kreischte vor Freude, als Richard sie erneut wie einen Flummi auf ihren Fußballen auftitschen ließ und sie danach zurück in die Höhe schoss.

„Ich habe keine Ahnung“, sagte er.

„Das sag ich nur, weil … ich wusste nicht, was mir entging, bis mich Dick gekidnappt hat …“

„Wie bitte?“

„Das ist eine lange Geschichte. Wie dem auch sei, du bist ganz in Ordnung. Ich meine, ich habe dich immer gut leiden können. Es wäre schön, wenn du endlich jemanden finden würdest.“

„Aber, Janet, wer hätte gedacht, dass du so mitfühlend sein kannst.“

„Halts Maul.“

„Und es ist wirklich nett von dir, dass du meine ungemein lästige Behinderung nicht erwähnst.“

„Was? Oh, das. Ich bin gar nicht *nett*. Ich vergesse sie nur immer. Du benimmst dich gar nicht wie ein Blinder.“

„Und wie benimmt sich ein Blinder?“

„Woher, zum Teufel, soll ich das wissen? Aber zurück zu Blondie. Wie ist es passiert? Hast du sie gesehen und es gleich gewusst? Na ja, ich weiß, du hast sie nicht wirklich *gesehen*, aber …“

„Eigentlich“, sagte er plötzlich, „war es genau so. Ich habe sie gesehen. Ich kann sie sehen.“

„Wirklich? Du stellst dir nicht nur vor, wie sie aussehen könnte, anhand ihres Duftes?“

„Wirklich.“

„Tja.“ Janet legte das Kinn auf die Knie. „Ich kenne mich mit Feen nicht aus. Aber es gibt eine Geschichte aus meiner Kindheit, an die erinnere ich mich. Erinnerst du dich an Sarah Storyteller? Michaels Großmutter?“

„Natürlich. Sie hat uns allen immer unter den Bäumen beim Teich vorgelesen.“

„Richtig. Da gab es doch diese eine Geschichte … handelte sie nicht von Feen? Sie waren klein und unsichtbar. Und wurden erst sichtbar, wenn man sie fing. Und dann erfüllten sie dem Fänger Wünsche. Vielleicht ist Crescent ja für dich sichtbar geworden. Vielleicht kannst du sie deswegen sehen.“

„Oder vielleicht", sagte er langsam, „hat sie mir auch einen Wunsch erfüllt."

„Klar. Das auch. Was auch immer."

„Da ist sie wieder, deine mitfühlende Seite. Richard muss wirklich einen guten Einfluss auf dich haben."

„Ach, sei doch still. Was wirst du jetzt tun?"

Er seufzte und rutschte unruhig herum. „Ich hoffe einfach, dass sie zu mir zurückgeflogen kommt."

„Bemitleidenswert."

„Erwachsen."

„Ich habe es dir in diesem Einkaufszentrum ganz schön gezeigt, was?"

„Und dann hat mein Mädchen es dir gezeigt."

„Oh, sei still."

Als Janet und Richard aufbrachen, weigerte sich Crescent, ebenfalls zu gehen. Er versuchte ihr zu erklären, warum es besser für sie wäre, aber sie stellte sich stur. „Willst mir jetzt etwa erklären, dass man jemanden, den man liebt, loslassen muss, damit er zu einem zurückkommt, blablabla? Weil das nämlich Blödsinn ist. Du hast gesagt, ich könnte so lange bei dir bleiben, wie ich wollte, du Verräter."

Er versuchte, sich seine Freude nicht anmerken zu lassen. „Crescent, es gibt da etwas, das du wissen solltest …"

„Später. Gott, ich sterbe vor Hunger. Hör mal, ich lauf mal vor und schau, ob sie schon Frühstück servieren."

„Es ist vier Uhr morgens."

„Das weiß ich, deswegen will ich ja nachsehen. Ich bin gleich zurück."

Er schüttelte den Kopf, als sie davonrannte. Dann fiel ihm ein, dass sie sich gerade ganz in der Nähe des Asyls, in dem sie gewohnt hatte, befanden. Vielleicht war es dumm, sich Sorgen zu machen – sie war schließlich hart im Nehmen –, aber er beschloss dennoch, ihr zu folgen.

Das war der letzte rationale Gedanke, den er für eine Weile haben sollte. Der Rotzlöffel, der Crescent wie eine Rumbakugel schüttelte, sah aus, als wäre er auf Droge. Eindeutig ein Betatyp – einer, der geführt werden wollte und allein auf sich gestellt vollkommen hilflos war. Ganz sicher war er es nicht wert, dass man sich über ihn aufregte. Vermutlich hatten Nick und die andere, deren Namen er vergessen hatte, ihr Glück – oder leichtere Opfer – woanders gesucht.

„Jimmy, du Idiot", sagte Crescent, die versuchte, seine Finger von ihrem Arm zu lösen. „Gib's auf. Wenn du mich betatschst, kommt dein Leben auch nicht in Ordnung. Und jetzt hau ab."

„Alles ist deine Schuld", sagte Jimmy eigensinnig. „Nick und Marie sind wegen dir gegangen."

„Blödsinn! Sie sind abgehauen, weil du hier keine drei Meter gehen kannst, ohne über einen Polizisten zu stolpern. Schade, dass sie dich nicht mitgenommen haben, was, Jimbo?"

In Jimmys Augen blitzte Mordlust auf, und Drake griff schnell ein, indem er ihn von Crescent wegschleuderte. „Ich möchte mal spazieren gehen können, ohne dass du gleich überfallen wirst", murmelte er, während er vorsichtig ihren Arm untersuchte.

„Was soll ich sagen? Ich habe eine dunkle Vergangenheit. Er ist harmlos. Lass uns etwas essen gehen."

Er ignorierte sie. Dann drehte er sich herum, packte Jimmy bei der Kehle und hob ihn so mühelos hoch wie eine Mutter ihr Baby.

„Hast du wirklich …", begann er. Er war so wütend, dass es ihm schwerfiel zu reden. Lieber wollte er knurren und beißen.

„Hast du wirklich gedacht, du könntest meine Gefährtin anfassen und dann den nächsten Sonnenaufgang erleben?"

„Äh, hallo?!" Crescent zupfte ihn am Ärmel. Der Rotzlöffel quiekte und strampelte, und sein Gesicht bekam eine interessante dunkelrote Farbe. „Lass ihn gehen, Drake. Er ist nur ein Arschloch."

Er schüttelte den Mann – der eigentlich nur ein überdimensionaler Junge war, aber trotzdem alt genug, um es besser wissen zu können – wie ein Hund eine Stoffpuppe. „Hast du das gedacht?", fragte er ihn noch einmal. „Wirklich?"

„Drake! Du machst mir Angst, Alter!"

Du bist Arzt.

Sie wird blaue Flecken haben. Er hat sie markiert – markiert mit seinen dreckigen Händen!

Aber du bist Arzt.

„Drake, lass ihn endlich runter! Er hat doch schon das Bewusstsein verloren, um Himmels willen. Und ich will den Tag nicht auf einer Polizeistation verbringen."

Er knurrte und schleuderte den Mann von sich. Sie sahen beide zu, wie der Bewusstlose durch die Luft segelte und wie ein Sandsack auf der Straße aufschlug. Jimmy stöhnte, erlangte aber das Bewusstsein nicht wieder.

„O je, kann es vielleicht sein, dass dein Beschützerinstinkt ein bisschen zu ausgeprägt ist?" Aber sie lächelte. „Dann erzähl ich dir wohl lieber nichts von meinen zehn Jahren auf der Straße."

„Ich bestehe darauf, dass du mir davon erzählst."

„Später. Wenn diese Vene auf deiner Stirn nicht mehr pocht. Außerdem sieht das ekelig aus."

„Er hat dich angefasst. Das hätte er nicht tun sollen."

„Ja, und ich denke, das hat er jetzt auch verstanden! Deine Gefährtin?", zog sie ihn auf. „Bin ich das, deine Gefährtin?"

Er legte den Arm um sie. „Ja. Das bist du."

„Einverstanden. Lass uns etwas essen gehen."

„Wenn ich noch einen Pfannkuchen sehe, muss ich mich übergeben."

„Schon gut, Alter. Ich nehme Waffeln", sagte sie mit verschmitztem Grinsen, reckte sich und küsste ihn.

„Ich muss dir etwas sagen. Keine Waffeln. Ich habe das schon lange hinausgeschoben …"

„Was? Keine Waffeln? Niemals?"

„Crescent … es ist vielleicht schwer zu glauben …"

Sie küsste ihn wieder. „Du verträgst keine stärkehaltigen Nahrungsmittel?"

„Sei bitte ernst. Ich spreche davon, dass …"

„Dass du mich sehen kannst?"

Er blinzelte verblüfft. „Äh … ja. Das überrascht dich nicht?"

„Natürlich nicht." Sie lächelte ihn an, und er hätte schwören können, dass sie hell schimmerte. „Ich hab dir einen Wunsch erfüllt. Offenbar tun wir Feen das manchmal."

„Davon weiß ich gar nichts! Was genau habe ich mir denn gewünscht? Dich in meinem Leben zu haben oder dich zu sehen?"

„Ich habe keine Ahnung, aber es ist doch schön, dass du jetzt beides bekommst, oder?"

Ja, das fand er auch.